Il s'appelait...

Tome 1 :

Désir Charnel

Harley Hitch

IL S'APPELAIT…

Tome 1 :

DÉSIR CHARNEL

Harley Hitch

www.soromance.com

PROLOGUE

31 août 2019 — Aujourd'hui

En cette magnifique journée de fin d'été, une douce brise atténue la chaleur toujours aussi étouffante. Les grandes vacances sont sur le point de se terminer mais le stress de la rentrée ne se fait pas encore ressentir. L'atmosphère est bon enfant, estivale et légère. Me prélasser dans cet environnement à la fois calme et animé, aussi favorable aux échanges entre amis que propice à la détente en solitaire, me confère un bien-être incomparable. Les problèmes de la semaine y disparaissent comme par magie et se reposer mentalement devient une nécessité et priorité absolue.

Assise à la terrasse du café *Chez Louis*, point de rencontre stratégique des amoureux du centre-ville, je sirote tranquillement un cocktail sans alcool. Je suis absorbée par le dernier chapitre de mon livre du moment, une romance aussi kitsch que rocambolesque. Je souris.

Quelle est la probabilité pour qu'une jeune fille innocente, timide, et avec une vie monotone puisse rencontrer un bad boy froid, joueur et sans cœur au premier abord, pour finalement s'enticher de lui et lui d'elle ?

Invraisemblable, irréel, chimérique... mais tellement addictif. Le lecteur est plongé au cœur d'une intense histoire d'amour sur fond d'intrigue policière. Le besoin de s'évader, de croire en l'impossible, de rêver, aussi simple que cela puisse paraître.

Je souffle d'envie. Ce roman est l'un de mes préférés. Il trône avec fierté sur ma table de chevet, il est le privilégié de ma bibliothèque personnelle. Je profite de mes pauses déjeuner pour me réfugier chaque jour dans quelques lignes de ce petit chef-d'œuvre que j'affectionne particulièrement.

Je m'imagine à la place de l'héroïne, Jessica, qui se retrouve dans une aventure abracadabrante, sauvée par un voleur activement recherché par le FBI étant l'unique témoin d'un crime odieux. Outre la police, les commanditaires du meurtre sont également à ses trousses et veulent plus que tout le réduire au silence. Jessica, qui s'est trouvée au mauvais endroit au mauvais moment, décide de le couvrir et de l'aider à fuir, car en un seul regard, le bel inconnu a su l'ensorceler et la rendre accro. Intriguée par cet homme mystérieux, elle le suit et l'accompagne dans d'extraordinaires péripéties. Au début, il l'utilise, et elle, crédule, tombe sous son charme. Lui se pensait à l'abri des effluves sentimentaux, car comme tout mauvais garçon, il est, bien entendu, un collectionneur de femmes expérimenté. Cependant, la « réalité » finit par le rattraper et ce dernier tombe éperdument amoureux de cette séduisante jeune femme rencontrée par hasard et qui ne faisait pas partie de ses plans.

Du suspense, de l'adrénaline, de l'amour, du désir et des courses poursuites effrénées, tous les ingrédients indispensables pour fabriquer une romance à succès, un véritable best-seller.

Il ne me reste qu'une vingtaine de pages à dévorer sur les quatre cents au total. Je reprends une gorgée de ma boisson tout en me posant des tas de questions.

Que va-t-elle faire ? Va-t-il la laisser partir ? Va-t-il mourir, tué par les malfrats ? Va-t-il se sacrifier pour la sauver ? Y aura-t-il une fin heureuse ?

Autant d'interrogations qui trouveront leurs réponses à la toute fin de cet incroyable récit. Et je n'ai jamais été aussi proche d'en découvrir le dénouement.

— Tout va bien, Mademoiselle ?

Je suis subitement tirée hors de mes pensées par le serveur du café, un jeune homme au physique agréable et avantageux, avec un sourire à en faire pâlir plus d'une. Il pourrait tout à fait postuler dans le rôle du voleur sexy de mon bouquin, c'en est plus que certain. D'ailleurs, je l'imagine tout à fait dans ce petit costume noir classique que le protagoniste principal porte tout du long et qui moulerait son fessier avec perfection.

Et puis... Mademoiselle... il y a bien longtemps qu'on ne m'a plus qualifiée ainsi mais c'est assez flatteur de sa part. J'apprécie vivement.

— Vous désirez autre chose ? me relance-t-il avec gentillesse.

— Non merci, pas pour le moment, j'attends quelqu'un qui devrait arriver sous peu.

Il hoche la tête avec politesse tout en soutenant mon regard puis s'éloigne avec une démarche des plus sexy vers une autre table.

Au même moment, mon téléphone vibre vigoureusement sur la table en fer face à moi et me force de nouveau à stopper ma lecture.

Un incontrôlable sourire se dessine subitement sur mon visage et sans attendre une seconde de plus, je m'empresse de décrocher.

— Hello toi... tu arrives bientôt ?

— Je suis en retard, je suis là dans cinq minutes, me répond cette voix familière de l'autre côté de la ligne.

— OK, à tout de suite, pas d'urgence, je finis mon bouquin. Tu as le temps. Bisous, lui rétorqué-je sur un ton rassurant.

Si je devais établir une comparaison avec mon livre, mon histoire à moi est d'une incroyable banalité. Pas de gangs, pas de cambriolages, pas de meurtres, pas de flics véreux, pas même un riche héritier séduisant, célibataire et convoité par toute la gent féminine de la ville. Absolument rien de tout ça... et pourtant. Cette dernière année a été plus que riche en rebondissements. Je crois bien avoir atteint mon quota de folie pour la prochaine décennie. J'ai besoin dorénavant d'un peu plus de sérénité.

Je rêvasse et me souviens de tous ces évènements qui m'ont conduite à ce jour ensoleillé. Chacune de mes décisions m'a amenée à me retrouver aujourd'hui en ce lieu et à attendre ma destinée qui ne devrait a priori plus tarder à se présenter.

Je suis prête à avancer, je n'ai plus qu'à ouvrir la porte qui me mènera vers cet avenir incertain.

Chapitre 1

24 janvier 2019 — Huit mois plus tôt
Ça y'est... aucun retour en arrière possible, c'est trop tard.
Ce furent les premiers mots qui m'étaient venus à l'esprit une fois qu'il s'était assis sur le siège passager de mon véhicule. Oui, j'aurais encore pu faire machine arrière à ce moment précis. J'aurais dû lui dire de descendre ou le ramener à l'arrêt de tramway le plus proche. Mais j'avais choisi de ne pas le faire.

Crainte de le décevoir ou plutôt réelle envie d'aller plus loin ?

Je ne le saurai jamais. Mes ressentis de ce jour marquant n'étaient plus que de lointains souvenirs.

Oui, il était un poil différent de notre session cam de l'avant-veille, c'était certain même, mais il était sexy. Vraiment sexy. Définitivement plus sexy encore. Ses cheveux noirs en bataille dépassaient de son bonnet sombre. Sa barbe et sa moustache lui octroyaient une apparence très attirante. J'avais été immédiatement frappée par son odeur qui avait envahi l'habitacle à peine ce dernier s'était-il installé à mes côtés. Un parfum à la fois subtil et envoûtant se dégageait de tout son être. Il venait de prendre sa douche sur son lieu de travail et sentait bon. Non, pas juste bon... extrêmement bon. Il avait dû utiliser un gel douche masculin spécifique pour attirer le sexe opposé, et cela avait fonctionné, j'étais complètement sous le charme. Physiquement, je savais qu'il était plutôt bien bâti même si sa silhouette était cachée sous un épais manteau, le mois de janvier étant particulièrement rigoureux cette année. Mais à cet instant, je n'eus pas le temps de le détailler avec plus de minutie car mes yeux avaient été aussitôt happés par les siens, d'un vert avec une touche de noisette ensorcelant. Sur les photos et en vidéo, ces derniers avaient une teinte assez sombre. L'écran de mon ordinateur n'avait pas réussi à retranscrire leur couleur exacte et ce fut une surprise plutôt agréable. Le désir et l'envie qu'il m'avait transmis, à peine ses iris captivants posés sur moi, m'avaient d'ailleurs profondément perturbée.

— Désolée... mode grand froid aujourd'hui... talons et neige, tu te doutes bien que c'est d'une incompatibilité évidente... lui lançai-je pour justifier ma tenue hivernale pas des plus glamours.

Il ne répondit rien, se contentant de me sourire et de me scruter d'un air séducteur.

Comment cet homme pouvait-il me désirer alors qu'il ne me connaissait pas ?

Nous avions juste parlé pendant une dizaine de jours avant de passer le cap du premier rendez-vous mais ce que je lisais de son expression était improbable pour ma part. Je me sentais cernée, rougissante. Il tentait sûrement de discerner s'il me plaisait en analysant ma gestuelle, mon comportement.

Son attitude à lui était pourtant contradictoire, malgré le fait qu'il essayait de détendre l'atmosphère, il n'arrivait pas à dissimuler entièrement son stress.

— Salut... pas trop... déçue ?

Sa voix hésitante trahissait son malaise. D'ailleurs, je ne l'imaginais pas ainsi. Elle n'était pas virile ni rauque, même bien loin de celle d'un Vin Diesel, stéréotype parfait du mâle dominant par excellence. Non, la sienne était plus douce avec une légère pointe de féminité. Je pouvais y déceler à la fois excitation et angoisse. De plus, il ne cessait de gesticuler sur son siège, le buste en avant, les mains tremblantes placées sur les genoux, indicateurs directs de son état de nervosité. Pourtant, il continuait à soutenir mon regard intensément et ce, sans jamais dévier le sien. Pour ma part, je m'efforçais de ne pas lui laisser entrevoir mes propres craintes. Je lui souriais bêtement sans prononcer un mot.

Je m'étais aussitôt rappelée de l'une de nos conversations deux jours plus tôt :

— Et si je n'y arrive pas ?

Son inquiétude de ne pas être à la hauteur m'avait amusée. Il me montrait sans le vouloir qu'il n'était pas forcément un habitué de ces rencontres internet. Je restais cependant sur mes gardes. Cela pouvait être une vile technique pour endormir sa proie et gagner sa confiance. Les hommes étaient parfois fourbes et prêts à tout pour obtenir gain de cause. Et ce spécimen ne dérogeait pas à la règle. Je me devais d'être prudente. La photo de sa belle gueule et ses discours préétablis devaient être envoyés à de nombreux profils féminins en même temps. Il n'avait plus qu'à attendre patiemment que l'une d'elle morde à l'hameçon. Et avec moi, la pêche avait été plus que fructueuse. À peine inscrite, il avait su attirer mon attention avec son « Salut toi, moi c'est... » Alors sa crainte de ne pas assurer en réel était assez incohérente. Son attitude de dragueur sûr de lui, dès le début via messagerie instantanée, avait été mise à mal au moment même où nous avions évoqué l'idée de passer cette relation virtuelle vers le concret.

— Eh bien... on réessayera... lui avais-je spontanément répondu pour le réconforter.

Je le pensais. Vraiment. Mais il était évident que si cela n'avait pas fonctionné entre nous deux, j'aurais pris mes jambes à mon cou et ne l'aurais jamais revu. En y repensant, il aurait peut-être été préférable que cela se passe ainsi.

Je roulais. Les yeux fixés sur la route, je le surprenais régulièrement à me détailler.

À quoi pensait-il ?

Dix mille choses lui traversaient probablement l'esprit. Tout comme moi.

Je m'étais trompée à plusieurs reprises de chemin alors que je connaissais parfaitement le quartier vers lequel je me dirigeais. À cause de mon inattention, nous avions dû effectuer un détour incroyable. Je n'arrivais plus à réfléchir. Le virtuel était bien plus sécurisant. À distance, il était plus facile de communiquer, de se lâcher, de décrire ses fantasmes à un inconnu. Et encore bien plus simple si l'autre y était réceptif et en faisait de même.

La tension entre nous dans la voiture me faisait complètement perdre les pédales. Je ne savais plus où j'étais ni comment j'en étais arrivée là. Nous parlions de choses et d'autres tout du long sans aborder le côté charnel et les raisons qui nous avaient amenés à échanger tous les deux en premier lieu. La situation était étrange. La veille encore, nous étions désinhibés et directs. Maintenant, nous étions sur la réserve.

L'élément déclencheur de ce rendez-vous ?

Notre instant cam à deux heures du matin. Dès lors où nos regards s'étaient croisés par caméras interposées, nos sourires béats l'un pour l'autre avaient achevé de nous convaincre que la rencontre réelle était inéluctable. Cette fois-là, j'avais pu admirer en direct son torse parfait et son jogging qui lui tombait sur les hanches, toutes aussi parfaites.

Nous ne pouvions parler. Nous chuchotions à peine, bien trop effrayés à l'idée de réveiller nos moitiés profondément endormies. Installés confortablement derrière nos écrans respectifs, nous nous dévorions du regard avec envie.

— J'ai apprécié te voir te mordre la lèvre, m'avait-il écrit après avoir raccroché.

J'étais aux anges. Cet homme, contrairement à celui que j'avais épousé, me regardait comme une femme et non une mère de famille. Il me désirait, il avait... envie de moi.

Chapitre 2

10 mai 2011 — Huit ans plus tôt
Un jour tout aussi fantastique qu'effrayant. L'accomplissement et le résultat d'un amour entre deux personnes qui s'apprêtaient à donner la vie. Un bonheur incommensurable. Une peur panique de doubler les effectifs de notre petite famille qui passerait de deux à quatre en à peine quelques instants.

Lorsqu'avec mon mari, nous avions décidé d'agrandir notre tribu, nous ne nous attendions sûrement pas à faire d'une pierre deux coups. Plutôt que d'imiter la majorité des couples et ne concevoir qu'un seul bébé à la fois, nous avions eu la stupeur de découvrir pas un, mais deux petits cœurs qui battaient lors de la première échographie, et ce à la plus grande surprise de tous. Je revoyais nos têtes ébahies lorsque la gynécologue nous avait annoncé la nouvelle. Nos rires nerveux avaient été vite remplacés par des rires à la fois joyeux et inquiets de savoir comment nous allions nous en sortir. C'était un véritable imprévu et chamboulement de nos projets mais nous en étions heureux.

Notre quotidien en serait bouleversé à jamais. Habitudes de célibataire au placard, grasses matinées terminées, fêtes, sorties entre amis et nuits blanches aux oublis ! Enfin, en ce qui concernait les nuits blanches, ces dernières se poursuivraient oui, mais plus pour les mêmes raisons !

C'était le jour J, celui que j'avais tant redouté, celui qui me transformerait en maman super cosmique plus que prête à relever le défi. Je m'y étais préparée. Huit mois pour étudier, me renseigner, me projeter, imaginer, attendant avec impatience le jour où les jumeaux feraient concrètement partie de notre vie.

Pendant toute ma grossesse, j'avais lu le plus de livres possible, consulté le maximum de sites internet et regardé les émissions de téléréalité spécialisées, dans l'unique objectif de connaître la meilleure façon d'accueillir et de s'occuper de son bébé.

Quels étaient les bienfaits du lait maternel ? Quels étaient les avantages et inconvénients du cododo ? Fallait-il laisser un bébé pleurer ? Faisait-il des caprices ?

Après des heures et des heures de recherches, de réflexions et d'insomnies, j'en étais finalement arrivée à la conclusion qu'il n'existait aucun manuel homologué par le Ministère de l'Éducation Nationale, ni de diplôme d'État pour apprendre à être une bonne mère ou un bon père. L'apprentissage de la parentalité ne pouvait se faire par la lecture d'un bouquin ou par le visionnage de programmes télévisés, non. Il fallait de la pratique, ne pas craindre l'échec, se lancer et recommencer. Éduquer était synonyme de courage, pédagogie, enseignement et patience. En toute logique, rien d'insurmontable pour un parent aimant.

Il me tenait la main. Il ne la lâchait pas. Il était mon roc, mon soutien.

— Tu vas y arriver... me murmura mon époux pour me réconforter. Je suis là.

Je le regardais et lui souriais avec tendresse. Son expression ne laissait transparaître aucune inquiétude, il tentait de me rassurer tant bien que mal.

Valentin et moi nous étions rencontrés au lycée, partagions la même bande d'amis mais ne nous étions jamais vraiment trop intéressés l'un à l'autre sentimentalement parlant. En dernière année, chacun d'entre nous avait tracé sa propre route. Lui avait poursuivi des études dans le commerce et moi, j'avais quitté la France pour partir à l'étranger pour élargir mes compétences, notamment linguistiques, et découvrir de nouveaux horizons. Nous nous étions retrouvés trois ans plus tard, en juin 2006, lors d'une réunion d'anciens élèves.

Que sont-ils devenus ? était le thème de la soirée. La plupart de nos camarades n'avaient pas changé d'un trait, que ce fut physiquement ou mentalement. Apparemment, seuls les temps changeaient, pas les gens. Nous avions cette vague impression d'être en décalage. Le fait d'avoir mûri un peu, d'avoir vécu quelques expériences non concluantes de part et d'autre furent sûrement les raisons principales qui avaient favorisé notre rapprochement.

Nous avions évoqué avec plaisir et amusement nos diverses mésaventures et nous étions trouvés de nombreux points communs.

Un baiser et quelques rencards plus tard, nous avions décidé de nous installer ensemble en colocation et le temps avait fini par faire le reste... de merveilleuses années emplies d'amour, de partages, de voyages, de rires, de pleurs mais surtout de bonheur. Même s'il n'y avait pas eu de véritable coup de foudre, mon cœur était prêt à s'ouvrir complètement à cet homme. C'était lui, celui avec qui je voulais vieillir, celui avec qui je voulais fonder une famille, celui avec qui je me projetais dans l'avenir.

J'aimais Valentin plus que tout. Je l'adulais, je le respectais, j'étais fière de ce qu'il était, j'étais heureuse d'être à ses côtés. Alors lorsqu'il m'avait fait sa demande deux ans plus tard, l'hésitation n'était pas à l'ordre du jour, il était temps de faire le grand saut.

Nous nous étions dit oui devant Monsieur le Maire un jour du mois de décembre 2008 et l'agrandissement de notre foyer faisait bien évidemment partie de nos projets.

Et nous voici le 10 mai 2011, prêts à devenir d'heureux parents. J'appréhendais avec une inquiétude certaine ce moment où la sage-femme me tendrait les fruits de notre amour après des heures de douleur et de dur labeur.

Je n'imaginais pas encore qu'on pouvait aimer et se dévouer corps et âme à ce point pour deux petits êtres. Être mère était instinctif. J'avais su que ma mission principale était de les protéger quoiqu'il advienne. Avant eux, je pensais que ma vie avait un sens, que j'étais comblée. Mais c'était avant que je ne les rencontre pour la première fois, avant que je ne pose mes yeux attendris sur leurs doux et innocents visages, avant que je ne les serre fort contre moi, avant que ce lien extraordinaire ne s'établisse entre nous. Un torrent d'amour m'avait alors envahie comme jamais auparavant.

Après mûres réflexions, je m'étais aperçue que ce jour fabuleux avait été le point de départ d'une lente dégradation de la relation de notre couple en apparence « harmonieux ».

Tout avait commencé à changer, à se détériorer dès lors.

Je n'étais plus une femme à ses yeux, j'étais devenue... la mère de ses enfants.

Chapitre 3

24 janvier 2019 — Huit mois plus tôt

— Tu peux te garer là, tu ne trouveras pas d'autres places.

La tension commençait à grimper. Il était, à ce stade, encore temps de me sauver et de changer d'avis. Il était encore temps de lui dire que je ne pouvais pas, que je ne me sentais pas capable de trahir mon mari. Mais encore une fois, je n'avais pas choisi cette option. Je le suivais jusqu'à l'entrée de son habitation qui se situait au troisième étage d'une maison de rue reconvertie en plusieurs petits appartements, plutôt bien située, non loin des commerces du quartier.

La neige craquait sous nos pieds, la peur de glisser et de me ridiculiser devant lui s'ajoutait au stress de ce rendez-vous interdit. La prudence était donc de rigueur. Lui marchait vite, ne souhaitant probablement pas être reconnu par ses voisins en compagnie d'une autre femme que la sienne.

Regrettait-il ma venue ? Était-ce sa façon à lui de me « semer » ?

Le doute commença à s'insinuer en moi... mais ce dernier s'évapora aussi subitement qu'il était apparu lorsqu'il se retourna tout à coup vers moi pour se rincer l'œil en me scrutant sans aucune retenue.

— Pas mal... en effet...

Je ne lisais aucune déception sur son visage. Son petit sourire suffisant et sa façon de me reluquer de haut en bas n'étaient pas des plus discrets et complimenteurs pour une véritable féministe telle que moi. Mais étrangement, je ne me sentais pas rabaissée par le regard qu'il me portait, ni même par sa remarque manquant terriblement de tact. Une autre aurait pu mal prendre le fait d'être comparée à un vulgaire morceau de viande, mais ce n'était pas mon cas.

Je le regardais de dos, observais attentivement sa démarche plutôt assurée. Il effectuait de grandes enjambées que j'avais un peu de mal à suivre. Ce bellâtre d'un mètre quatre-vingt était définitivement à mon goût. Dix centimètres de plus que moi, une silhouette athlétique et svelte. Bien loin du cliché du mec banal que l'on pouvait dénicher sur la toile.

Qui aurait cru que ce genre de perles pouvait se trouver ?

Bien entendu en prenant en compte mon degré élevé d'exigence physique du sexe opposé. Aucune photo n'avait attiré mon attention. Aucune. Sauf celle qu'il m'avait envoyée.

Une fois dans sa cage d'escalier, il s'empressa de monter quatre à quatre les marches qui nous séparaient de sa porte d'entrée. Alors que j'étais toujours à sa suite, je me sentais de plus en plus mal à l'aise.

Et si cela ne fonctionnait pas ?

Il me laissa galamment entrer chez lui. J'accédais directement dans un petit vestibule carrelé qui donnait sur un petit couloir avec cinq portes. La plus proche en entrant à gauche était vitrée et laissait entrapercevoir un salon très lumineux et cosy. Il l'ouvrit et m'invita à le suivre. Cet appartement possédait un intérieur chaleureux et parqueté avec une cheminée condamnée et des hauts plafonds dans le style Haussmannien. Un canapé d'angle foncé agrémenté de quelques coussins moelleux trônait à droite de la pièce mesurant une bonne vingtaine de mètres carrés. Des guirlandes de lumière pendaient aux fenêtres et rendaient les soirées sûrement bien plus romantiques. Je bloquai subitement sur la décoration murale. Une banane… un énorme poster d'environ un mètre par deux, d'un homme chauve aux lunettes noires carrées sur le nez, une chemise de couleur parme ainsi qu'un nœud papillon vert mangeant avec envie… une banane. Très particulier et à la limite du dérangeant comme décoration… mais bon, chacun ses goûts ! Je fixais cette image, dubitative. Mon attention se dirigea ensuite vers des photos qui décoraient le mur principal, face au canapé. La première qui attira mon regard représentait mon futur amant avec un autre homme, blond et souriant. Les deux semblaient plutôt proches, un très bon ami, visiblement. D'autres cadres étaient dispersés sur le bord de la cheminée. Plusieurs personnes y figuraient, famille, amis, jeunes femmes, dont l'une d'elles était probablement celle qui partageait sa vie, celle qu'il aimait. Dans l'ensemble, je considérais cet endroit assez bien ordonné avec une touche féminine incontestable.

Mon hôte retira manteau et bonnet puis s'éclipsa quelques instants vers sa petite cuisine ouverte sur le salon pendant que j'essayais de me relaxer. Je ne savais pas où poser ni mon sac ni le reste de mes affaires. Je me sentais de trop.

Comment pourrais-je encore me regarder en face ? Comment arrivait-il à faire abstraction de la présence fantomatique de sa copine qui investissait clairement les lieux ? Comment pouvait-il envisager de la tromper dans leur cocon ? Comment avais-je pu accepter cela ?

Il était coutumier des faits. Il ne pouvait en être autrement. Il semblait si détaché et n'avait pas hésité à m'ouvrir son quotidien. Je savais où il travaillait, où il habitait, son nom de famille. Je l'avais trouvé sans grande difficulté sur les réseaux sociaux. De moi, il ne connaissait que mon prénom. J'aurais très bien pu lui mentir sur le fait que je sois mariée. Il n'en aurait jamais rien su. Une folle hystérique aurait très bien pu laisser intentionnellement une boucle d'oreille chez lui pour semer la zizanie dans son couple.

Désinvolture ou inconscience ?

Il ne savait pas qui j'étais, mais bizarrement, il me faisait entièrement confiance. Je n'eus le temps de douter de nouveau sur le fait que ma présence en ce lieu et avec lui était un mauvais choix, qu'il était déjà revenu avec deux verres de vin blanc entre les mains qu'il posa sur la table basse.

— On va se détendre un peu... me lança-t-il tout en s'installant sur le canapé. Si ça peut te rassurer, c'est pas chez moi ici. On est chez un de mes potes qui me prête son appart.

Je ne savais pas si cette annonce était rassurante ou encore plus inquiétante. Tout ce que je savais, c'était qu'à cet instant, il m'attirait. Je ne pensais aucunement aux conséquences et répercussions sur la femme sentimentale et fragile que je pouvais être parfois intérieurement. Il décela que mes yeux s'étaient attardés sur le grand poster très particulier.

— Oh ça... un pari perdu !

— Le gage est étrange ! C'est perturbant ce mec, qui croque dans une banane !

Il se mit à rire.

— T'as pas idée ! Et je…

Il se stoppa net. Bizarrement. Probablement troublé par toute cette situation. Je m'assis à ses côtés. Il m'envoûtait, me scrutait et me souriait. Nous ne savions pas comment faire pour briser la glace et ce rapprochement inévitable m'excitait tout autant qu'il me terrorisait. Son regard traduisait son désir d'aller plus loin, bien plus éloquent qu'un discours. Le mien, en revanche, le fuyait un peu pour finir par se poser sur son avant-bras gauche tatoué. Il était en sweat-shirt gris clair dont il avait relevé les manches jusqu'aux coudes. Je détaillais avec insistance le dessin rouge et bleu foncé sur sa peau. Un soleil sombre dont les épais rayons se terminaient en une multitude de petits points couleur sang qui s'estompaient de plus en plus au fur et à mesure que nous nous éloignions de son cœur. Du bout des doigts, je me risquais à toucher délicatement son épiderme.

Premier contact physique. Aucun frisson.

Il se laissait faire et regardait avec attention mon pouce caresser son tatouage, comme si tout ceci était naturel. Sa peau était douce et agréable, je pouvais sentir ses veines à mesure que mes doigts glissaient avec précaution en surface. Non, il ne frissonnait pas, mais son poing fermé avec énergie attestait qu'il était visiblement aussi nerveux que je l'étais.

— Soleil levant au Japon, m'expliqua-t-il sans que je ne lui en demande la signification. La culture japonaise, les mangas, sont deux de mes passions.

— Tu y es déjà allé ? m'intéressai-je.

Je relevais les yeux vers lui et nous nous observions alors avec encore plus d'intensité. Je fixais ses traits, son look, son attitude et ses cheveux noirs épais. Il le remarqua aussitôt en laissant échapper un petit rire sexy et en glissant ses doigts dans sa dense crinière.

— Faut que j'aille chez le coiffeur, ils sont trop longs, ça devient n'importe quoi, on dirait Wolverine ! plaisanta-t-il.

Un large sourire fendit mon visage.

— Bah quoi, il est super hot Wolverine ! ris-je.

Il avait su détendre l'atmosphère en quelques mots. Il était fort. Très fort. La couleur verte de ses iris était encore plus fascinante qu'auparavant. Son visage n'était plus qu'à quelques centimètres du mien et la tension entre nous était encore plus palpable.

*

De retour dans ma voiture, je restai là plusieurs minutes pour me remettre de mes émotions. Ma meilleure amie au courant en intégralité de mes déboires sentimentaux m'avait bombardée de textos pour obtenir le maximum de détails.

[Alors tu l'as vu ? Il est comment en vrai ? Bien foutu ?]

[Ce suspense est insupportable !]

[Appelle-moi dès que tu peux !]

Je ne pouvais m'empêcher de sourire à son véritable engouement à connaître la suite de mes aventures conjugales et extraconjugales. Laure était la seule personne à qui je confessais tous mes péchés, entre autres, mon prêtre au féminin. D'une nature plutôt enjouée, elle était de celles qui ne jugeaient pas, qui tentaient de conseiller du mieux possible sans jamais avoir une once de reproches. Une amie comme on n'en faisait plus, à qui j'aurais confié ma vie. Toujours à l'écoute, dans le réconfort et d'une extrême bienveillance ainsi que d'un altruisme qui n'était plus à démontrer. Elle travaillait dans un cabinet d'avocats réputé du centre-ville et vivait elle-même des aventures trépidantes avec son confrère, Vincent, qu'elle qualifiait encore de tous les noms d'oiseaux possibles et inimaginables il y avait encore moins d'un an. Une romance à la « Je t'aime moi non plus ». À l'époque, je la taquinais sans cesse sur le ton catégorique qu'elle employait à son égard, bien trop impérieux et intransigeant. J'attendais tout aussi impatiemment qu'elle le résumé quotidien de l'évolution de sa relation avec, je cite, « ce connard imbu de lui-même ».

Je m'empressai de retrouver ma liste d'appels récents et de cliquer sur son prénom, qui s'était affiché évidemment tout en haut de celle-ci. Pas même une sonnerie. Elle était aux aguets, attendant de mes nouvelles.

— Alors ? hurla-t-elle au téléphone, me perçant presque les tympans.

— *Chez Louis* ? Dans trente minutes ? lui répondis-je aussitôt.

— Et comment ! À tout de suite !

Chapitre 4

8 juillet 2011 — Huit ans plus tôt
Je fredonnais une berceuse pour calmer Clémence, absolument inconsolable. J'étais descendue dans le salon pour que ses pleurs ne réveillent pas son frère et ne pas avoir à gérer les deux en même temps à près de trois heures du matin.

— Calme-toi ma puce, ça va aller, maman est là... lui murmurai-je de ma voix la plus douce.

Le tic-tac de l'horloge rythmait mes mouvements. Je marchais et berçais ma fille avec une allure lente et soutenue. Mes bâillements incontrôlables toutes les trente secondes attestaient que j'étais épuisée par la cadence que mes bout'chous m'imposaient. S'occuper d'un bébé était déjà un marathon en soi, alors de deux... Je ne dormais quasiment plus, les jumeaux n'étant pas calqués sur le même fuseau horaire. J'avais l'impression de ne jamais m'arrêter, de m'être transformée en un véritable zombie. Je ne comprenais même plus comment mes jambes pouvaient encore me porter.

Leur père dormait profondément, comme toutes les nuits. Il était rare qu'il se levât de lui-même pour aller nourrir nos enfants. Pour se justifier, il prétextait systématiquement le lendemain que son sommeil avait été si lourd qu'il n'avait rien entendu. Il se dédouanait et ne prenait aucune responsabilité, aussi simplement que cela. Un peu facile si vous voulez mon avis. Pour moi, il faisait juste la sourde oreille.

— Mais moi je bosse la journée ! Toi, tu es en congé maternité ! avait-il l'habitude de me scander à tout va.

— Parce que tu crois que m'occuper des jumeaux n'est pas un travail à plein temps ? Entre les couches, les pleurs, les biberons, et le fait qu'ils ne fassent pas la sieste et qu'en plus je doive me lever la nuit parfois pour plusieurs heures sans que tu ne bouges le petit doigt ? On échange quand tu veux ! lui avais-je rétorqué sans pour autant obtenir le résultat attendu.

Je faisais les cent pas avec ma petite poupée dans les bras. Elle finit par stopper ses sanglots au bout d'une heure et demie. J'avais tenté à plusieurs reprises de la reposer dans son lit mais ce, sans succès. Mademoiselle préférait les bras de sa maman. J'avais donc lutté, installée le plus confortablement possible dans le canapé de notre séjour. Je commençais tout juste à somnoler quand les cris intempestifs de ma deuxième terreur résonnèrent dans toute la maison et me firent sursauter de peur et de crispation. Clémence dormait toujours à poings fermés contre ma poitrine et mon corps refusait tout bonnement de se mouvoir. Il ne suivait plus le rythme. Mes batteries étaient plus qu'à plat. J'aurais tout donné pour posséder les mêmes pouvoirs que cet infatigable petit lapin rose portant un tee-shirt jaune aux piles à la longévité extraordinaire.

J'attendis quelques instants. J'espérais au fond de moi que Valentin se lèverait, qu'il finirait par entendre les hurlements de Noah. Mais aucune réaction. Au bout de cinq minutes, n'en tenant plus, je finis par trouver une dernière once d'énergie et montai dans la chambre des bébés. Je réussis à reposer dans son berceau le petit ange que je tenais pour me saisir de son petit frère à son tour.

— Chuuuuut... rendors-toi petit filou, il est bien trop tôt et maman est exténuée.

Cinq heures du matin. Il était cinq heures du matin et j'étais debout depuis près de trois heures. Je n'en pouvais plus. Même rituel. Berceuse, cent pas, caresses dans le dos, petits baisers pour pouvoir l'apaiser comme sa sœur. Et puis canapé.

— Bah qu'est-ce que tu fais là ? Tu peux pas t'endormir avec Noah contre toi sur le fauteuil enfin ! Tu te rends compte, tu aurais pu le faire tomber ! Tu es inconsciente !

La voix furieuse de mon mari m'avait percé les tympans et me réveilla d'un bond. Il m'avait arraché mon fils des bras et me regardait de travers comme si j'étais la plus irresponsable des mères qui puisse exister.

Je me levai avec difficulté et le laissai planter là sans même prendre la peine de répondre à son attaque gratuite et ses reproches mal placés.

À ce moment-là, je le haïssais. Il était sept heures du matin et il était temps pour lui d'aller travailler. Je m'en foutais. J'avais besoin d'une petite, une toute petite heure pour me reposer, sinon je ne pourrais tenir la journée.

*

— T'as une tête de déterrée ma pauvre... me balança Laure sans aucun ménagement. Il t'aide pas ?

J'avais appelé mon amie à la rescousse pour me soulager un peu. Elle avait posé un jour de congé et était accourue aussitôt car elle avait compris que j'étais au bord de l'implosion.

Laure avait absolument tout d'une femme fatale. Un carré plongeant affinait considérablement son visage ovale. Blonde, les yeux bleus, un petit mètre soixante-quinze et une silhouette des plus gracieuses et élégantes. D'ordinaire, elle était toujours parfaitement apprêtée, son métier d'avocate requérant une apparence impeccable. Mais ce jour-là, elle avait cependant troqué son tailleur habituel contre un jean slim délavé et un tee-shirt blanc moulant. Mais même avec ce style plus confortable, elle n'avait pu se passer de ses incontournables escarpins en pointe.

Je m'étais mise à pleurer devant elle, incapable de me contenir davantage. Les jumeaux dormaient depuis à peine vingt minutes lorsqu'elle arriva pour prendre le relais. Laure, compréhensive, me réconforta en me préparant une tisane pour m'aider à calmer mes nerfs à vif.

— Repose-toi cet après-midi ma belle, je m'occupe des jumeaux, t'as vraiment besoin de repos.

Je ne parlais plus, je m'exécutais machinalement. Les marches à monter étaient une véritable épreuve. Lorsque mon corps fusionna enfin avec le matelas, il ne me fallut que quelques secondes pour que je me retrouve aussitôt emportée dans les bras de Morphée.

Réveillée brusquement par les pleurs. De nouveau.

Je me retourne dans le lit et tâte la place vide à côté de moi.

— Valentin ? J'en peux plus... occupe-toi d'eux, je t'en supplie.

Personne.

Mais où était-il encore ?

Oh, mon Dieu, je m'étais endormie et personne ne s'occupait de Clémence et Noah !

Je me levai d'un bond et dévalai les escaliers en quatrième vitesse complètement paniquée.

— Clémence ! Noah ! criai-je inquiète.

Les pleurs s'étaient stoppés. Laure était assise sur le fauteuil et donnait le biberon à mon fils tandis que Clémence roupillait dans le transat juste à côté.

— Oh je suis désolée ma chérie, Noah a une sacrée voix... retourne dormir, tu n'es montée qu'il y a une heure à peine. Je t'ai dit, détends-toi, je me charge de tout.

Tout mon corps se relâcha. Mon esprit me jouait des tours, l'épuisement me faisait perdre la notion du temps. Pour une fois, quelqu'un avait pris la suite, m'avait soulagée de la lourde tâche que de prendre soin d'un nouveau-né. Avec la plus grande déception, cette personne n'était pas forcément celle que j'espérais. Valentin n'était plus celui dont j'étais tombée amoureuse, il avait changé, il était devenu égoïste et indifférent, oubliant que nous voulions tous deux cette famille. J'avais presque l'impression qu'il regrettait l'arrivée des jumeaux. Mais ils étaient à présent parmi nous et il était trop tard pour faire marche arrière. Il devait assumer son rôle de père.

Si seulement il s'était levé cette nuit-là et toutes les autres qui avaient suivies...

Si seulement, il m'avait dit :

T'inquiète pas chérie, repose-toi, je prends le relais... comme mon amie l'avait fait.

Chapitre 5

24 janvier 2019 — Huit mois plus tôt
Nos visages s'étaient rapprochés et la confusion m'avait envahie. Cet homme troublait ma perception de la réalité et mettait mes fonctions cognitives à rude épreuve. Nous nous fixions avec avidité. Sa lèvre inférieure était charnue et terriblement alléchante. Son regard avait redoublé d'intensité. Mon instinct animal me murmurait qu'avec lui ce serait l'apothéose. Jusqu'à aujourd'hui, jamais je ne m'étais trompée concernant mon choix de partenaire, j'avais toujours jeté mon dévolu sur la bonne personne, un peu comme un sixième sens. Celle avec qui l'attirance était forcément réciproque. Mon corps s'était instantanément connecté au sien, comme si un champ de force extrêmement puissant nous reliait tous les deux. Sous son emprise, il n'était plus question de reculer ni de lui échapper. J'étais physiquement attirée par lui, mais une infime partie de mon mental hésitait encore.

Pour m'aider à lâcher prise, mes paupières s'étaient fermées toutes seules pour laisser mes autres sens prendre la suite et prolonger au maximum cet instant incroyable. Celui du toucher était en ébullition. Sa joue frôlait la mienne avec délicatesse, ses mains découvraient peu à peu mes cuisses, puis mes hanches alors que mes doigts étaient encore un peu réticents à en faire de même.

— Laisse-toi aller… m'avait-il susurré.

Le timbre suave de sa voix me rassurait. Cette manière dont il avait de me chuchoter des mots réconfortants à l'oreille était une habile tactique de persuasion. Tactique qui fonctionnait. Mon sens de l'odorat était celui qui avait fini par me faire entendre raison. Son parfum enivrant m'hypnotisait et m'ensorcelait littéralement. Je m'en étais imprégnée, me laissant complètement envahir et posséder. C'était impossible à décrire, il fallait le vivre pour comprendre.

Il ne manquait plus que le goût à contenter. Nos lèvres ne faisaient que s'effleurer et cela augmentait la tension entre nous qui devenait plus qu'oppressante. Le baiser restait une chose intime beaucoup plus significative que l'acte sexuel en lui-même. C'était quitte ou double. De ce premier contact aurait découlé la suite des évènements. Soit je m'enfuyais en moins de temps qu'il ne fallait pour le dire, soit c'était magique et le retour en arrière serait alors impossible. Les tests visuel, olfactif et auditif ayant déjà été passés avec succès, celui-là n'était plus qu'une simple formalité au vu de notre attraction irrépressible.

Et puis, d'un geste ferme et décidé et sans me prévenir au préalable, il m'avait délivrée enfin de tous mes questionnements intérieurs en écrasant finalement sa bouche sur la mienne.

Doux, moelleux, paradisiaque, incomparable, d'une puissance inouïe, un véritable feu d'artifice, le summum de la perfection, un baiser d'une profondeur extraordinaire. Une explosion s'était fait ressentir en moi. C'était divin. Il aimait embrasser et cela faisait toute la différence. Nous arrêter était donc de l'ordre de l'impossible. Une vague de libido gigantesque venait de nous emporter au loin, vers une île où personne ne nous retrouverait. Je voulais ses lèvres sur les miennes, encore et encore et la réciprocité était incontestable. Je dirais même que cela allait au-delà.

Tout mon corps rêvait de se coller au sien. Après des minutes qui paraissaient des secondes, ses baisers, à la fois d'une extrême sensualité mais aussi d'une grande ferveur, avaient commencé à se diriger vers mon cou. Il découvrait peu à peu et avec une infinie délicatesse chaque centimètre carré de ma peau brûlante en direction de ma poitrine. Je le laissais faire et l'encourageais même, en glissant mes doigts dans sa chevelure épaisse et soyeuse.

— Allô, allô ! Reviens parmi nous... m'interpella mon amie en claquant des doigts pour me ramener à la réalité.

Perdue dans mes songes, je revivais les premiers instants torrides avec cet inconnu rencontré sur le net.

J'avais pris une profonde inspiration avant de revenir *Chez Louis* en compagnie de Laure, les yeux ronds, qui m'adressait un sourire des plus moqueurs.

— Dis donc... il t'en a fait de l'effet apparemment ! C'était si bien que ça ?

Pour attiser davantage sa curiosité, j'avalai une longue gorgée de mon chocolat chaud en prenant mon temps intentionnellement. J'étais plus que ravie de la tournure des derniers évènements.

— Tu te rends compte que tes yeux brillent et que tu souris bêtement ? s'esclaffa-t-elle.

Je l'observais attentivement tout en haussant les sourcils, l'air étonnée.

— Laure, t'as pas idée... ce mec... c'est juste... mais c'est juste... WOW. Y'a pas d'autres mots. Je sais pas quoi te dire d'autre. C'était méga intense. Je n'ai jamais ressenti ça avant. Un véritable dieu du sexe. Pfiou... et physiquement... parfait. Il sent bon, et puis son regard... sa bouche... putain sa bouche...

Je m'affalai contre le dossier de mon fauteuil tout en soufflant et me remémorant chaque minute de notre entrevue.

— C'est le premier de toute ma vie qui arrive à me donner un orgasme la première fois. Jusqu'ici, je pensais que c'était mission impossible. Mais lui... c'est comme s'il avait compris comment je fonctionnais en l'espace de quelques instants. Il n'était pas là pour baiser. Il voulait me satisfaire à tout prix. Il était tendre, doux, à l'écoute. Il prenait son temps et s'est assuré tout du long que j'appréciais tout ce qu'il entreprenait. Il est juste... wow.

— OK donc tu ne regrettes pas ? Tu te sens pas mal vis-à-vis de... ?

— Écoute, ça va te paraître sûrement improbable... mais non, pas du tout... et je dirais même que j'attends avec impatience de le revoir...

— T'es sérieuse ? À la base, c'était juste comme ça !

Pas le temps de réagir que mon téléphone, posé sur la table basse face à moi, s'était mis à vibrer énergiquement. Je ne pus contenir un autre sourire incontrôlable à la vue de son prénom qui s'était affiché sur l'écran. Je me saisis alors aussitôt de mon précieux compagnon technologique et m'empressai de lire les quelques mots qu'il m'avait adressés.

[C'était génial, hâte de te revoir]

Mes pieds tapaient le sol de jubilation. Telle une gamine en attente de nouvelles de son coup de cœur collégien, je trépignais de savoir si nous étions tous deux sur la même longueur d'onde. Ce message, plutôt bref mais clair, attestait que lui aussi avait passé un agréable moment.

— Tant que tu gères la situation... fais-toi plaisir... mais quand je vois ton excitation à la réception d'un simple

SMS... j'ai peur que les sentiments ne s'en mêlent à un moment donné. Je te connais, t'es une sentimentale... juste, fais gaffe, OK ?

Je hochai la tête par l'affirmative, parfaitement consciente de ce que tout ceci engendrait mais le minimisant. Un véritable chamboulement intérieur s'annonçait, une véritable remise en question de toute ma vie se profilait. Mais à cet instant, je m'en fichais. Je me pensais assez forte pour tout arrêter quand j'en ressentirais le besoin et le déciderais. Avec le recul, je me rendais compte que le piège s'était déjà refermé sur moi lorsque nos corps étaient entrés dans le même espace vital, lorsque sa bouche avait rencontré la mienne.

Malheureusement pour moi, pour nous, j'avais perdu le contrôle. D'ailleurs, je ne l'avais jamais vraiment eu. Je n'avais jamais maîtrisé la situation. À aucun moment.

Chapitre6

4 avril 2014 — Cinq ans plus tôt

Je tentais désespérément d'attirer l'attention de ma fidèle amie très concentrée sur son ordinateur. Le confrère de Laure, Vincent, sourcils froncés, me regardait un peu de travers alors que je faisais de grands signes à travers la vitre du cabinet d'avocats Duprez.

Vincent Harris était l'associé collaborateur de Maître Charles Duprez, avocat fondateur, sur le point de partir en retraite. Laure avait été recrutée pour prendre sa succession à peine son diplôme en poche, pistonnée par un ami de son père, juge généraliste au tribunal d'instance. La jalousie de ce grand brun au physique de mannequin était flagrante. Son look bon chic bon genre attirait le regard, extérieurement séduisant, mais intérieurement énigmatique. Il ne comprenait pas comment une petite étudiante en droit pouvait accéder aussi facilement à ce niveau en aussi peu de temps. Lui qui avait toujours rêvé de prendre la place légitime de Charles en lui rachetant ses parts lors de son départ.

Et voilà qu'une femme... et qui plus est, plus jeune que lui, était sur le point de lui voler la vedette, ce pourquoi il avait tant travaillé, uniquement car elle avait les bons contacts. Il vouait une haine silencieuse mais profonde envers mon amie, privilégiée malgré elle. Le cabinet était le théâtre d'une guerre froide qui se déroulait sans que le fondateur n'en décèle quoi que ce soit, sûrement trop obnubilé par son retrait de la vie active dans les mois qui allaient suivre.

Mais malgré cette jalousie qui le rongeait, il ne pouvait cacher son attirance pour elle. Il la contemplait à la fois comme s'il pouvait la tuer dix fois sur place rien qu'en la fusillant du regard mais également comme un prédateur, désirant ardemment posséder sa proie. Ils se disputaient sans cesse et cet arrogant personnage cherchait n'importe quelle excuse pour la contacter en dehors des heures de bureau. De manière objective et en tant que simple spectatrice, pour moi, ils se cherchaient, se tournaient autour. Laure s'en amusait et n'y croyait pas un seul instant, se moquant ouvertement de lui à chaque fois qu'il tentait un rapprochement des plus maladroits. Autoritaire, directif. Tout qu'elle détestait. Et pourtant, je pouvais lire sur son visage qu'elle n'y était pas totalement indifférente.

Vincent me scrutait d'un air dédaigneux. J'étais fichée... c'était terminé. Il devait déjà me prendre pour la cinglée de service.

J'évitais soigneusement de croiser son regard condescendant et essayais de capter celui de Laure qui, au bout de quelques minutes, avait fini par sortir la tête de sa pile de dossiers et jeter un œil dans ma direction, à la fois surprise et ravie de me voir débarquer à l'improviste.

— J'arrive ! me mima-t-elle avec ses lèvres.

Je lui adressai un immense sourire et m'adossai contre le mur de la façade, l'attendant docilement.

— Tu vas bien ? me lança-t-elle aussitôt sortie.

— Oui ça va... et toi ? Toujours aussi aimable ce Vincent à ce que je vois...

— Oh c'est un tout petit ça va, ça ! Qu'est-ce que Valentin a encore fait ? Ou plutôt... qu'est-ce qu'il n'a pas encore fait ? m'interrogea-t-elle d'un ton inquiet mais tout aussi énervé. Ouais et Vincent... oh n'en parlons pas, s'il te plaît, ce mec m'horripile. Il est odieux. On va déjeuner à l'italien du coin et tu me racontes tes malheurs ?

— OK, ça me va... mais à la seule condition que tu me racontes les tiens ! en profitai-je pour la faire chanter.

Ses petites histoires avec le beau Vincent me feraient oublier un tant soit peu mes tracas quotidiens et me remonteraient le moral.

Attablées au fond du restaurant, nous dégustions avec un appétit certain les pizzas jambon Serrano et saumon commandées. Laure me questionnait sans relâche attendant que je crache finalement le morceau.

— Alors qu'est-ce qui te tracasse ? Tu sais bien que je te laisserai pas repartir sans savoir... alors, cherche pas, et accouche, m'ordonna-t-elle d'un ton strict.

— Valentin... je sais pas. Il est là sans être là. Il vit sa vie. Il se rend pas compte, je crois... c'est pas simple pour moi.

— Il t'aide toujours pas ?

— Il voit bien que je cours tous les matins... jamais il ne me propose d'habiller les jumeaux ou de les emmener à la crèche à ma place pour me laisser un peu de répit. Toujours la même excuse... j'ai même l'impression qu'il part tôt exprès pour éviter de devoir me rendre des comptes... J'en deviens parano.

— Pas certaine que tu le sois ma chérie. Il serait pas un peu de la vieille école celui-là ? Comment sont ses parents ? Maman à la maison et papa les pieds sous la table attendant d'être servi ?

— Ouais c'est un peu ça, sa mère était femme au foyer... mais moi non ! J'ai un métier ! Pas des plus faciles au quotidien en plus ! Je dois rester concentrée...

— J'sais pas comment tu fais sincèrement... pour supporter tout ça. Ton boulot d'infirmière, Clémence et Noah... Moi ce qui me fait halluciner c'est que c'est toi qui aies dû t'arranger avec ta cadre pour avoir des horaires décents... Il ne lève même pas le petit doigt ! Valentin... Je l'adore... te méprends pas, mais punaise ce qu'il m'agace ! Un vrai macho, partisan du moindre effort !

Je haussai les épaules, blasée et fataliste. Je m'étais résignée et j'acceptais. J'acceptais d'être la bonne, la mère, la travailleuse.

— Écoute... faudrait qu'on parte en week-end toutes les deux ! Tu devrais le laisser un peu se débrouiller avec les enfants ! On peut se prévoir ça, pas la semaine prochaine mais celle d'après ? s'exclama-t-elle, d'un ton décidé.

— J'peux pas. Il va pas me laisser tranquille, il m'appellera toutes les cinq minutes... Tu le connais pas ! Il s'est jamais vraiment occupé d'eux tout seul... ça me fait un peu peur...

— Raison de plus ! Il faut un début à tout et puis... tu coupes ton téléphone pour deux jours, c'est pas la mort !

— J'sais pas si j'arriverais réellement à couper, tu sais... Imagine, il arr...

— Stop ! me coupa-t-elle. Tu lui envoies un message et tu lui dis que tu n'es pas là le week-end dans deux semaines. C'est le seul week-end que j'ai de dispo... Tu lui imposes... OK ?

Je regardais mon amie un petit sourire aux lèvres. Elle m'avait convaincue, comme à chaque fois. Elle n'avait pas choisi son métier d'avocate pour rien, plus persuasive qu'elle n'existait pas. Je m'emparai alors de mon portable sous ses encouragements pour adresser un SMS à mon mari.

[Coucou Val, le week-end du 19-20, je pars pour deux jours avec Laure. Biz]

Simple. Court. Précis.

La réponse ne s'était pas fait attendre et m'énerva passablement.

[Tu prends les enfants?]

[Non, c'est un moment entre filles, et j'ai besoin d'un peu de repos]

[Franchement, ça tombe pas bien car je dois bosser absolument sur un gros dossier à présenter le lundi suivant au big boss, je pourrai pas être concentré. Tu peux pas faire ça une autre fois? Sinon, je peux voir avec ma mère mais bon... elle est plus toute jeune et deux en même temps...]

Wow... quelle déception.

Qu'avais-je ressenti à cet instant?

Tout ce dont je me rappelais, c'est que je ne lui avais pas répondu. Il avait cassé mon enthousiasme et mon regain de confiance en moi. Il s'était encore défilé.

Cela aurait été tellement plus simple s'il avait juste assumé son rôle de père. C'était tout ce que je souhaitais... qu'il soit un père aimant pour ses enfants mais même ça... c'était trop lui demander.

S'il avait accepté sa responsabilité de parent, je ne serais probablement pas tombée pas dans les bras d'un autre.

Chapitre 7

24 janvier 2019 — Huit mois plus tôt

J'étais rentrée chez moi.

J'étais rentrée chez moi avec tout un flot de sentiments divergents me parcourant.

Alors c'était donc ça ? C'était donc ça... tromper son mari ?

Aussi simple que de mettre une lettre à la poste. Aussi réprimandable que de grignoter un encas avant le repas. Aussi jouissif que de savourer un pot de glace au chocolat devant Bridget Jones. Aussi excitant que de virevolter sur des montagnes russes ou encore aussi intense que l'adrénaline ressentie lors d'un premier saut en parachute.

J'étais encore perchée sur un nuage et je repoussais l'instant où il faudrait affronter de nouveau la réalité de mon quotidien. J'exaltais. J'avais bravé l'interdit. J'avais bafoué ma promesse de fidélité. Je n'étais plus celle que je connaissais jusque-là, celle que j'étais : une femme dont les valeurs fondamentales étaient l'honnêteté et la transparence. Étrangement, je n'éprouvais aucune culpabilité mais ne ressentais qu'une immense frustration. Sa présence, son regard me manquaient déjà et cela ne faisait qu'à peine quelques heures que nous nous étions quittés.

Je repensais à chaque moment avec lui, chaque caresse, chaque baiser, mais aussi à son odeur, sa peau, à la vision de son corps dénudé, à sa manière de m'observer, de me détailler, de me désirer. Je sentais encore ses mains sur chaque partie de mon anatomie. Je pouvais encore humer son parfum sur moi, sur mes vêtements, sur mes cheveux. Des sentiments diamétralement opposés se disputaient le devant de la scène. D'un côté la remise en question et le fait de réaliser que rien ne pourrait plus jamais effacer ces instants passés en sa compagnie. Et de l'autre, cette sensation de plénitude, cette envie folle de retrouver sans plus tarder ses bras, sa douceur, ses gestes tendres et cette connexion instantanée à laquelle je n'avais jamais été confrontée auparavant. Je rêvais secrètement de découvrir qu'il éprouvait exactement la même chose que moi, que toutes ces émotions étaient partagées et vécues de la même manière.

J'avais retardé le moment de la douche pour garder le plus longtemps possible les derniers vestiges de notre entrevue imprégnés sur mon épiderme. J'étais au nirvana. Je ne voulais plus revenir. J'étais... bien et déroulais dans mon esprit le film de ces dernières heures encore et encore.

Lorsque l'eau chaude commença à ruisseler sur mon visage et continua son chemin vers mes épaules puis le long de mon corps, je fermai les yeux.

Je le revoyais. Lui, le regard avide, désireux, tel un mâle alpha cherchant sa femelle. Ses lèvres me provoquaient, me cherchaient, m'incitaient à lâcher prise, à m'abandonner dans ce moment de volupté. J'avais retiré moi-même mon haut et avais observé avec beaucoup d'attention ses premières réactions à la vue du corset en dentelle blanche que j'avais acheté spécialement pour l'occasion. Il avait souri et s'était mordillé la lèvre inférieure d'envie. Ma lingerie avait apparemment eu l'effet escompté. Sa main droite avait parcouru avec une véritable délicatesse le tissu brodé et un frisson des plus agréables s'était alors répandu dans tout mon corps. Le feu brûlait littéralement en moi. Le sang qui pulsait dans mes veines s'était transformé en lave en fusion dont la température avoisinait un seuil jamais atteint. Il avait embrassé le haut de ma poitrine tout en laissant flâner ses doigts dans le creux de mes reins.

Le parfum qu'il dégageait, outre le côté sauvage, diffusait un effluve brutal et noble à la fois. Une fragrance de pure séduction qui se mêlait avec perfection à son aura charismatique. Je m'étais laissée complètement envahir et posséder. Je chancelais, je ressentais le besoin qu'il aille plus loin, qu'il descende ses mains vers mes cuisses, qu'il enflamme d'autres parties de mon corps. Les miennes, vacillantes, s'étaient déplacées vers son dos incroyablement musculeux et avaient entrepris d'elles-mêmes de lui ôter son sweat-shirt pour que mes rétines puissent se brûler en admirant enfin son torse imberbe et ses abdominaux parfaitement dessinés. Sa manière de se mouvoir, de bouger le haut de son buste m'excitait encore plus. Ses épaules carrées étaient véritablement fascinantes. J'en avais plein la vue. Je découvrais un nouveau corps. Le sien. Et j'en avais envie. Il m'avait agrippée soudainement et m'avait fait glisser sur le canapé pour prendre l'ascendant et me dominer de toute sa hauteur. Mes jambes s'étaient naturellement enroulées autour de sa taille et il me regardait avec une soif grandissante.

Je me rappelais m'être dit à cet instant :

Wow, il est juste... wow... et il m'a choisie... moi.

Je rêvais de ce moment où son torse sculpté comme je l'imaginais se collerait contre ma poitrine. Ce n'était plus qu'une question de secondes avant que ce délicieux fantasme ne prenne vie. Les rayons du soleil d'hiver accentuaient l'intensité de la couleur de ses iris et les rendaient encore plus hypnotisant. Les paumes posées sur ses pectoraux, je pouvais sentir les battements de son cœur s'accélérer à une allure fulgurante. L'excitation était manifeste. Il était dans le même état que moi. J'avais basculé ma tête en arrière et cambré légèrement mon dos pour lui offrir la peau délicate de mon cou. Il ne s'était pas fait prier pour embraser davantage la torche humaine que j'étais devenue en y déposant une multitude de baisers. Mon corps s'arquait instinctivement pour se jumeler au sien.

Nous étions connectés.

Les lois de la physique, ou autres forces surnaturelles nous attiraient inexorablement l'un vers l'autre.

Ou était-ce probablement plus de l'ordre biologique ?

Les phéromones... même s'il n'était pas encore scientifiquement prouvé qu'elles avaient un rôle prédominant chez l'être humain, je pouvais, malgré tout, sentir cette attraction chimique qui nous entourait tous les deux. C'était irrépressible, c'était plus fort que nous, plus fort que tout. Comme s'il avait baigné ses lèvres si envoûtantes, sa peau satinée, ou même tout son être dans un philtre d'amour extrêmement puissant. Je savais que si nous allions plus loin, le fait d'y avoir goûté me rendrait complètement accro, dépendante, éprouvant à son égard un désir tempétueux, irrassasiable que je me devrais assouvir et suffisamment contenter à l'avenir. Je ne pourrais plus lui dire non.

Mes rêveries furent perturbées par le claquement brusque de la porte d'entrée.

— Chérie ? Je suis rentré plus tôt ! Mon dernier rendez-vous a été annulé !

Je coupai l'eau chaude.

— Je prends une douche et ensuite je dois aller chercher les enfants à l'école ! lui criai-je.

— OK, ça marche ! Je vais aller faire une sieste une petite heure sur le canapé, je suis exténué.

Pendant un court instant, j'y avais cru. J'avais cru qu'il allait me proposer d'aller récupérer les jumeaux à ma place... mais non. L'espoir fait vivre, disait le dicton.

Chapitre 8

28 août 2016 — Trois ans plus tôt

La montagne de vêtements en vrac empilés sur le lit annonçait la couleur. Je ne savais pas quoi porter pour la fête surprise organisée pour une amie d'enfance revenue cette semaine de l'étranger. Je ne l'avais pas vue depuis plusieurs années et j'étais sûre qu'elle me trouverait changée et inversement. Je restais statique devant mon placard tout en poussant un profond soupir de désarroi.

Qu'allais-je bien pouvoir mettre ?

Plusieurs étagères remplies, des vestes, des pantalons à ne plus savoir qu'en faire, mais non, absolument rien à porter. Rien ne me satisfaisait suffisamment. J'avais toujours été très féminine. Talons, jupes, robes, maquillage étaient indispensables à ma vie de femme accomplie. J'avais une silhouette harmonieuse sans avoir la taille mannequin. Le ventre plat de mes vingt ans était un lointain souvenir, les affres de la grossesse étant passées par là. N'empêche que j'acceptais mon corps tel qu'il était et assumait totalement vergetures et peau d'orange. Je m'apprêtais de manière à mettre en valeur ma morphologie en A comme dirait une présentatrice mode célèbre aux origines brésiliennes. Taille fine et hanches un peu plus larges, fessier rembourré mais plutôt bien proportionné.

— Maman !

Ignorer les appels intempestifs de ma fille de cinq ans intentionnellement, lui répondre de me lâcher la grappe ou bien jouer à la mère modèle ?

Quel dilemme ! Je n'avais pourtant que quelques secondes à peine pour prendre ma décision car elle allait débarquer dans ma chambre d'un instant à l'autre et j'étais encore en petite tenue.

— Maman ! réitéra-t-elle un ton au-dessus probablement car elle se demandait si je l'avais bien entendue.

Je soufflai. Oui, je soufflai. D'exaspération.

Était-il possible de mettre ces petites furies sur off par moment ?

J'avais beau aimer mes enfants plus que tout au monde, il n'empêchait qu'avoir cinq minutes pour soi en tant que parent exténué n'était pas du luxe.

Ses pas lourds dans les escaliers résonnaient déjà alors je m'empressai d'enfiler ce qui me passait sous le coude.

— Oui ma chérie ? abdiquai-je. J'en ai pour cinq minutes, j'arrive.

Trop tard. La porte s'ouvrit dans un grand fracas.

Mais quelle délicatesse ! Je me demandais si Clémence n'était pas un garçon manqué. Elle n'avait aucune douceur ni même pudeur, elle jouait au foot et les princesses Disney, trop peu pour elle.

La seule qui correspondait à ma jolie tête brune ?

La princesse Rebelle qui remettait sans cesse en cause l'autorité et se comportait comme tout sauf une fifille à sa maman. Sa vivacité nous emportait tous dans un tourbillon de bonne humeur.

— Qu'est-ce qui se passe ma chérie ? lui demandai-je d'une voix douce.

La tête penchée sur le côté, les sourcils froncés et son éternel sourire en coin malicieux, ma fille m'observait attentivement.

— Papa demande si t'as bientôt fini ?

— Papa peut pas venir le demander lui-même ?

Cela m'aurait arrangée un tantinet vu que j'avais réellement besoin de conseils sur le choix de ma tenue.

— Tu peux lui demander de me rejoindre pour m'aider ?

Pour une fois, elle s'exécuta sans rechigner.

— Papa ! hurla-t-elle du haut des escaliers.

Mon Dieu, être parent n'était pas de tout repos.

— Quoi ? répondit-il d'un ton qui ne laissait aucun doute sur le fait qu'il voulait qu'on lui fiche la paix.

— Maman a besoin de ton aide pour s'habiller ! C'est trop moche ce qu'elle a mis !

Les enfants et leur tact légendaire... L'indulgence ne faisait pas non plus partie de leur vocabulaire.

Qu'est-ce qu'elle avait ma robe ?

C'était en plus ma préférée du moment... Jaune pastel, fluide et confortable.

— Dis-lui qu'elle n'a qu'à mettre ce qu'elle veut, mais qu'elle se dépêche car on est en retard ! C'est toujours la dernière !

Et voilà, encore une fois il ne voulait pas faire d'efforts. Mais cela n'était pas nouveau. Je commençais doucement à m'y habituer depuis le temps. Malgré le désintérêt de mon conjoint, je n'étais pas de ce genre de femmes qui se laissaient aller. J'avais toujours souhaité être la plus coquette possible. Avant tout pour moi et ensuite pour ma famille. Je voulais lire de la fierté dans les yeux de mon mari et de mes enfants.

— Tu peux me laisser le temps de me préparer et rejoindre ton frère ? Je n'en ai pas pour longtemps, promis ma puce.

Elle m'offrit un câlin inattendu mais grandement appréciable avant de sortir de ma chambre. Je l'entendis courir dans les escaliers en hurlant le prénom de son jumeau.

Eh bien, je n'avais d'autres solutions que de décider par moi-même ! J'avais fait les soldes un mois avant et étais allée dans ma boutique de prêt-à-porter favorite pour y trouver une jolie robe bustier en dentelle rose poudrée. Je n'étais pas convaincue que ce serait l'idéal pour ce soir mais tant pis, personne ne l'avait encore vue et j'avais envie de plaire à mon époux.

Je passais rapidement par la case salle de bains, brushing, maquillage et parfum. J'étais à ce moment-là vraiment contente du résultat. Je m'étais admirée de longs instants devant le miroir, en long, en large et en travers. Mes escarpins noirs affinaient considérablement mes jambes qui paraissaient bien plus fines. Dernière chose à enfiler, un perfecto noir en cuir pour apporter une touche plus jeune à l'ensemble. Ce jour-là, je m'étais mise sur mon trente-et-un, bien plus chic que d'ordinaire. Ravie de la finalité, et surtout impatiente que ma famille puisse me donner son avis, je descendis en faisant attention de ne pas louper une marche.

— Wow... t'es trop belle maman, s'exclama mon fils Noah, ma tête brune numéro deux depuis l'entrée.

— Merci, mon chéri, lui répondis-je un immense sourire aux lèvres.

Un de convaincu, manquait plus que deux ! Mais où étaient ma petite rebelle ainsi que celui qui me ferait me sentir unique ?

Puis subitement, comme s'ils avaient entendu mes pensées les plus profondes, les deux derniers membres de la famille nous rejoignirent dans la foulée. Je restai figée sur la dernière marche de l'escalier pour assister à leurs expressions ébahies. Mon époux mesurait un mètre quatre-vingt-dix, cheveux châtains coupés à la militaire, barbe et moustache de trois jours, les yeux clairs, un style vestimentaire classique mais pratique au quotidien, en soit, la tenue du parfait commercial. Comme dans tout couple, les années passées avaient vu les kilos supplémentaires pointer le bout de leur nez, même s'ils n'étaient pas les bienvenus. Ils s'étaient imposés, ni vus, ni connus. J'avais tout de même pris un peu moins de poids que mon homme, et ce, malgré ma grossesse gémellaire. Cependant, mon amour et mon désir pour lui n'avaient pas changé d'un trait. Je l'aimais comme il était. Mes enfants, quant à eux, étaient la copie conforme de leur père. Clémence avait de longs cheveux bruns légèrement ondulés, alors que son jumeau avait les cheveux plus lisses, une coupe dégradée avec une mèche tombant sur ses yeux. Tous deux avaient le même regard en amande que leur paternel mais le même sourire que celui de leur maman. Certes, ils étaient semblables physiquement mais leurs caractères différaient complètement. Le tempérament rêveur de ma fille était en parfaite opposition avec le pragmatisme de son frère.

Mon sourire était tellement gigantesque que je m'en serais presque décroché la mâchoire. Les deux ne pouvaient faire abstraction de ma tenue glamour qui en ferait pâlir et jalouser plus d'une, j'en étais plus que certaine. Et puis chaque épouse fantasmait secrètement que sa moitié la regarde comme au premier jour. Avec désir, envie et amour.

— C'est bon, t'es prête, on peut y aller ? me lança celui qui partageait ma vie depuis aussi longtemps que je m'en souvienne.

J'étais tombée de haut. De très haut. Je ne m'attendais clairement pas à cette réaction et la désillusion n'en fut que bien plus immense. J'avais fait un effort et j'avais reçu une flèche en plein cœur pour m'en récompenser. Il avait à peine levé les yeux pour me regarder. D'un tempérament assez cash, je n'hésitais une seule seconde à lui envoyer une remarque à ce sujet tout en restant courtoise et souriante alors que je n'avais qu'une idée en tête, l'étrangler sur place.

— Tu ne dis rien... Comment tu me trouves ?

— Bah bien ! C'est comme d'habitude, non ? me sortit-il du tac au tac.

C'était encore pire que ce que je croyais. Il n'avait même pas vu la différence par rapport aux autres jours. Anéantie. J'étais anéantie. Je n'avais qu'une seule envie, remonter et pleurer dans ma chambre. Mais je me refusais de lui montrer qu'il m'avait une fois de plus fait mal, par sa désinvolture ainsi que son manque d'attention à mon égard. Et puis, j'étais une mère et j'avais des responsabilités. J'avais cette impression d'être une plante verte, juste là pour être à ses côtés, sans quelconque intérêt. Je ne me sentais plus une femme désirable à ses yeux mais uniquement sa femme et la mère de ses enfants. Autrement dit, un rôle à jouer, à endosser et que j'avais accepté en signant en bas du contrat, le jour de notre mariage. Je tentais de lui masquer ma déception comme je pouvais, même si ce fut une mission des plus difficiles.

— T'as vu comme maman est belle, hein, Clémence ? surenchérit mon petit homme.

L'expression angélique de mes enfants me réconforta aussitôt, oubliant presque ainsi ma peine. J'avais su reprendre le dessus. J'avais su éluder une nouvelle fois le détachement de plus en plus fréquent de mon mari. J'avais... l'habitude.

Je n'attendais qu'il me dise une seule chose ce jour-là :

Tu es superbe... vraiment...

Ces quatre mots auraient certainement changé la donne.

Chaque individu avait le choix, qu'il soit bon ou mauvais. Une multitude de possibilités s'offrait à lui, de nombreuses alternatives qui pouvaient avoir des issues positives ou négatives. Emprunter consciemment le mauvais chemin pouvait-il se transformer en un choix des plus judicieux ? Peut-être que traverser une grosse tempête au départ était la décision la plus raisonnable pour enfin apercevoir le ciel bleu et dégagé par la suite ?

Chapitre 9

24 janvier 2019 — Huit mois plus tôt

Je conduisais en direction de l'école et ne pouvais penser à autre chose qu'à mon extraordinaire après-midi. Mon esprit était accaparé par lui, son souffle, ses baisers.

Les seuls sons qui avaient envahi la pièce étaient nos soupirs de satisfaction.

Naturel. Tout avait été naturel et sans aucune gêne. Je n'avais pas été gênée qu'il puisse observer mon corps tel qu'il était avec toutes ses imperfections. Non, je n'avais pas été gênée, car son regard m'avait fait me sentir magnifique et belle. Ses caresses, le passage de ses lèvres, de sa langue sur ma peau sensible m'avaient commandé de m'offrir encore plus à lui. Et je m'étais aussitôt exécutée, lui rendant la pareille. Sa peau était d'une incroyable douceur et fermeté, une peau de bébé. J'avais embrassé ses épaules et humé en même temps cette fragrance qui lui était propre et qui m'envoûtait totalement.

Il était tendre. Nos corps se complétaient, s'unissaient comme s'ils se connaissaient déjà. L'appréhension et la peur de se décevoir mutuellement avaient disparu pour laisser place à une alchimie parfaite de nos enveloppes charnelles.

Lorsqu'il s'était redressé pour s'agenouiller à mes pieds, j'étais bien loin de deviner à quelle sauce j'allais être mangée et l'excitation grandissait. Je me sentais défaillir, engloutie par le canapé transformé en sables mouvants. Je m'enfonçais, comme aspirée par un trou noir de pulsions nouvelles et réprimées depuis bien trop longtemps.

Tout en continuant de soutenir mon regard, il avait entrepris de déboutonner mon jean puis de le faire glisser le long de mes jambes et de le jeter un peu plus loin. Ses yeux m'observaient avec insistance et me brûlaient, comme s'ils avaient le pouvoir de m'enflammer avec une facilité déconcertante. Avec une lenteur insupportable, son visage s'était avancé vers mon nombril, seule partie du haut de mon corps qui n'était pas cachée par mon corset. Tout mon bas-ventre s'était contracté et s'était réjoui de recevoir prochainement le Saint-Graal de la jouissance. Sans jamais couper le contact visuel, il avait scruté chacune de mes réactions pour savoir s'il était sur la bonne voie, s'il s'y prenait comme il fallait. Et c'était le cas.

Mon rythme cardiaque s'était affolé à mesure que ses lèvres voyageaient vers la zone la plus intime du corps d'une femme. Un orgasme était sur le point de se déchaîner mais restait malheureusement encore détenu et sous l'emprise de son geôlier, le seul à pouvoir le délivrer. Il jouait de plus en plus avec sa langue et je ne rêvais que d'une chose, qu'il descende plus bas pour m'incendier littéralement. Je mourrais d'envie qu'il me touche.

Il avait attrapé les côtés de ma lingerie en dentelle, dernier rempart avant de pouvoir accéder au but. D'un geste délicat, il m'avait incitée à la retirer avec son aide.

Mes profondes inspirations et expirations m'aidaient à reprendre un semblant de contrôle. Ses yeux ne me quittaient pas et un rictus arrogant s'était formé au coin de ses lèvres. Il avait compris l'effet qu'il me faisait. J'avais étouffé un cri de surprise lorsque ses doigts avaient glissé vers mon entrejambe pour commencer à taquiner mon intimité avec une maîtrise incroyable.

Mon corps s'était emballé, se réchauffait et frissonnait de désir à ce simple contact.

Mais qu'est-ce que je m'apprêtais à faire ?

Il avait affiché un sourire de satisfaction alors qu'il venait de réussir à me voler un gémissement de plaisir du fait de son doigté expert. Sa bouche parcourait chaque parcelle bouillonnante de mon entrecuisse. Sa langue titillait, excitait, tourmentait ma fleur délicate. La raideur de mon corps était une indication claire et directe qu'il tapait dans le mille ce qui l'avait encouragé à poursuivre son odyssée avec encore plus de velléité.

Lorsqu'il avait senti que j'étais à point, il s'était stoppé brutalement et était remonté pour finalement s'allonger au-dessus de moi. Il avait écrasé de nouveau ses lèvres sur les miennes et j'étais au nirvana. L'effervescence entre nos deux corps brûlants de désir était à son paroxysme et je m'étais laissée complètement aller aux joies du plaisir charnel avec cet homme si attirant. Une de mes mains était passée sous son pantalon de jogging puis son boxer, se saisissant avec ferveur de son membre durci qu'il frottait contre moi. Elle commençait à l'attiser avec des mouvements délicats et fermes tandis que l'autre flânait et découvrait son fessier d'une incroyable douceur. Nos gémissements résonnaient dans le petit appartement et nous excitaient davantage. Puis, dans un élan impatient, il s'était levé, avait retiré ce qui lui restait de vêtements puis enfilé un préservatif déjà prêt à l'emploi qu'il cachait dans sa main. Avec mon autorisation il s'était insinué en moi aussitôt, opération largement facilitée par l'embrasement au niveau de mon bas-ventre.

Les mouvements de va-et-vient étaient d'abord lents, profonds et d'une extrême intensité. Une chaleur m'envahissait petit à petit et je m'étais sentie transportée vers le septième ciel.

— Vas-y.… plus fort... l'avais-je supplié.

Il s'était exécuté à ma demande, devenant plus sauvage et primitif.

Mes mains vagabondaient sur ses reins puis de nouveau, sur ses fesses, musclées et fermes, l'accompagnant dans sa progression. Mon corps ondulait de lui-même pour l'inciter naturellement à poursuivre son aventure et l'exciter davantage.

Au bout d'un moment et sans prononcer le moindre mot, il avait compris de lui-même que j'étais lassée d'être dominée et m'avait proposé de le chevaucher alors qu'il s'installait confortablement dans le fond du canapé. Encouragée à prendre l'ascendant, je m'étais alors retrouvée au-dessus de lui, à califourchon sur ce bel étalon visiblement très satisfait. Il était hors de question que je rate une telle chevauchée. Il avait consenti à me laisser le dompter alors que je m'extasiais de le voir apprécier les sensations que nos corps moulés ensemble nous procuraient à tous les deux. Ses mains sur mes hanches avaient entrepris de m'escorter tranquillement jusqu'à la jouissance.

C'est à ce moment que j'avais lâché prise. L'orgasme tant attendu, d'une intensité encore jamais ressentie auparavant s'était emparé de moi. Un tremblement de terre, un séisme, toute la puissance des phénomènes météorologiques réunis en un unique et gigantesque super cataclysme. J'avais gémi son prénom sans plus pouvoir me contenir. J'avais senti mon cœur battre dans chaque partie de mon corps et c'était... merveilleux.

Mon expression réjouie lui avait instantanément fait comprendre qu'il avait réussi le défi haut la main. Il m'avait rebasculée sous lui et dans un ultime coup de reins avait atteint lui aussi le paradis.

Nous avions repris lentement notre souffle, mon amant se laissant tomber sur le côté, haletant et transpirant, affichant une mine espiègle.

— Wow... c'était intense... m'avait-t-il susurré dans le creux de l'oreille.

— Intense... ouais, c'est le mot, avais-je répété.

Chapitre 10

6 mars 2017 — Deux ans plus tôt
Fichu réveil !
Il était déjà six heures trente et comme tous les lundis, c'était la course. J'avais, en mère modèle, déjà préparé la veille au soir les vêtements des enfants, leurs sacs pour aller à l'école, et m'étais levée en avance. Je détestais les matins, je détestais me lever, et pour moi, le lit restait le meilleur endroit au monde. S'allonger le soir sur son matelas moelleux était juste incroyablement orgasmique. J'en soufflais toujours de contentement, surtout après une journée compliquée et fatigante.

En ce mois de mars, un jour identique aux autres avait débuté. Je m'étais hissée difficilement hors du lit alors que mon mari debout depuis cinq minutes, ne m'avait pas même adressé un bonjour. Il avait déjà filé sous la douche et se préparait pour aller travailler. Il était cadre commercial dans une grande entreprise pharmaceutique du coin. Souvent sur les routes, il possédait son véhicule de fonction et organisait son planning comme il l'entendait, et ce, tant qu'il atteignait ses objectifs mensuels. Il se plaisait dans son métier et gagnait bien sa vie. Il était courageux, travailleur et ambitieux. De ce côté, je n'avais vraiment pas à me plaindre et c'était ce que j'avais aimé chez lui dès le départ. Pour ma part, j'avais aussi une carrière professionnelle dont j'étais pleinement satisfaite, j'étais infirmière au service cancérologie du centre hospitalier régional. Autant dire que ce n'était pas facile au quotidien.

Ma vie était rythmée entre les impératifs d'une mère au foyer d'un côté et le travail d'une femme active et fière de l'être de l'autre.

Mon éducation familiale m'avait enseigné qu'une femme devait tout assumer sans jamais se plaindre. Avant les années quatre-vingt, la majorité de la gent féminine, peu importe la classe sociale, ne travaillait pas. Le mari au boulot et l'épouse aux fourneaux ! De nos jours, la donne avait radicalement changé. Les femmes étaient à présent plus indépendantes et il n'était pas rare de dénombrer de plus en plus de familles monoparentales. Dans les couples, les tâches quotidiennes devraient logiquement être partagées équitablement, mais cela semblait être plus une utopie qu'une réalité.

La femme se devait de toujours endosser son rôle de perfection dans son foyer, d'exemple, d'épouse et de mère. Ne jamais s'apitoyer sur elle-même et tout faire dans la joie et la bonne humeur.

J'ai pas le temps, moi je pars à sept heures car je vais me prendre les bouchons sinon !

Voilà le genre de réponse typique que je recevais de la part de mon époux lorsque je lui demandais de prendre le relais pour la préparation des enfants ou tout simplement de les conduire à la garderie.

Et ce matin-là était identique à tous les précédents.

— Tu peux me donner mon tee-shirt sur la chaise près de la porte dans la chambre ? S'il te plaît ma chérie ? me cria-t-il depuis la salle de bains.

Il était sacrément gonflé de me demander de l'aide alors que j'étais pressée, que les enfants traînaient la patte comme à chaque fois, et que je n'étais moi-même pas prête.

J'avais donc choisi de faire celle qui n'avait rien entendu et je continuais de m'atteler à ma routine habituelle.

Alors que je venais tout juste de donner les bols et paquets de céréales à mes petites terreurs encore à moitié endormies, leur papa, fraîchement sorti de la douche, fit son entrée, un poil irrité.

— Tu ne m'as pas entendu, je t'avais demandé mon tee-shirt ?

— Si, j'ai entendu, je ne suis pas sourde, rassure-toi ! Mais c'est juste que moi, tu vois, contrairement à toi, je dois penser pour trois. Tu ne penses qu'à toi, alors tu m'excuseras mais non, j'ai bien autre chose à faire que perdre trois minutes de mon temps le matin alors que je suis à la bourre et que tu ne m'aides pas.

Oui, j'avais perdu patience. Oui j'avais perdu mon sang-froid alors qu'il n'y avait pas mort d'hommes. J'aurais pu juste lui répondre que je ne l'avais pas entendu et aurais pu éviter une énième dispute inutile. Oui, j'aurais pu. Mais ce jour-là était celui de trop. La semaine précédente, il m'avait déjà fait le même coup.

Il me regarda alors d'un air ahuri ne comprenant pas d'où venait le problème. Je savais pertinemment ce qu'il pensait.

Je l'avais toujours fait jusque-là alors pourquoi me plaindre ce jour en particulier ? Pourquoi ce matin-là ?

Moi-même ne connaissais pas la réponse. Une accumulation sûrement. Un trop-plein, c'est certain. La goutte d'eau qui faisait déborder le vase aussi ou encore les limites plus qu'atteintes. Oui, tout ça à la fois.

— Arrête, ça t'aurait pris deux secondes à peine, tu étais dans la chambre ! C'est n'importe quoi ce que tu dis !

— Dans cette famille, il y a toi d'un côté et les enfants et moi de l'autre. Tu trouves ça normal ?

— Mais tu es toujours en train de me dire la même chose, tu n'en as pas marre de te répéter ? Change de disque ! me rétorqua-t-il aussitôt.

— J'arrêterai de me répéter quand tu commenceras à penser comme un père de famille et un mari et non comme un coloc qui vit sa vie dans son coin ! J'ai juste l'impression qu'on habite sous le même toit, ni plus ni moins !

— Tu comprends pas ! Je te l'ai déjà dit pourtant ! Moi, j'ai de grosses journées, je cours partout ! se justifia-t-il pour la centième fois comme depuis des mois et des mois.

— Ouais... soufflai-je. Et moi alors ? Je me lève, je me prépare, j'aide les enfants à se préparer, je les conduis à l'école et je vais à l'hôpital. Une fois ma journée finie, je pars du travail, je vais chercher les enfants et ensuite, je rentre, je prépare à manger, leur fais prendre leur bain et range la maison. Toi, tu rentres tranquille vers vingt heures pour mettre les pieds sous la table ! Alors me prends pas le chou avec tes grosses journées car moi aussi j'en ai !

— Mes heures, je peux pas les compter ! Si je prospecte pas et ne donne pas de mon temps, je n'ai pas de clients. Pas de clients, pas de contrats. Pas de contrats, pas de salaire. Pas de salaire... je te laisse deviner la suite ! Toi, tu peux pas être virée comme ça, t'es fonctionnaire. Moi si, c'est le boulot de commercial !

— Toujours et encore les mêmes justifications... mets-toi à ma place une journée, pas sûre que tu tiendrais la cadence ! T'as la belle vie !

Cela se termina encore et toujours de la même façon, il finit par se taire, s'empara de ses clés et partit travailler. Aucune discussion constructive n'était jamais envisageable avec lui. Il coupait toute communication et revenait le soir comme si de rien n'était.

Comment réagir face à une personne qui estimait avoir toujours raison et qui ne faisait aucun effort ? Qui ne se mettait pas à la place de l'autre et pensait être dans son bon droit ? Que c'était l'ordre naturel des choses ?

Je m'étais souvent remise en question car je savais que parfois je pouvais être dure, trop dure, trop exigeante... mais en y réfléchissant bien, et en en discutant avec mon amie Laure, je m'étais rendu compte que ma paranoïa était bien loin de l'être. J'étais sûrement trop tolérante. Je n'aurais jamais dû lui laisser autant de liberté au départ mais des règles claires auraient dû être fixées.

Si seulement il avait cassé cette routine affligeante pour une fois en communiquant !

Écoute, demain je ferai des efforts...

Voilà les quelques mots que j'aurais aimé entendre de sa bouche auxquels je n'eus pas droit. Si nous en étions arrivés là, c'était certes, en partie de ma responsabilité et c'était un fait. Dans un couple, dans une amitié, ce n'était jamais la faute de tout l'un ou de tout l'autre, les torts étaient divisés, mais j'en avais assez. Je ne voulais plus subir.

Chapitre 11

27 janvier 2019 — Huit mois plus tôt
De véritables gouttes de sueur perlaient sur mon front. J'avais chaud, je me sentais nauséeuse et je peinais à respirer. D'ordinaire, je ne me souvenais jamais de mes rêves, à part si ceux-ci étaient de l'ordre cauchemardesque.

Je courais. Dans de sinistres couloirs. Des portes, à droite, à gauche, toutes fermées. Je m'évertuais à les ouvrir, sans succès. Je pouvais encore sentir la panique qui m'envahissait de plus en plus et mon cœur qui battait frénétiquement. Des larmes coulaient d'elles-mêmes sur mes joues et brûlaient ma peau comme de l'acide. Je n'éprouvais que crainte et souffrance, panique et désespoir.

Où étais-je ?

Je ne reconnaissais pas cet endroit lugubre et froid. Au plus j'avançais, au plus je me sentais perdue.

Comment avais-je fait pour me retrouver là ?

Il fallait que je fasse demi-tour. Il le fallait. J'avais donc fait volte-face et ne discernais plus rien à part le néant. Malgré cette obscurité et cette incertitude, la peur se volatilisa pour laisser place à une étrange absence d'émotions. Et puis tout à coup, une main se saisit de la mienne pour m'empêcher de me laisser aspirer par le vide sidéral, me sauvant de ces abîmes sans retour. Je me retournai pour me retrouver face au bel inconnu aux yeux verts qui me souriait. Sa présence me réconfortait, m'apportait cet oxygène dont j'avais besoin pour traverser cette houle d'ennui et d'insatisfaction personnelle.

— Viens avec moi... me murmura-t-il.

Son regard était pénétrant et insondable, son intonation douce et rassurante. Le suivre était tentant et mon esprit se mourrait d'envie d'y aller.

Puis sortant de nulle part, la voix de mon mari déchira subitement le silence. Ce dernier se tenait juste là, derrière la silhouette de l'homme qui n'aurait jamais dû avoir sa place dans ce rêve. Ses sourcils froncés et son expression à la fois perplexe et furibonde attestaient qu'il ne comprenait pas ce qui se tramait sous son nez.

— Qui est-ce ? gronda-t-il. Qui est-il ?

— Je... je... bégayai-je. Je... ne sais pas.

Toute ma vie, j'avais toujours su ce que je voulais, et je me donnais tous les moyens possibles et inimaginables pour atteindre mon but. C'était la première fois de toute mon existence que je ne savais plus où j'en étais, la première fois que je me sentais égarée. Ce bel inconnu du net avait su se frayer un chemin et s'aventurer dans le labyrinthe complexe qu'étaient mon cœur et mon esprit. Au lieu d'y trouver le Minotaure, il m'avait trouvée moi, errante, au milieu des allées sombres et sans fin.

Que désirait-il ? Que je suive le fil qu'il déroulait au sol pour me sortir de la prison dans laquelle je m'étais enfermée année après année ? Étais-je réellement prête à rejoindre le chemin qui me guiderait vers l'extérieur, la joie et le bonheur ?

Peut-être n'était-il apparu soudainement que pour me faire réaliser certaines choses. Peut-être souhaitait-il juste me faire comprendre que je méritais mieux que de poursuivre ainsi. Peut-être était-il juste une étape, un obstacle à passer pour enfin comprendre qu'il valait mieux être seule et heureuse qu'en couple et insignifiante.

Ce labyrinthe possédait plusieurs sorties, il me fallait en choisir une.

Devant moi trois portes. Devant celle de gauche se dressaient la stature de mon époux ainsi que celles des jumeaux. Devant celle du milieu se tenait celui qui m'avait fait dévier de mon destin tout tracé. Et devant celle de droite, Clémence et Noah qui me suppliaient de venir avec eux n'emportant avec moi que le strict minimum. Ils me faisaient comprendre avec leurs expressions enjouées que nous n'avions besoin de rien d'autre que d'être tous les trois pour être comblés.

J'avais donc le choix, continuer ma vie telle qu'elle était, me jeter dans le vide avec un amant sans même savoir si nous avions la même vision de l'avenir ou ne compter plus que sur moi-même et ma chair et mon sang.

Ce choix n'appartenait qu'à moi et me tiraillait. Plutôt que de devoir me décider à cet instant entre ma famille, mon désir d'être reconnue en tant que femme et mon amour pour mes enfants, mon esprit avait tout simplement préféré la solution de facilité. Me créer deux exactes copies de moi-même pour que nous puissions franchir chaque porte simultanément sans avoir besoin de se confronter à la dure réalité de prendre une seule et unique décision. La parfaite petite épouse, la femme enfin désirée et la mère accomplie, chacune d'entre elles se dirigea vers sa propre issue.

Je m'étais alors réveillée à ce moment-là, véritablement perturbée.

Comment cet homme pouvait m'atteindre aussi profondément alors que nous ne nous étions vus qu'une seule fois ? La culpabilité se serait-elle finalement installée sans que j'en sois consciente ?

[Salut toi... Quand est-ce qu'on se revoit ?]
[Tu es dispo jeudi midi ?]
[Je peux me débrouiller]
Pourquoi ne lui avais-je pas tout simplement répondu « Jamais » ?

Cela aurait été une réponse bien plus appropriée et m'aurait évité de nombreux désagréments. Mais mon attirance pour cet homme défiait toute logique et était irrationnelle. Tout ce que je savais, c'était que je devais y aller. Impossible de résister. Il fallait que je retrouve les sensations extraordinaires que nous avions partagées.

Chapitre 12

5 juin 2017 — Deux ans plus tôt
— Tiens ma belle. Tu en as besoin.

Laure me tendait une carte de visite que je me refusais de saisir, allez savoir pourquoi. Elle s'empara de ma main et me la donna de force.

— Tu peux plus continuer ainsi ! Tu vas finir en dépression à tout garder pour toi comme ça ! Il te faut l'aide d'un pro pour te guider dans tes choix et prises de décision. C'est plus qu'indispensable, c'en devient vital. Ta santé en dépend. Tu sais que j'ai raison. Valentin te mine le moral. Il fait rien pour changer ! C'est un égoïste. Il ne voit pas à quel point tu souffres et il ne veut pas entendre quand tu lui expliques ce dont tu as besoin.

Je regardai la carte avec attention.

— Une hypnothérapeute ? T'es sérieuse ?

Mon amie souffla d'exaspération. Elle commençait à perdre patience.

— Elisa Dutilleul est la fille d'un des amis de mon père. J'ai entendu dire qu'elle faisait des merveilles. Plus que de l'hypnose, c'est un psy. Elle fait de la thérapie individuelle et de couple. Si Valentin voit que tu y vas, peut-être qu'il ira à son tour ? Qu'est-ce que ça te coûte franchement ? Juste le prix d'une consultation ! Tout ça dure depuis bien trop longtemps. Mais comme tu ne m'écoutes pas vraiment...

— Si je t'écoute ! la coupai-je contrariée.

— Non, c'est faux et tu le sais ! Donc... je disais, comme tu ne m'écoutes pas vraiment, enfin, tu ne prends pas en compte mes conseils plutôt... pour une fois, fais confiance à ta meilleure amie et prends une séance avec cette hypnothérapeute, ça ne pourra te faire que du bien...

Elle prit son air de petite fille capricieuse à qui on ne pouvait absolument rien refuser tout comme ma fille et ses yeux de biche me firent instantanément capituler.

— OK, OK, tu as gagné ! Je vais y aller.

— Je sais, tu as l'impression qu'il ne te regarde plus, que tu n'existes plus. Mais tu existes bel et bien ! La preuve... Y'a ce père de famille sur notre gauche qui te fixe depuis au moins dix bonnes minutes...

— N'importe quoi !

Tout en prononçant ces mots, je ne pouvais m'abstenir de jeter un coup d'œil dans la direction de cet homme que Laure avait désigné d'un simple signe de tête. Dès qu'il croisa mon regard, il détourna automatiquement le sien, tapotant sur son téléphone portable, style de rien. Lunettes carrées sur le nez, il avait l'apparence d'un commercial, vêtu d'un pantalon classique bleu marine et chemise blanche avec les manches relevées aux trois quarts. Exactement ce que je fuyais de toute manière. Il me rappelait un peu trop celui que j'avais à la maison. Donc non, sans façon !

— Il était pas discret...

— Pas mon genre ! Il est blond en plus !

— Mais qu'est-ce que t'as contre les blonds ? s'indigna-t-elle en riant.

— Ah mais toi ça compte pas ma chérie ! Tu sais que si j'avais été lesbienne, je serais amoureuse de toi ! Malheureusement, je suis 100 % hétéro ! plaisantai-je.

Nous nous étions mises à rire tellement fort que tous les autres parents aux alentours se retournèrent vers nous.

— Arrête ! Je vais être fichée comme la maman qui rigole fort à la sortie de l'école !

— Et alors ? On s'en fiche non ?! Tout ça pour dire que tu plais. N'en doute pas ! C'est juste que Valentin a de la merde dans les yeux ! Quand il se rendra compte de la chance qu'il a, il sera trop tard et il s'en mordra les doigts, moi je te le dis ! D'ailleurs, tu sais que si tu as besoin...

— Oui je sais, soufflai-je d'un ton las. Mais je ne veux pas divorcer de mon mari.

J'avais juste envie qu'on arrête d'en discuter. Et la sonnerie annonçant la fin des cours se fit entendre pile à ce moment-là, me sauvant la mise. Les petits garnements allaient enfin sortir. La classe était finie. La grande grille s'ouvrit, laissant entrer les parents impatients qui se poussaient et se pressaient pour être les premiers à récupérer leurs enfants. Les miens étaient assez grands pour nous rejoindre directement à l'extérieur. Nous les attendions donc adossées contre les barrières disposées le long du trottoir dans un souci de sécurité pour les élèves.

— Salut Marraine ! cria Noah qui arrivait en courant.

Il se jeta dans ses bras oubliant même que sa maman était là à attendre son câlin journalier obligatoire. Laure lui ébouriffa les cheveux dans un geste attendrissant.

— Hey alors ! Et moi !? jalousai-je en faisant la moue.

— Sois pas jalouse Mam ! T'as toujours des câlins !

Laure profitait de son filleul dès que son agenda le lui permettait et elle l'adorait plus que tout. La marraine de Clémence était la sœur de Valentin qu'il avait choisie lui-même mais qui n'était pas aussi proche de nous que pouvait l'être mon amie.

— Où est ta sœur encore ? Avec ses copines, j'imagine ? soupçonnai-je.

— Avec Zoé, là-bas !

Dans la cohue, nous n'avions pas remarqué que ma fille était partie discuter un peu plus loin. Et en y regardant de plus près, il semblait que le papa de Zoé n'était autre que celui qui m'observait un peu plus tôt. Et zut ! Il ne manquait plus que ça !

Sympathiser avec les parents des amis de nos enfants était un prérequis que je détestais particulièrement. Pour éviter de m'en approcher et devoir entamer une discussion avec lui, j'appelai Clémence de loin en lui faisant signe pour qu'elle nous rejoigne. Mais bien entendu, elle était bien trop occupée à babeler avec Zoé. Laure avait déjà embarqué Noah en direction de la voiture et ne se souciait guère de mon petit problème. Tant pis, je devais me lancer. Je m'approchai d'un pas ferme et déterminé vers ma fille qui ne semblait pas décidée à rentrer à la maison. Clémence était bien plus indépendante que son frère. Elle vivait sa vie sans s'inquiéter du reste, quitte à se mettre parfois en danger.

— Coucou ma puce... Tu vas bien ? Laure et Noah attendent déjà dans la voiture, on y va ?

— Maman, dis oui s'il te plaît ! me supplia-t-elle.

— Dis oui pour quoi ? répondis-je en sachant pertinemment où cette chipie voulait en venir.

Encore une soirée pyjama, c'était couru d'avance !

— Le papa de Zoé a déjà dit oui !

Je me retournai vers lui et me présentai en lui serrant la main. Derrière ses lunettes, il affichait des yeux bleus pétillants. Il y avait bien longtemps que je ne décelais plus ce genre de regard chez mon mari. Par curiosité, le mien tomba vers sa main gauche qui ne portait pas d'alliance. Juste la trace d'un ancien anneau autour de l'annulaire.

Père célibataire en vue ! Attention, le danger pointait le bout de son nez !

— Enchanté, je suis Adam, le papa de Zoé qui me tanne depuis un moment pour inviter Clémence à la maison mercredi après-midi.

— Les filles s'invitent entre elles et comment voulez-vous leur refuser sincèrement ? m'amusai-je. Mais je ne sais pas si...

— S'il te plaît ! insistèrent-elles ensemble.

Et voilà... je me résignai.

Comment dire non à ces deux petites bouilles si attachantes ?

Et puis, ma fille avait six ans. Je devais lâcher un peu prise. Je ne pouvais plus la garder constamment dans une cage dorée.

— OK, OK ! C'est bon, ne faites pas cette tête-là !

Je sortis mon portable de mon sac pour pouvoir enregistrer le numéro du père de Zoé qui me le communiqua avec un sourire plus que ravi. J'avais cette curieuse impression d'être tombée dans un traquenard. Le destin se jouait de moi visiblement. Je fis biper son téléphone pour qu'il puisse obtenir le mien et m'envoyer son adresse par message.

Sans plus traîner et plutôt mal à l'aise, je pressai Clémence pour qu'elle me suive. Elle me serra dans ses bras et me remercia de lui avoir donné mon accord avec un air malicieux à la clef. Voir son expression aussi enjouée était la meilleure récompense que je puisse obtenir.

Laure m'observait de loin un rictus au coin des lèvres. Alors que nous arrivions à sa hauteur, elle n'eut le temps d'ouvrir la bouche que je la fis taire aussitôt.

— Non ! Pas de commentaires s'il te plaît ! En voiture !

Chapitre 13

21 février 2019 — Sept mois plus tôt
Le goût du risque, cette adrénaline, le cœur qui battait à dix mille à l'heure. Cela faisait près d'un mois que nous nous donnions rendez-vous chaque semaine, le jeudi entre midi et deux dans l'appartement de son ami. Nous commencions à réellement nous connaître tout en gardant un certain mystère sur nos vies privées respectives. Ne pas franchir cette frontière. Nous ne voulions pas franchir cette frontière. Cela aurait rendu les choses bien plus complexes et concrètes. Conserver cette légèreté dans cette relation interdite était notre but principal.

L'infidélité était un sujet tabou pour notre société. Elle ne devait pas exister, il fallait la taire. C'était immoral et j'en étais la première persuadée. Mais le commun des mortels ne pouvait le comprendre que lorsqu'il était confronté lui-même à cet obstacle dans sa propre vie. Briser ma famille n'était pas à l'ordre du jour, je me le refusais. Mais égoïstement, je voulais vivre cette aventure. Il le fallait. J'étais incapable d'en donner la raison. Comme si j'avais trouvé en cet inconnu, mon complément, une partie de moi que je venais de retrouver, impossible à dissocier. J'en avais besoin pour être entière, au même titre que ma famille. Je le sentais aussi enthousiaste que moi dans notre jeu de séduction attendant avec impatience la rencontre suivante.

Cependant, à cause de mon agenda overbooké de la semaine précédente, nous ne nous étions pas vus depuis deux semaines complètes.

[OK bah on va pas se voir pendant quinze jours alors!] s'était-il exclamé, exaspéré sur notre messagerie instantanée le lundi 11 février.

[Comment ça quinze jours? Je comprends pas...] lui avais-je répondu sans vraiment y réfléchir.

[Bah on s'est vus jeudi dernier et là on se verra que la semaine prochaine! Donc quinze jours sans se voir!]

[On se rattrapera jeudi prochain? Y'a une personne absente à l'hôpital... je suis d'astreinte en plus.]

[J'ai pas le choix de toute façon]

Il semblait énervé. Vraiment déçu que notre entrevue hebdomadaire soit annulée. Je ne m'y attendais pas mais avais trouvé cela plutôt agréable. Mon ego était grandement satisfait. Il me désirait davantage encore et il me le faisait comprendre par son attitude d'enfant trop gâté.

Nous chercher, nous aguicher étaient des jeux auxquels nous adorions nous adonner. Le tout n'en était que plus exaltant et érotique. Une relation sulfureuse, pleine de surprises et d'inattendu. À l'origine, l'organisation, l'encadrement, le fait d'analyser chaque situation et l'anticipation faisaient partie intégrante de mon quotidien, de ma personne. Avec ce beau brun, ce dernier s'était transformé en pure folie. Notre liaison ne respectait aucune règle et n'avait aucune explication. Nous étions tombés tous les deux dans un tourbillon de passion qui engloutissait tout sur son passage. J'étais prise dans quelque chose qui me dépassait et que je peinais à comprendre.

Nos sens étaient exacerbés et ce que j'éprouvais pour lui était explosif mais surtout incompréhensible pour quelqu'un d'aussi pragmatique que moi. Ne pas connaître à l'avance ce que l'autre souhaitait entreprendre mais seulement tenter de le deviner à travers son langage corporel était une activité à laquelle nous passions beaucoup de notre temps. Il me testait. Il ne savait pas jusqu'où j'étais capable d'aller pour satisfaire ses envies et repoussait sans cesse les limites de la décence. Il m'encourageait à dévoiler la sensualité qui se cachait en moi. Et la manière dont il m'admirait me confortait dans l'idée que j'étais une femme séduisante. Mon charme avait définitivement opéré sur ce bel Apollon.

— Alors ? Je t'ai manqué beau gosse ? le questionnai-je alors qu'il ouvrait la porte d'entrée un large sourire sur les lèvres, visiblement plus que ravi de me retrouver.

Pour me faire taire, mon amant m'attira à l'intérieur en se saisissant de ma main et me colla contre lui.

— Embrasse-moi, m'ordonna-t-il d'un ton autoritaire.

Puis sans attendre que je m'exécute, il pressa brutalement ses lèvres contre les miennes. Saisie par son approche plus que soudaine, je perdis légèrement l'équilibre et mon sac glissa alors le long de mon bras pour venir s'écraser silencieusement sur le sol. Le tintement de mes clés dans la poche intérieure m'alerta que j'étais une fois de plus dépossédée du contrôle de mes gestes et mouvements à sa simple proximité.

Alors que j'avançais vers lui et qu'il reculait dans le petit vestibule, il bouscula la console contre le mur de gauche sur laquelle était posée une tasse de café presque vide. Cette dernière s'explosa à terre en un grand fracas. Pas le moins du monde perturbé par les éclats de porcelaine qui jonchaient le carrelage gris et dans un élan de sauvagerie fortuit, il m'agrippa par les cuisses et me souleva brusquement. Mes jambes s'enroulèrent instinctivement autour de ses hanches pendant qu'il m'emmenait à l'intérieur de la chambre d'ami au fond à droite du couloir que nous avions l'habitude d'investir et théâtre de nos ébats plus que torrides. L'embrasser était devenu vital, j'avais besoin de lui, de son contact, de son corps, de ressentir son souffle sur ma peau. Une véritable addiction.

Notre étreinte se faisait plus féroce et impatiente. Je laissais mes doigts glisser et caresser délicatement sa crinière brune. Tout en nous embrassant, nos vêtements volaient et s'éparpillaient sur le parquet flottant, le tout dans un chemin parfait qui menait de la porte jusqu'au lit. Nous étions tous deux en sous-vêtements et nous dévorions avec un appétit certain. Il s'était allongé sur le matelas qui grinçait légèrement et m'ordonna ensuite d'un petit sourire arrogant accompagné d'un signe de la main de m'installer à califourchon au-dessus de son corps alléchant. Il ne se gêna pas pour détailler avec insistance la poitrine qu'il aimait tant à caresser habituellement. Alors qu'il entreprit de diriger sa main dans mon dos pour dégrafer le soutien-gorge qui la retenait et la comprimait, je lui attrapai la main d'un geste pour le stopper dans sa lancée et m'en charger par moi-même. Je me rendais compte du puissant ascendant que je possédais sur cet homme face à moi. Tout comme Aphrodite, sûre de son invulnérabilité, ma nudité assumée semblait accroître considérablement mon pouvoir redoutable sur celui sur lequel j'avais jeté mon dévolu. J'avais donc pris exemple sur la déesse de l'amour, qui connaissant son pouvoir d'attirance sur le sexe masculin, n'hésitait pas à user de ses charmes. Il haussa les sourcils et arbora fièrement cette éternelle expression suffisante et d'une incroyable arrogance qui me faisait totalement fondre.

J'étais une fois de plus, totalement à sa merci. Je ne pouvais résister à l'appel de son corps et réciproquement.

Le sexe, toujours plus de sexe avec ce stéréotype parfait de la virilité. Le niveau de notre libido ne s'essoufflait pas et ne faisait qu'augmenter au fur et à mesure des semaines qui s'écoulaient. D'autant plus, depuis que je commençais à ressentir certaines choses à son égard.

Attachement, attraction, sentiments amoureux ?

Cela devenait dangereux de continuer, je le savais et je tentais tant bien que mal d'y faire abstraction.

Une fois notre session sportive terminée, mon amant s'adossa contre la tête de lit. J'étais à la perpendiculaire, ma tête, délicatement posée sur son ventre. Ses doigts parcouraient avec douceur la longueur de mes cheveux un peu ébouriffés. Nous nous observions sans prononcer le moindre mot avec une intensité telle que j'en avais des palpitations. J'essayais désespérément de lire dans ses pensées sans jamais y parvenir. Mon regard oscillait entre le sien pénétrant et sa bouche gourmande sur laquelle je mourrais d'envie de poser la mienne. Je m'imaginais nos lèvres, une nouvelle fois en symbiose se plaisant à échanger des baisers langoureux, à la fois d'une infinie douceur mais aussi d'une extrême profondeur. Je me hissai avec l'aide de mes coudes pour les atteindre, n'en tenant plus. Mais c'était sans compter sur la nonchalance de cet homme sûr de lui qui décida tout bonnement de ne pas bouger d'un millimètre pour répondre à ma demande plutôt claire.

— Tu veux quelque chose ? me nargua-t-il avec un léger rictus dessiné sur ses lèvres.

Je le scrutais, sourcils froncés, me réfreinant avec beaucoup de difficultés pour ne pas plonger tête baissée dans son petit jeu. Je tentai de nouveau de rapprocher ma bouche de la sienne sans qu'il ne fasse le moindre effort de son côté pour accéder à ma requête.

— Si tu veux quelque chose... eh bien qu'attends-tu pour venir le chercher ? me réitéra-t-il d'un petit air insolent.

Je m'exécutai aussitôt et me levai d'un bon pour m'emparer enfin de cette tentation qui me faisait de l'œil depuis quelques minutes déjà.

Entre deux souffles, je lui rétorquai finalement :

— Tu me rends dingue... tu le sais ça ?

Il m'observait, un sourire réjoui sur le visage, haussant les épaules, levant les yeux au ciel puis émit un petit son des plus sexy :

— Hum hum...

— T'es vraiment grave... bien trop sûr de ton charme !

J'étais totalement ensorcelée. Je n'arrivais plus à m'en détacher et il le savait.

— Dis... on l'avait déjà évoqué au tout début lors de nos premiers échanges... poursuivis-je.

Ses yeux plissés témoignaient de sa légère inquiétude sur la conversation qui s'annonçait.

— Tu sais... je t'ai dit que j'étais pas le genre de femmes à réussir à séparer sentiments et sexe. Les deux sont forcément liés l'un à l'autre. J'ai peur de...

— T'es pas amoureuse, me coupa-t-il subitement.

— Comment tu peux le savoir ? T'es pas dans ma tête, m'énervai-je un tantinet.

— Je le sais, c'est tout. Si tu tombes amoureuse, je mettrai un terme à notre relation. Deal ?

— Tu vois d'autres femmes en même temps que moi ? osai-je lui demander.

— Non, toi uniquement. Et ma copine bien entendu. Tu en doutes ?

— Je sais pas, je me pose des questions c'est tout. Tu es plutôt bien organisé pour quelqu'un qui n'a trompé sa copine qu'une seule fois avant moi.

Il me regarda attentivement mais il choisit de garder le silence cette fois-ci.

Comment pouvait-il le prendre aussi sereinement ?

J'avais l'impression qu'il éprouvait la même chose que moi... mais ce n'était sûrement qu'une illusion. Les femmes étaient réputées pour être plus sentimentales que leurs homologues masculins. Je me trompais sûrement sur ses intentions. Il s'amusait, rien de plus. Mais je devais m'en assurer. Une idée venait de germer dans mon esprit.

Chapitre 14

6 juin 2017 — Deux ans plus tôt

— Qui est cet Adam qui vient de t'envoyer un message ? me lança Valentin alors qu'il jetait un œil sur mon téléphone posé sur la table du salon.

Tiens, tiens...

Mon mari serait-il jaloux ?

Je jubilais intérieurement. Ce genre d'attention était importante dans un couple mais bien entendu, si le parfait dosage était respecté. Une personne trop possessive rendait les choses invivables, mais une petite pointe d'inquiétude pouvait raviver l'intérêt dans un couple. Un rival, c'était bien de ça dont il était question. Peur de la concurrence, qu'un autre ne puisse marcher sur ses plates-bandes. Je décidai donc de le taquiner un peu pour me rassurer et voir jusqu'à quel point il se souciait encore de moi.

— Ah j'ai reçu un message ? Merci ! lui répondis-je en m'emparant de mon portable avec un large sourire en lisant le SMS.

J'espérais au fond de moi qu'il fulminait de ne pas obtenir la réponse à son interrogation. Je n'étais pas sa propriété. Il devait se battre tous les jours pour me conquérir. Il ne pouvait pas se reposer sur ses lauriers en brandissant notre famille comme étant l'aboutissement de notre amour. Ce n'était pas parce que les liens sacrés du mariage nous unissaient que nous devions arrêter de nous séduire. Il fallait entretenir la flamme pour éviter qu'elle ne s'éteigne.

Le père de Zoé m'avait envoyé son adresse ainsi que l'heure à laquelle je pouvais déposer Clémence chez eux, le tout agrémenté d'un smiley clin d'œil. Je commençais à m'imaginer tout un tas de choses. Non, il était juste poli et certainement pas en train de me draguer. Laure avait rêvé. Pour elle, tout prétexte était bon pour s'imaginer des débuts d'histoires d'amoureux transits ! Elle regardait bien trop de films romantiques à la télévision.

Comme dirait mon amie : *C'est beau de rêver !*

Je m'éloignai intentionnellement de mon mari en lui tournant le dos, tapotant une réponse à l'expéditeur mystère. J'attendais qu'il me rappelle à l'ordre, qu'il me relance avec impatience.

— C'est quoi ce grand sourire que tu affiches ? s'interloqua-t-il.

Bingo, j'avais réussi à attiser sa curiosité.

— Je n'ai pas de grand sourire ! De quoi tu parles enfin ? m'indignai-je faussement outrée par son insinuation.

— C'est qui cet Adam ? demanda-t-il une nouvelle fois.

— Adam ? Ah, c'est un papa de l'école des enfants.

Lui en dire le moins possible. Uniquement pour l'énerver davantage.

— Oh un papa ? Et pourquoi a-t-il ton numéro et que veut-il ? me questionna-t-il avec un ton soupçonneux.

— C'est le papa de Zoé, la copine de Clem. Zoé veut l'inviter chez elle demain après-midi et j'ai discuté un peu avec son père à la sortie de l'école hier. Il est super sympa !

J'espérais que mes explications étaient insuffisantes pour qu'il me lance des petites piques témoignant de sa jalousie. Je rêvais qu'il se comporte comme il le faisait autrefois, avant la naissance des enfants, avant notre mariage. Il avait l'habitude de foudroyer du regard les éventuels adversaires qui osaient m'adresser un sourire alors que nous nous baladions main dans la main. Il était fier. Fier de m'avoir à ses côtés et il se pavanait un peu comme un coq parmi tous les autres.

Tu l'as vue ? Eh bien, dans tes rêves, c'est ma femme !

Voilà ce que ses yeux transmettaient comme message subliminal.

À cette époque, il avait peur de me perdre, je ne lui étais pas acquise. Maintenant que nous étions mariés, il me considérait comme le reste du mobilier qui décorait la maison. Je voulais retrouver cet homme dont j'étais tombée amoureuse. Le Valentin d'autrefois. Et le rendre un peu jaloux pouvait éventuellement être une bonne idée pour arriver à mes fins.

Demande-moi ce qu'il voulait... demande-moi ce qu'il voulait... me répétai-je dans ma tête.

— Ah OK, ça marche, elle va dormir là-bas ?

La douche froide. Encore. Il ne se demandait même pas ce qu'il pouvait me dire par texto.

Pleine confiance ou manque d'intérêt ?

Je n'en savais rien.

— Évidemment que non... pas un soir de semaine !

Je finis donc d'écrire une réponse pour Adam, avec Valentin à proximité. Je souriais, tentant de l'agacer avec mes petites cachotteries. Mais malheureusement, cela n'avait pas l'effet escompté.

[Bonsoir, Adam, pas de souci, nous serons là demain à 14H à l'adresse indiquée !]

La réponse ne se fit pas attendre très longtemps.

[Super, Zoé sera ravie ! Allez-vous rester et boire un café ?]

Je fronçai machinalement les sourcils devant cette invitation inattendue. Adam me draguait vraiment. Boire un café avec lui n'était clairement pas anodin. Il avait envie de me connaître. Mes yeux traînèrent en direction de mon annulaire gauche et se posèrent sur ma bague de fiançailles ainsi que mon alliance. Il était orné d'un fabuleux solitaire et mon anneau de mariage était un bijou serti de vingt diamants. Un peu plus de quatre mille euros autour d'un seul doigt qui représentaient tout l'amour que Valentin me portait. Peu importe qu'il ait dépensé cent euros ou quatre mille. Tout ce que je voulais, c'était qu'il reste tel que je l'avais connu au tout début. Contrairement à ce que je pensais, les gens changeaient. La preuve en était ma moitié.

Je levai les yeux vers Valentin bien trop absorbé par une émission documentaire sur une chaîne thématique à la télévision. J'avais raté mon coup. Il se fichait pas mal de savoir ce dont je pouvais parler avec qui que ce soit. Il était à mille lieues de se dire qu'un jour peut-être, je pouvais lui échapper.

Que devais-je faire ? Accepter ou refuser l'invitation d'Adam ?

Je ne voulais pas lui laisser penser qu'il pouvait avoir ne serait-ce qu'une chance infime de m'intéresser, mais je voulais plus que tout donner une leçon à mon mari détaché et distant.

[Malheureusement, je ne peux pas demain, j'ai un imprévu, je suis navrée, une autre fois ?] lui renvoyai-je quelques minutes plus tard.

[Pas grave, oui une prochaine fois !]

Je m'étais dégonflée. Je n'étais pas ce genre de femmes. Non. J'aimais mon mari. Je l'aimais plus que tout malgré sa froideur et son manque d'intérêt à mon égard. Il ne méritait pas que je joue avec ses sentiments. Il était fidèle, gentil, travailleur.

De quoi me plaignais-je ?

J'avais tout ce dont une femme pouvait rêver. Une vie...
parfaite.

Si seulement il avait réagi ce jour-là... Un peu de
possessivité et cela m'aurait prouvé qu'il tenait encore un
tant soit peu à moi... mais malheureusement, ce ne fut pas
le cas.

Chapitre 15

22 février 2019 — Six mois plus tôt

— Salut, ma bichette, que t'arrive-t-il ? Encore le beau Wolverine ? s'étonna mon amie en ouvrant la porte de sa magnifique maison d'architecte.

— Faut que tu m'aides Laure ! J'ai besoin de savoir s'il se fiche de moi, lui rétorquai-je en pénétrant son immense demeure sans y avoir été invitée.

La jolie blonde referma derrière moi tout en souriant. L'entrée était immense. Une décoration épurée avec des tableaux de maîtres sur les hauts murs immaculés, un escalier majestueux en marbre, un salon en contre-bas sur la gauche donnant sur une immense baie vitrée avec une vue imprenable sur des espaces verts parfaitement entretenus. Elle se dirigea vers son immense cuisine moderne et ouvrit un placard en hauteur pour en sortir deux grands mugs.

— Je comprends pas ? m'interrogea-t-elle.

— Je lui ai demandé s'il voyait d'autres filles que moi et...

— T'es pas sérieuse ! me coupa-t-elle visiblement en colère.

Elle se tourna en ma direction, s'adossant au plan de travail derrière elle.

— Laisse-moi finir s'il te plaît...

— Pourquoi as-tu besoin de savoir s'il en voit d'autres ? Qu'est-ce que ça va t'apporter ? Tu veux pas faire ta vie avec lui, si ? T'es pas censée te poser des questions sur son mode de vie. Tu devais juste profiter d'instants… légers. C'était bien ça qui était prévu, je me trompe ?

— Si bien sûr mais…

— Y'a pas de « mais » qui tienne ! Je le savais ! Je savais que tu t'attacherais à ce type ! se fâcha-t-elle en posant brutalement les tasses sur l'îlot central qui dominait l'espace.

— Je suis pas attachée… mentis-je éhontément.

— Oh ! Pas avec moi jeune fille ! s'esclaffa-t-elle sur un ton des plus stricts tel un professeur avec son élève indiscipliné.

— Mais tu comprends pas… tentai-je de me défendre.

— Bien sûr que si… Tu t'engages sur un terrain dangereux ma belle, se radoucit-elle. Je dis ça uniquement pour ton bien, tu sais. Y'a que toi qui compte pour moi. Lui, je m'en tape royalement. Je ne veux juste pas que tu souffres.

Laure nous prépara du thé et me tendit une tasse fumante en m'invitant à m'installer sur l'une des chaises hautes.

Mon amie avait raison.

Pourquoi m'entêter à vouloir savoir s'il avait d'autres conquêtes ?

Non, je n'étais pas en train de tomber amoureuse de lui. J'avais un mari, une famille, et il était plus jeune que moi de quelques années. Autant dire un bébé !

— Je… bégayai-je. Heu imagine, il chope des MST ?

— C'est un peu tard pour t'en préoccuper, tu ne crois pas ? Mais je comprends ton inquiétude… vous vous êtes bien protégés de toute manière ?

— Oui, oui… mais j'en entends tellement au boulot parfois de mes collègues dans les autres services que je psychote à ce sujet.

— Si ça te fait si peur, fais un test, ça coûte rien et ça te rassurera.

— Pas faux…

— Ça t'écorcherait de dire que j'ai raison, n'est-ce pas ? s'insurgea-t-elle les mains placées sur les hanches.

J'avais toujours tendance à admettre que les autres avaient raison uniquement en leur avouant qu'ils n'avaient pas tort. Je savais que cela était enrageant et je m'en réjouissais à chaque fois d'avance.

— Tu as RAISON ! abdiquai-je un sourire aux lèvres. Je vais faire un test pour être sûre.

— Dans tous les cas, nous savons toutes les deux que ce n'est pas pour ça que tu veux savoir… regarde la réalité en face, ce mec te plaît… bien plus que tu ne veux te l'avouer. Mais ce n'est pas ton mec. Il a, tout comme toi, une officielle.

La belle avocate avait une fois de plus lu en moi comme dans un livre ouvert. Il était impossible de lui cacher quoi que ce soit. Je préférais donc éviter cette dernière remarque le plus habilement possible en buvant quelques gorgées de ma boisson chaude. Laure m'observait avec attention mais me connaissait suffisamment pour savoir quand il était nécessaire de stopper les interrogatoires pour ne pas me considérer comme l'un de ses témoins à la barre. J'étais son amie après tout. Pas une vulgaire criminelle à qui on voulait faire cracher le morceau.

— OK, donc. Que veux-tu de moi ? Sache qu'on n'est pas dans un film, je ne peux pas obtenir des informations compromettantes sur ton amant en tapant son nom et prénom dans une base de données secrète. Je ne suis qu'une simple avocate, pas un agent du FBI !

— Je me serais donc trompée à ton sujet ? Ah ben zut alors ! Quelle nouvelle décevante ! Moi qui croyais avoir une amie haut placée… m'amusai-je à la charrier.

— Peut-être que Vincent pourrait t'aider ?

— Oh Vincent ! minaudai-je pour l'embêter davantage. N'empêche ! Le concernant, je savais qu'un jour vous tomberiez dans les bras l'un de l'autre ! C'était tellement flagrant ! Cette manière que tu avais de me dire qu'il t'horripilait !

— Qui aime bien châtie bien, c'est le dicton, non ? Mais tu crois que je ne te vois pas venir ? Ne change pas de sujet ! On parlait de toi et du fait que tu tombes amoureuse de ce bel étalon aux yeux verts.

— Je tombe pas amoureuse, niai-je une nouvelle fois.

— OK soit, finit-elle par capituler préférant ne plus insister. Donc, c'est quoi ton plan ?

— Tu vas te créer un pseudo sur le site et moi j'en créerai un deuxième et on va aller tchatter avec lui… Voir s'il répond.

— Tu es machiavélique…

— Non, juste très intelligente et déterminée.

— J'adore ! Je sens qu'on va s'amuser.

Nous nous étions donc installées toutes les deux dans son bureau à l'étage. Un bureau tout aussi immense que le reste de la maison. Des dizaines de bouquins de droit remplissaient l'imposante bibliothèque de la pièce. Laure était derrière son ordinateur fixe et pour ma part, j'avais les yeux rivés sur mon téléphone portable.

Elle fronçait les yeux et m'observait, attendant visiblement mes instructions.

— Nom du site ?

— Infidele.com !

— Infidele.com... aussi simple que cela... eh bien, eh bien ! J'y suis. Le site préféré des femmes mariées... oh mon dieu ! Comment t'as fait pour tomber sur ce site franchement ?

— Recherche Google... j'ai tapé « rencontres extraconjugales » et c'était le premier lien proposé...

— OK, OK... je ne juge pas mais... oh mon dieu ! s'exclama Laure de nouveau.

— Quoi donc ?

— Mais les tronches des mecs là-dessus, j'en reviens pas ! Y'en a pas un seul de potable ! Comment t'as fait ton compte pour tomber sur le seul beau gosse du site et réussir à le choper en plus de ça ?!

— Je te l'ai déjà dit... c'est pas moi qui l'ai trouvé. C'est lui qui est venu me parler à peine inscrite. J'imagine que j'ai eu de la chance...

— Ou pas ! C'est sûrement un Don Juan ! C'est bon, je suis inscrite ! Je suis Stéphanie et je suis une belle blonde aux formes voluptueuses vivant en concubinage et recherchant les sensations fortes !

— Dis donc, t'aurais pas les chevilles qui enflent par hasard ?

— Faut bien ce qu'il faut pour le coincer le loulou, non ?

— C'est quoi ton pseudo du coup ?

— Pseudo, me répondit-elle du tac au tac.

— Oui, mais c'est quoi ton pseudo ?

— Je viens de te le dire, mon pseudo c'est pseudo !

— Ah OK, excuse-moi ! J'ai parfois du mal à te suivre, tu sais !

— Et toi tu t'es créé un autre compte, c'est bon ? m'interrogea-t-elle.

— Yes ! Je suis Chanel N 5 !

— Rien que ça !

— Eh ouais, qu'est-ce que tu crois ?!

Nous étions pliées en deux. Je riais mais, en même temps, je craignais que ce piège ne se retourne contre moi et que je réalise que mon beau brun n'était qu'un manipulateur de plus, un collectionneur de femmes avec une technique parfaitement rodée. Je ne voulais pas y croire. Je voulais égoïstement qu'il ressente la même chose que moi. Je ne pouvais pas être aussi naïve. Je ne pouvais pas être aussi bête pour tomber dans ce genre de piège. Mes vingt ans étaient bien loin, j'avais à présent la trentaine et il était inconcevable que je puisse me faire entuber par le premier Casanova avec qui je parlais sur un site de rencontres pour personnes déjà en couple.

— Bon, tu me donnes son pseudo à lui et on lui envoie chacune un message. Je dirais même que, moi, je lui envoie un message maintenant et toi tu devrais attendre quelques heures. Faut pas le faire en même temps pour ne pas éveiller les soupçons. Et surtout quand tu écris, change de style ! Fais des fautes, pour qu'il ne se doute pas que c'est toi !

— On dirait que tu as fait ça toute ta vie ! Tu sais que tu es flippante parfois ?

— Merci ! Je vais prendre ça pour un compliment !

— Son pseudo, c'est Mister10.

Laure pianotait sur son clavier à la vitesse de l'éclair.

— C'est bon, je l'ai trouvé ! Alors, alors… Voilà ce que j'ai écrit, dis-moi si ça te va et j'envoie ! Salut, moi c'est Pseudo, j'ai 33 ans et je recherche une aventure d'un soir, ton profil me plaît, que recherches-tu ?

— C'est parfait !

— Et… envoyé ! s'extasia mon amie en tapant sur la touche entrée. Y'a plus qu'à !

Chapitre 16

7 juin 2017 — Deux ans plus tôt
Après avoir déposé Clémence chez Zoé et Noah au centre aéré, je me devais d'honorer ma promesse auprès de Laure. J'avais réussi à décrocher un créneau horaire avec son contact hypnothérapeute seulement deux jours plus tard suite à un désistement de dernière minute.

Je soufflai un bon coup, statique devant le cabinet. Je pris mon courage à deux mains et franchis la double porte dorée qui s'imposait à moi. Un petit couloir à traverser avant de me retrouver face à la secrétaire de l'accueil. Après m'être annoncée, elle m'invita à patienter dans la salle d'attente plutôt sommaire. Assise sur une des chaises, je stressais. J'attendais. J'attendais seule, dans ce petit espace, mangeant les peaux de mes pauvres doigts bouffis qui n'avaient rien demandé. En situation de stress, c'était inévitable, les dix prenaient cher sans exception. Je frissonnais, j'avais froid alors que la température extérieure était de l'ordre d'une vingtaine de degrés en ce mois de juin. Même si les beaux jours étaient revenus, ma vie, elle, était maussade. Mon mariage était gris et couvert au lieu d'être bleu et ensoleillé. Si j'étais là, c'était pour tout arranger, pour obtenir une aide extérieure et mettre de l'ordre dans ma tête. Une personne inconnue, objective, sans parti pris, était, selon ma meilleure amie, plus que nécessaire. Je me tâtais. Je me tâtais à quitter les lieux.

Parler de mes problèmes à une étrangère... y arriverai-je ?

Non, il était encore temps de partir...

Je serrai la anse de mon sac à main avec ardeur et tapais du pied dans un geste machinal et rythmé. Une porte au fond à gauche me délivra subitement de mes angoisses, il était trop tard pour reculer. Un homme d'une cinquantaine d'années de corpulence moyenne, les cheveux grisonnants, les yeux cernés, sortit de la pièce en empoignant la main d'une femme souriante à la peau de porcelaine.

— Merci beaucoup Madame Dutilleul. On se revoit la semaine prochaine.

— Oui même jour, même heure.

La fameuse Elisa Dutilleul que m'avait recommandée Laure, était petite avec de longs cheveux roux qui tombaient en cascade sur ses épaules carrées. Sa voix était douce et rassurante.

C'est ce moment que cette dernière choisit pour s'adresser à moi affichant une expression radieuse.

— Madame Rivalen, je présume ?

Je hochai timidement la tête, toujours aussi stressée.

— Elisa Dutilleul, enchantée. Venez avec moi, je vais vous recevoir.

Je pénétrai à sa suite dans son bureau à la décoration sobre mais agréable. Quelques cadres de paysages bucoliques, une horloge basique et quatre petits fauteuils entourant une table basse sur laquelle était posée — ce qui me fit instantanément sourire — une boîte de mouchoirs en papier au cas où.

— Vous êtes équipée à ce que je vois... lançai-je en désignant la boîte de Kleenex. Vous en changez souvent ?

— Hélas oui... mais pleurer n'est pas une mauvaise chose. Bien au contraire. C'est une manière d'extérioriser ses souffrances, m'expliqua-t-elle avec calme. Je vous en prie, installez-vous.

Je m'exécutais aussitôt, tentant en même temps de me détendre. Je la fixais, attendant qu'elle se lance. Je ne savais pas par quoi commencer. Telle l'élève attentive que j'étais, j'attendais qu'elle dirige la séance.

— Je pratique l'hypnothérapie depuis quelques années. J'utilise l'hypnose à la demande de mon patient. Grâce à cela, et en fonction des problèmes rencontrés, je peux aider une personne à aller chercher d'éventuelles réponses à ses questionnements dans son inconscient, dans son passé. Si vous ne le souhaitez pas, nous pouvons juste nous cantonner à une séance de psychanalyse. Je serai là à votre écoute pour vous permettre d'identifier vos problématiques et vous aider à en faire votre propre analyse. Nous parlerons de ce que vous voudrez quand vous le souhaiterez.

J'acquiesçai d'un hochement de tête tout en expirant toute la pression accumulée jusque-là.

— Zen, ça va aller, me rassura-t-elle. Tout ce qui sera dit, dans cet espace, ne le quittera pas. Toutes nos séances seront confidentielles. Comment vous sentez-vous aujourd'hui ?

J'étais surprise de son intérêt. Il était extrêmement rare qu'on me pose cette question. Vraiment. Je la regardais. Je pris une profonde inspiration avant de me lancer timidement.

— Je... je ne sais pas.

Elle m'observait, un léger sourire aux lèvres.

Sans sourciller, elle reprit :

— Vous semblez anxieuse.

— En effet.

— Vous appréhendiez notre rencontre ?

Elle avait deviné. L'habitude sûrement.

— Oui, je n'ai jamais consulté avant.

— Qu'est-ce qui vous amène ?

— Mon amie Laure vous a conseillée. Elle m'a fait promettre de venir vous voir.

— Pour quelles raisons pensait-elle que c'était nécessaire ?

— Mon mariage... mon mari... je ne suis pas heureuse.

— Ah... vous voulez m'en dire plus ? Vous dites que vous n'êtes pas heureuse... L'avez-vous déjà été avec lui ?

— Oui, évidemment ! Valentin était doux, attentionné, drôle...

— Qu'est-ce qui vous bloque aujourd'hui ?

Jusque-là crispée sur mon siège, je commençais à me sentir en confiance et baisser ma garde. Je lui confiais ma rencontre avec mon conjoint, lui parlais de nos enfants, de notre famille, de nos instants de bonheur, et à présent de l'indifférence de celui qui partageait mon quotidien. Tout semblait avoir été abordé sans oublier aucun détail. J'avais utilisé quasiment tout le temps imparti dédié à cette séance dans le récit de ma vie de famille. L'horloge accrochée sur le mur de gauche indiquait qu'il ne restait plus qu'une dizaine de minutes avant la fin. Elisa Dutilleul était attentive et me laissait me livrer sans me couper.

— Comment votre mari se comporte-t-il avec vos enfants ? S'en occupe-t-il maintenant qu'ils sont plus grands ?

— Clémence est très indépendante et Noah est beaucoup collé à moi. Ils ne vont pas forcément vers leur père.

— D'après ce que j'ai pu comprendre, il n'a jamais été très présent pour eux. Vous considérez-vous comme leur unique repère ?

— Je ne sais pas… disons qu'en tant que père, il n'est pas très attentif à leurs besoins.

— Je vois. Pourquoi d'après vous ? Lui avez-vous posé la question ?

— Il ne pense qu'à sa carrière et je ne compte même plus les heures supplémentaires. Comme si moi non plus, je n'avais pas de carrière ! Je n'ai pas vraiment le temps de m'occuper de ses états d'âme. J'en ai déjà bien assez avec les miens et ceux des enfants. Pourquoi ne se comporte-t-il plus comme l'homme que j'ai rencontré ? Pourquoi ne se comporte-t-il pas comme un père aimant ? Pourquoi est-il si distant ? Franchement, je n'en sais rien et sincèrement… je ne suis pas certaine de vouloir en connaître la raison.

— Il est clair que vous êtes à bout, c'est compréhensible. Mais pour résoudre vos problèmes, il va falloir écouter ce qu'il a à dire.

— S'il a quelque chose à dire ! Il n'est pas très réceptif, ni ouvert à la discussion.

— Que ressentez-vous pour votre mari aujourd'hui ?

— Je ne sais plus. Je suis en colère contre lui. Il devait être un soutien pour moi, pour les enfants. Il n'assume pas son rôle. Il ne me regarde plus de la même façon. Il ne me regarde plus du tout d'ailleurs, avouai-je.

Le regard fixé sur mes doigts qui se tortillaient inlassablement, je finis par mentionner l'épisode du père de la copine de ma fille.

— Je pense m'être fait draguer par un père de famille à l'école…

— Ah… et ?

— Et bien, ce n'était pas déplaisant. Avec le recul, c'était plutôt flatteur même. Est-ce mal de penser ainsi ?

— Qu'en pensez-vous ?

Ah c'est vrai... les psychologues ou l'art de retourner la question pour pousser leurs patients dans leurs retranchements...

— Je n'ai rien fait de répréhensible.

— En effet. Pourquoi culpabiliser alors ?

— Je ne culpabilise pas. Le fait qu'un autre homme s'intéresse à moi me prouve que je suis encore potable et pas invisible.

— Parce que vous en doutiez ?

— Évidemment. Vu le comportement de Valentin... y'a de quoi douter.

— Peut-être a-t-il juste confiance en vous ? Il est clair qu'il se repose bien trop sur vos épaules. Peut-être que comme vous lui montrez que vous gérez tout et tout le temps, il est sûrement difficile pour lui de trouver sa place ?

— Je comprends pas ?

— Vous avez l'air d'être une femme déterminée, sûre d'elle, fonceuse, qui n'a peur de rien et qui s'assume. Au quotidien, vous gérez tout, telle une vraie Wonderwoman. Lui avez-vous demandé de l'aide ? Lui avez-vous montré votre épuisement ?

— Oui... hésitai-je en fronçant les sourcils. Enfin, il a dû le voir ! Il fuit les conversations ! Il ne m'écoute jamais.

— Je pense qu'il ne se rend pas vraiment compte car vous ne lui expliquez pas dans un langage qu'il puisse comprendre, il ne prend pas conscience de votre réel mal-être. Essayez de lui dire les choses en tête-à-tête, sans les enfants, quand il n'est pas occupé par son travail. Tentez une approche plus calme, plus posée, sans reproches. Vous pensez cela possible ?

— J'en sais rien. Je ne sais plus où j'en suis. J'en ai assez, je suis fatiguée. Je ne sais plus si je veux me battre pour lui.

— Vous faites déjà un pas vers lui en venant vous ouvrir à moi. L'aimez-vous encore ?

— Je ne sais plus non plus. Je ne ressens rien, je suis comme anesthésiée.

Une larme coula le long de ma joue. Élisa me tendit un mouchoir.

— Si vous ne ressentiez rien, vous ne pleureriez pas. Si vous le souhaitez, vous pouvez tenter de le convier aussi à une séance, je reçois aussi les couples. Réfléchissez-y et reparlons-en la prochaine fois ?

J'essuyai mes yeux et m'emparai de mon sac. Cette consultation m'avait retournée. Je n'étais ni mieux ni plus mal. J'étais juste vidée.

Peut-être avait-elle raison... Je n'avais jamais vraiment sollicité une discussion avec Valentin. J'avais juste laissé la situation perdurer. Je ne savais pas ce qu'il pensait. Il y avait bien longtemps que je ne me souciais plus de ce qu'il pouvait éprouver. Je m'étais égoïstement recentrée sur les jumeaux et moi-même, oubliant mon conjoint sur le bord de la route.

Oui, elle avait raison. Et j'allais, une fois de plus, faire un pas vers mon mari. Il le fallait, pour le salut de notre famille.

Chapitre 17

22 février 2019 — Sept mois plus tôt

— Bon... accroche-toi. Il est en ligne et vient de lire mon message.

Je m'empressai de me mettre aux côtés de Laure pour regarder toutes mes convictions le concernant s'effondrer. Les trois petits points s'étaient affichés. Ces fameux trois petits points angoissants qui étaient le signe qu'une réponse était en train d'être tapée. Mon visage souriant et amusé fut vite remplacé par celui de la déception, du dégoût pour ce beau parleur que je commençais doucement à mépriser.

— Désolée ma belle. Pour moi, c'est pas vraiment une surprise. Son profil est toujours actif.

— Oui mais... je pensais être... différente.

— À mon avis, il sort le même baratin à toutes. C'est un habitué.

— Tu lui as envoyé le message y'a à peine dix minutes ! Et il est déjà en train de répondre ! m'écriai-je.

— La preuve qu'il est aux aguets...

— Mais on s'est vus hier ! Il avait l'air si content de me voir... entre nous, c'est... d'une telle intensité ! Je n'ai pas pu me tromper à ce point, c'est impossible !

Quelques secondes plus tard, je devais enfin me rendre à l'évidence. Ce mec était un véritable coureur, un séducteur, un serial baratineur.

[Salut toi, moi c'est...]

La même phrase de présentation. Mot pour mot.

Je le haïssais. Vraiment. J'avais une furieuse envie de lui cracher au visage, de lui déverser toute ma colère et ressentiment. Il ne méritait clairement pas autant d'attention mais impossible de le sortir de ma tête aussi facilement. J'aurais peut-être dû lâcher l'affaire à ce moment-là. J'aurais dû, oui. Mais il en fut autrement.

— Tu vas bien ? me demanda Laure en posant une main dans le haut de mon dos dans un geste réconfortant. Tu veux qu'on lui réponde ou alors on stoppe là ?

L'esprit vengeur et vindicatif d'une femme prise pour une imbécile avait alors fait surface. Je ne pouvais pas me laisser traiter de cette manière. J'avais été crédule, naïve, bien trop confiante. Mais les rôles allaient s'inverser.

— On continue. Et il va regretter de m'avoir rencontrée, je peux te l'assurer.

— Qu'est-ce que je lui réponds ?

— Ce que tu veux. On va le faire tourner en bourrique toute la semaine. Avec mon vrai compte, le tien et le compte que je viens de créer. On va l'aguicher, lui faire miroiter des rendez-vous. On va voir jusqu'où il est capable d'aller.

— T'as l'air remontée... tu es certaine que c'est une bonne idée ? Tu peux y perdre beaucoup, si lui décide de se venger à son tour. N'oublie pas que tu as une famille. Tu ne sais pas ce dont il est capable...

— Il ne connaît toujours rien de moi, à part mon pseudo, mon prénom et ma voiture.

— OK alors. Allons-y si c'est ça que tu veux, se résigna mon amie tout en me montrant une expression désapprobatrice.

[Tu as déjà rencontré sur ce site avant ?] envoya Laure.

[Oui une fois et toi ?]

[Non... je viens juste de m'inscrire, une amie me l'a conseillé. La dernière fois pour toi, c'était y'a longtemps ?]

[Y'a deux mois. Depuis, plus rien. Tu as déjà eu ce genre de relation ?]

— Oh mais c'est pas possible ! Quel mytho ! m'énervai-je en tapant du poing sur le bureau.

— Reste calme... il ne mérite absolument pas que tu fasses grimper ta tension... même si frôler la crise cardiaque en sa compagnie doit sûrement être jouissif, si tu vois ce que je veux dire... plaisanta-t-elle subtilement pour éviter de faire exploser la bombe à retardement que j'étais en train de devenir.

Cela fonctionna aussitôt. Elle était douée ! Elle réussit à me décrocher un sourire coquin.

— Si tu savais... faut bien lui accorder au moins ça... il est bon. Il est très bon... rajoutai-je en mordillant ma lèvre inférieure d'envie.

[Pourquoi ça s'est terminé ? Ça s'est mal passé ?]

[Pas du tout, mais je recherche pas de relation sérieuse, je veux juste m'amuser, tu as une photo ?]

— Eh merde ! On n'a pas pensé à ça en t'inscrivant ! Vite, va sur internet et cherche une photo d'une blonde sympa !

Laure se dépêcha de trouver le portrait d'une beauté plutôt séduisante, en tapant dans le moteur de recherche. Une fois enregistrée sur son disque dur, elle se hâta de reprendre le fil de la conversation avec mon amant beau parleur.

[Je viens de te l'envoyer à l'instant. Tu l'as reçue ?]

[Oui ! Je suis plutôt agréablement surpris... Tu es pas mal du tout... Je viens de t'envoyer la mienne, j'espère que les bruns cheveux en bataille et barbus te plaisent...]

Après avoir ouvert le fichier joint, je n'étais pas plus étonnée que ça en découvrant que c'était exactement cette même photo que j'avais reçue un mois plus tôt. Une photo sexy en selfie, sur laquelle il dévoilait son torse parfaitement sculpté et laissait entrevoir le tatouage sur son bras.

[Ouais pas mal...] rétorqua mon amie pour titiller volontairement son ego surdimensionné.

[Je ne te plais pas?] s'inquiéta-t-il vaguement.

[C'est pas ça... non... mais... Oh désolée, je viens d'entendre la porte d'entrée, mon mari vient de rentrer! À toute!] mentit-elle.

Elle se déconnecta aussitôt pour ne pas lui laisser le temps de répondre et le laisser se torturer l'esprit.

Avait-elle réussi à suffisamment attiser sa curiosité?

C'était fort probable. Les hommes aimaient les défis à relever, les challenges, les femmes inatteignables au premier abord. S'ils réussissaient à attraper un cheval sauvage au lasso, la fierté n'en était que plus grande encore.

— Eh voilà! Il ne faut pas que ce soit du tout cuit! Je me reconnecterai dans trois jours, on verra s'il va revenir à la charge de lui-même... De ton côté, tu peux le contacter dès ce soir et jouer sur les deux tableaux... Tu devrais en profiter pour lui envoyer un message dès maintenant en tant que vraie toi. Il était connecté sur le site, il est forcément sur son téléphone...

Je décidai d'écouter les conseils avisés de ma meilleure amie sans sourciller.

[Salut beau gosse... j'ai eu du mal à dormir la nuit dernière vu notre entrevue d'hier midi... j'ai hâte d'être à la semaine prochaine...]

— Fais gaffe à toi bourreau des cœurs ! Tu ne sais pas à qui tu as affaire ! scandai-je tout haut, assez fière de moi.

— Tu mets fin à votre relation ? Vu ce que tu viens de découvrir... une fois qu'on se sera amusées avec lui, tu vas plus le revoir de toute façon ?

— Il est clair que non ! Le mec ment sur ça... il ment sur tout. Sincèrement, j'aurais encore préféré qu'il me dise ouvertement « Je ne vois pas que toi, on n'est pas exclusifs » plutôt que me dire le contraire et attendre la première opportunité et sauter sur tout ce qui bouge. J'ai vraiment pas envie de choper des saloperies, le mec a l'air de coucher à droite et à gauche. C'était pas ce que je recherchais à la base. Il aurait dû me le dire.

— Sois un peu réaliste ! Le gars trompe sa copine ! Tu peux pas attendre de lui de l'honnêteté ! Les deux sont absolument incompatibles !

Laure ou la voix de la raison. Je ne pouvais décemment pas faire confiance à cet homme. Je ne pourrais jamais la lui accorder. Ce mec trahissait sa copine. Et même si une grande partie de moi avait envie de croire à notre passion inattendue et déroutante, un gros doute subsisterait toujours.

— Oui ça je le sais bien Laure ! Mais ce que je veux dire, c'est qu'on est entre adultes consentants. Chacun pose ses règles et on voit si on est d'accord. Moi, je n'ai pas envie d'un amant aux multiples conquêtes.

— Justement ! Tu lui en as parlé au départ ?

— Au bout du troisième rencard. Il m'a donné l'exclusivité. Enfin... il m'a embobinée oui ! Et moi, comme l'idiote que je suis, je l'ai cru !

— Il veut juste te mettre dans son lit ! C'est un mec... ils pensent tous qu'avec leur... Enfin bref ! Dans tous les cas, il vaut mieux que ça s'arrête maintenant car tu commences trop à t'attacher et c'est pas bon du tout. On joue avec lui jusqu'à la fin de la semaine et ensuite tu le dégages ! C'est OK pour toi ?

Pas le temps de lui apporter une réponse que mon téléphone m'alerta d'une nouvelle notification. Il venait de me contacter.

[Salut toi... t'as pas idée à quel point j'ai hâte moi aussi... tu me manques déjà]

— Non mais quel enfoiré ! J'ai envie de lui démonter la tête !

Chapitre 18

28 septembre 2017 — Deux ans plus tôt

Il m'avait fallu plus de trois mois finalement. Plus de trois mois pour réussir à essayer d'aborder le sujet épineux qu'était l'avenir de notre couple avec le principal intéressé. Elisa Dutilleul, l'hypnothérapeute que je voyais tous les quinze jours à peu près, ne me mettait pas la pression. Chaque soir, je me disais que c'était le soir. Celui qui résoudrait absolument tout, celui qui ferait comprendre à mon mari que j'avais un réel besoin de lui et qu'il était grand temps qu'il me vienne en aide, en soutien. Et puis chaque soir, je me dégonflais. Mais ce jour-là était un peu différent des autres. J'avais entrevu une possibilité de me lancer.

Certes, Valentin était rentré de mauvaise humeur après une journée visiblement très chargée mais il semblait accessible.

— Tout ne s'est pas passé comme tu voulais ? l'interrogeai-je curieuse et soucieuse.

Il s'effondra dans le canapé du salon tout en soufflant.

— T'as pas idée... franchement parfois je me demande pourquoi je m'obstine.

— Parce que tu aimes ce que tu fais, lui affirmai-je.

— Lucy et Flo n'ont pas un secteur aussi restreint, du coup, ils peuvent démarcher beaucoup plus. Moi, j'ai vite fait le tour et je dois convaincre les plus gros pour faire mon chiffre. J'ai la pression.

Je l'écoutais. Je l'écoutais avec attention et empathie. Je le rassurais comme je pouvais. Je connaissais chacun de ses collègues comme s'ils étaient les miens. Le mode de fonctionnement et les rouages de son entreprise n'étaient plus un secret pour moi, j'avais même l'étrange impression de faire partie de leur grande famille.

Il était ouvert à la discussion et les enfants étaient déjà couchés. Je me décidai à tenter une approche. Pour lui faire un peu oublier les tracas de sa journée, je l'invitai à m'accompagner dans la cuisine pour réchauffer notre repas. Il était venu, non sans râler un peu au passage. Installé face à moi, assis sur la chaise haute et accoudé sur le bar de la pièce la plus conviviale de notre maison, il pianotait sur son téléphone. Il consultait encore ses courriels. Décrocher n'était pas un mot qui existait dans son dictionnaire.

Je retournai les entrecôtes dans la poêle chaude tout en cherchant le moyen de lancer le sujet. Et puis à ma grande surprise, il posa son téléphone et l'éteignit en soufflant. Là était ma chance.

— Et toi, comment s'est passée ta journée ? me demanda-t-il.

Je le fixai les yeux ronds. Pour une fois, il s'intéressait à mon quotidien. Je n'en revenais pas. Mais ravie par ce changement d'attitude, je me dépêchai de saisir cette occasion inespérée et m'engouffrai dans la brèche.

— Eh bien, les patients étaient assez calmes. Rien de particulier ! Madame Richard, toujours égale à elle-même ! Sa façon d'appréhender avec humour son cancer me fascine. Tu savais qu'elle avait dit à Virginie que j'étais son infirmière préférée ?

Je débitai ainsi toutes les mésaventures de mon travail à l'hôpital.

— Qui c'est déjà Virginie ? m'arrêta-t-il tout à coup.

Je me figeai. Pas certaine d'avoir bien entendu sa question. Pas certaine d'avoir bien compris. Oui, j'avais probablement mal compris. Il ne pouvait en être autrement. Et puis avec la cuisson de la viande et le beurre qui crépitait dans la poêle, mes oreilles n'avaient pas dû bien interpréter.

— Qu'est-ce que tu as dit ? J'ai pas entendu, désolée ?

Les steaks étaient cuits. Je coupai le gaz ainsi que la soufflerie bruyante de la hotte.

— Qui c'est déjà Virginie ? répéta-t-il innocemment.

Hélas, j'avais bien saisi. Et cette question anéantissait tous mes efforts à entamer un semblant de renouveau et de rapprochement. Virginie était ma collègue la plus proche. Je la connaissais depuis cinq ans. J'en parlais régulièrement à la maison mais il semblait que mon mari ne m'avait jamais écoutée vraisemblablement. Malgré tout, j'avais cet infime espoir qu'il plaisante.

— T'es pas sérieux ? Bah Virginie ! La collègue dont je te parle depuis presque cinq ans ! Tu te fiches de moi ? m'indignai-je.

L'expression déconcertée de Valentin indiquait qu'il réfléchissait à sa prochaine réplique pour éviter le déclenchement de la troisième guerre mondiale.

— Ah oui... Virginie... excuse-moi, je suis fatigué et pas vraiment concentré... j'ai eu une grosse journée...

Encore cette excuse bidon. Toujours la même. Je sortis les assiettes du placard pour nous servir le repas.

— Et les enfants, ils ont passé une bonne journée ? changea-t-il de sujet.

À quoi bon discuter avec lui... il posait des questions sans vraiment vouloir en connaître les réponses. C'était une façon de n'avoir rien à se reprocher, de montrer son intérêt.

Allais-je monter sur mes grands chevaux et démarrer au quart de tour ?

Non, car les séances avec Élisa m'avaient été plutôt bénéfiques. Je devais garder ma zénitude et ne pas me braquer comme à mon habitude.

— Oui, rien de particulier ! Tout se passe bien à l'école, pour les deux. Ils étaient particulièrement fatigués ce soir. Probablement le sport. Ils sont allés à la piscine.

Je lui tendis son assiette et m'installai à ses côtés.

— Entrecôte saignante comme tu l'aimes et pommes de terre sautées, ça te va ?

— Parfait, j'ai une faim de loup.

Il commença à dévorer son assiette avec appétit. Je profitai de ce silence pour lui parler de mes consultations avec l'hypnothérapeute. Il savait que j'allais la consulter mais n'avait pas envie d'en connaître le contenu, prétextant que c'était mon jardin secret à moi.

— J'ai vu mon hypno hier, débutai-je sans vraiment savoir comment j'allais poursuivre.

J'attendais juste qu'il prenne le relais.

— OK, tu veux en parler ? Si ces séances te font du bien, c'est l'essentiel.

— En fait... ça fait un moment que j'aimerais te demander...

Je posai mes couverts en diagonale dans mon assiette. Lui continuait de déguster tranquillement.

— Pour résoudre nos problèmes, ça serait bien que tu assistes à une séance avec moi.

— Pourquoi ? bafouilla-t-il la bouche pleine. Je peux comprendre que tu y ailles, tu en as besoin, tu es épuisée, tu en as trop dans la tête. Mais moi, j'ai pas de problème. Je vois pas de quoi tu parles. Et entre nous ça fonctionne non ? Pourquoi voir des problèmes là où il n'y en a pas ? Tous les couples se disputent, c'est normal !

Valentin ne se rendait même pas compte de notre manque de communication et du fait que nous n'étions plus en phase. Le travail allait être bien plus dur que je ne le pensais. Lui faire prendre conscience qu'il était un des acteurs principaux de notre bonheur n'était visiblement pas gagné.

Je ne savais même pas quoi riposter. Je n'en avais plus la force ni l'envie.

— Y'a un film d'action sur la une ce soir, ça te dit ? finis-je par lui rétorquer.

Il se hâta de finir son plat et alla s'asseoir dans le salon s'emparant de la télécommande. Je le regardais lasse. À aucun moment, il ne se doutait de mon inquiétude grandissante concernant notre futur.

En avait-il quelque chose à faire ?

Peut-être que oui ou peut-être qu'il préférait ignorer ma souffrance en espérant qu'elle finisse par disparaître d'elle-même d'un coup de baguette magique. Je commençais à baisser les bras. Cette situation ne pouvait continuer, Laure avait raison. Encore.

Chapitre 19

25 février 2019 — Sept mois plus tôt

Ce jour sonnait la fin des vacances scolaires, les enfants devaient retourner sur le banc de l'école. Après avoir appris que mon amant se fichait de moi en draguant ailleurs, j'étais depuis littéralement à bout de nerfs. Je ne saurais expliquer pourquoi toute cette histoire m'atteignait autant mais cela se ressentait dans mon cocon familial, Clémence et Noah étant en première ligne pour subir mes sautes d'humeur. Une simple dispute entre les deux et j'explosais. J'étais tendue, nerveuse et perdais très vite patience.

— Non ! Rends-moi ça ! C'est à moi ! hurla Noah.

— Non ! C'est à moi ! Y'a pas écrit ton nom dessus d'abord ! répliqua sa sœur en augmentant considérablement le volume de sa voix pour se faire suffisamment entendre et s'imposer face à son jumeau.

J'avais fermé les yeux et repris mon souffle avant d'aller affronter une fois de plus les tornades de la maison. Comme d'habitude, Valentin avait déjà déserté les lieux, parti de bonne heure pour éviter les cris et les bagarres, me laissant seule pour gérer la situation.

— Assez ! m'emportai-je à mon tour. Vous n'en avez pas assez de vous disputer sans cesse !?

— Mais maman ! C'est pas moi qui ai commencé ! C'est elle ! se défendit mon fils.

— Tu mens ! Tu mens ! Tu mens ! Tu as pris mon bol !

— C'est pas le tien, tu le prends jamais d'habitude !

Ils continuèrent de se hurler dessus jusqu'à ce que je me joigne à eux et que ma voix tonitruante les réduisit instantanément au silence.

— J'ai dit ASSEZ ! Noah, tu prends un autre bol. En effet, y'a pas ton nom dessus, tout le monde ici a le droit de l'utiliser ! Et toi Clémence, je sais pertinemment que tu as provoqué cette dispute exprès ! Tu te fiches royalement de ce bol, tu voulais juste embêter ton frère ! La prochaine fois, je ne serai pas aussi conciliante ! Alors, maintenant, je ne veux plus entendre une mouche voler, vous vous asseyez, vous déjeunez et ensuite on part à l'école ! Compris ?

Les jumeaux me regardèrent d'un air circonspect. Il était extrêmement rare que je me mette dans un tel état de nerf pour une simple querelle entre frère et sœur. Mon expression stricte et autoritaire les avait visiblement très surpris à tel point, qu'ils s'exécutèrent sans râler.

— COMPRIS ? répétai-je.

— Oui... murmurèrent-ils ensemble la tête baissée.

— J'ai pas entendu ! COMPRIS ?

— Oui... répétèrent-ils plus fort.

— OUI QUI ? m'énervai-je.

Je m'impatientais de plus en plus.

— Oui maman.

— C'était pas si difficile ! Si ? Allez, dépêchez-vous ! On part dans dix minutes !

À peine avais-je tourné les talons pour me rendre dans la salle de bains que je m'étais rendu compte que j'étais allée trop loin. Je ne pouvais pas. Je ne pouvais pas laisser mon amant prendre autant l'ascendant sur moi. Il fallait que je reprenne le contrôle. Depuis le début de ma petite vengeance le concernant, je m'étais aperçue que ce bonisseur servait le même plat à chaque nouveau contact sur le site. Chanel N° 5 n'avait pas été épargnée non plus.

[Tu as déjà trompé ta copine?]

[J'ai rencontré une fois sur ce site, et toi?]

[Une fois aussi mais pas sur internet] avais-je menti.

[Tu recherches quoi exactement?]

[Un plan cul sans lendemain, c'est dans tes cordes?]

[Tu as trouvé celui qu'il te faut!] s'était-il vanté.

[Ah oui?!]

[Oh oui! Tu as une photo?]

[J'envoie pas des photos comme ça... On ne sait jamais sur quel genre de pervers on peut tomber sur ces sites... je te connais pas, tu pourrais être un psychopathe!]

[J'en suis pas un, promis!] m'avait-il juré.

Il m'avait tellement agacée que j'avais préféré me déconnecter sans même le lui signifier. Une véritable enflure de premier ordre! Je savais qu'il n'en valait pas la peine, mais c'était plus fort que moi, je ne pouvais pas juste laisser tomber. Cependant, j'étais aussi parfaitement consciente que cela ne pouvait pas se poursuivre ainsi. J'avais pris une décision. Il fallait que je le confronte. Ce petit jeu avait assez duré.

La voiture stoppée devant le portail en fer de l'école primaire, je me sentais mal. J'avais été une mauvaise mère ce matin. Je m'étais toujours interdit de perdre pied devant mes enfants.

— Je vous aime mes amours... leur murmurai-je alors qu'ils s'apprêtaient à descendre. Je suis désolée pour ce matin. Je n'aurais pas dû m'énerver ainsi, ce n'est pas un exemple à suivre.

Comment faire comprendre à des enfants de ne pas crier si soi-même on en était incapable?

Clémence et Noah me serrèrent chacun à leur tour dans leurs bras. C'était leur manière de me pardonner mon écart de conduite. Ma fille descendit la première.

— On t'aime aussi maman, répondit Noah tout en rejoignant sa jumelle déjà en train de papoter avec ses copines.

J'étais soulagée qu'ils ne m'en veuillent pas. Ils étaient tout pour moi et passeront toujours avant tout le reste. Il fallait savoir se remettre en question, et ce, même auprès de ses enfants. C'était la base de relations saines. Je regrettais que Valentin n'en fasse pas de même. C'était sûrement ce qui rendait notre vie de couple aussi compliquée... et triste.

Sur la route en direction de l'hôpital, sans surprise... coup de fil de Laure. Elle voulait savoir si j'allais tenir ma promesse de larguer ce pauvre imbécile.

— Alors je viens aux nouvelles !?

— C'est un idiot, je ne sais pas quoi te dire de plus !

— Il a mordu à l'hameçon ?

— Il a mordu et je l'ai ferré en plus de ça. Et toi alors, il a relancé « Stéphanie » ? ironisai-je.

— Alors pour ma part, je me suis reconnectée, et il m'avait envoyé un message car il voulait passer au stade supérieur, la rencontre. J'ai pas répondu. Et toi ?

— Pffff, il me dégoûte. Il est prêt à la tremper n'importe où !

— En même temps, quand on peut avoir le beurre, le pot et la crémière, pourquoi ne pas en profiter ?

— Tu penses qu'il voit d'autres personnes en même temps que moi ?

— Tu veux dire, en plus de sa copine officielle ? m'interrogea mon amie.

— Yes...

— Je pense pas non.

— Ah bon, pourquoi ? Mais, tu viens de dire que...

— Je sais ce que je viens de dire oui. Moi, j'ai plutôt l'impression que sur ce genre de sites, il n'est pas si simple pour un homme de pouvoir attirer une femme.

— La loi de l'offre et la demande, c'est là où tu veux en venir ?

— Exactement ! Il doit y avoir 90 % de profils masculins contre à peine 10 de féminins. Tout en sachant que dans ces 10 %, beaucoup sont de faux profils, des escortes dont le rôle est d'attirer. D'après toi, pourquoi seuls les hommes payent à l'inscription ?

— Mais toutes ces photos de profils de femmes séduisantes sur la page d'accueil ?

— Appâts. Uniquement des appâts. J'imagine qu'il a dû se sentir pousser des ailes avec deux nanas qui le draguent... ça doit être compliqué de tomber sur un vrai compte, que ce profil plaise, ensuite décrocher un rencard et que ça matche entre les deux. Les probabilités sont minces. Surtout dans ce style de marché... sans vouloir dénigrer.

— Ouais t'as sûrement raison...

— Wow, tu fais des efforts dis donc ! ricana Laure. Bon, ça y'est, tu lâches l'affaire avec lui ?

— Ouais... c'est préférable. Mais avant, je vais le confronter pour qu'il se sente con.

— Je pourrais pas stopper la tête de lard que tu es de toute façon.

— Tête de lard ? Qui traites-tu de tête de lard ?!

— Dis-moi... comment ça se passe à la maison... avec Valentin ? Il doit voir que tu es différente quand même, non ?

Valentin... le sujet qui fâche...

— Il voit rien, il part tôt et rentre tard.

— Il a jamais voulu t'accompagner chez l'hypno ? Il se remet vraiment pas en question.

— Non, jamais. En même temps, j'insiste plus. À quoi bon ?

Question rhétorique.

— Sans commentaires. Clem et Noah vont toujours à la garderie ?

— J'ai pas trop le choix vu mes horaires et lui se fiche de savoir si je peux ou pas. Dès que je peux pas les récupérer à l'heure, je les mets à la garderie ou alors au centre aéré le mercredi. Tu sais, je m'étais arrangée avec ma cadre pour bosser que du matin, mais en contrepartie, je fais une nuit par semaine...

— Ouais... la nuit de mercredi à jeudi... tu pouvais donc voir Mister 10 le jeudi midi sans problèmes.

— Ouais seul créneau car le mercredi en général, sauf si impossibilité, j'ai les enfants.

— Et... avec Valentin... ça se passe bien au lit ? T'as pas trop de mal ? Vu que t'as trouvé un étalon à côté... ça te semble pas... fade ?

— Tu veux vraiment savoir ?

— Oui, sois franche avec moi.

— Je viens d'arriver au taf, on en reparlera, esquivai-je habilement.

— T'y couperas pas et ça, tu le sais très bien !

Comment avouer à ma meilleure amie que depuis ma rencontre avec le beau brun sur internet, plus rien ne se passait intimement avec mon mari ?

Comment lui dire que je n'y arrivais plus et que ce dernier ne se posait pas plus de questions que cela ? J'étais dans une impasse, je commençais à avoir peur de la suite et des conséquences de cette liaison.

Chapitre 20

16 novembre 2017 — Deux ans plus tôt
Nous avions discuté tout l'été. Adam prenait de mes nouvelles régulièrement, me relançant une fois de temps en temps pour aller boire un café. Invitations que je déclinais avec politesse, trouvant à chaque fois un prétexte. Nos messages étaient on ne pouvait plus banals, mais ils sous-entendaient beaucoup plus. Je savais qu'il me draguait, qu'il avait envie de nouer des liens plus qu'amicaux. Mais je m'interdisais de franchir ce pas. Discuter subrepticement avec lui n'était pas déplaisant en soi, cela me divertissait et me sortait de la routine affligeante avec mon mari, mais il était inconcevable que je dépasse les limites de la convenance. D'un côté, j'étais flattée. De l'autre, je culpabilisais de lui donner un semblant d'espoir. Il avait l'air sincère, gentil... et honnête. Mais en continuant à échanger avec le père de l'amie de ma fille, moi-même ne l'étais pas et je me détestais pour cela. Je décidai donc d'espacer un peu les contacts pour ne pas entretenir l'idée qu'il puisse un jour se passer quoi que ce soit entre nous. Il comprit de lui-même qu'il ne fallait pas insister et c'était tant mieux. Je m'étais retiré une grosse épine du pied, et ce, sans aucune douleur ! J'avais réussi à tout stopper avant que cela ne devienne trop compliqué et gênant à gérer.

Les rumeurs à l'école auraient été bon train. Surtout si on ne faisait pas partie de l'élite des mères de famille toutes inscrites à l'association des parents d'élèves. Adam était souvent l'objet de potins sur son célibat. Il était visiblement très convoité. Un bel homme, père attentionné et veuf éploré. Il avait perdu sa femme quelques années auparavant, dans un accident de voiture. Il était le centre d'intérêt des commères en puissance de l'école mais n'avait pas l'air de s'en soucier le moins du monde. J'étais donc malgré tout plutôt fière d'avoir su attirer son attention.

Je le croisais parfois à la sortie de l'école et du centre aéré mais nous nous saluions de loin avec un petit sourire embarrassé. Il n'osait plus m'aborder directement, de peur d'empirer les choses et de rendre le tout beaucoup plus étrange.

Son dernier message, remontant à plus d'un mois, était le suivant :

[Je serai toujours dispo pour un café si tu le souhaites, à bientôt]

Il m'avait laissé une ouverture. Mais il était hors de question de m'y engouffrer. Vraiment hors de question.

Quelques semaines étaient passées et nos échanges innocents me manquaient. J'avais envie de plus. J'avais envie de plaire, de m'entendre dire que j'étais attirante et belle. Mais je ne pouvais certainement pas relancer Adam. Je tenais à ma réputation.

Je naviguais sur internet.

Les sites de rencontres... Quelle plaie ! Je ne comprenais pas pourquoi de nos jours, les rencontres amoureuses se faisaient majoritairement en ligne. Un catalogue sans fin de profils en tout genre, des photos plus ou moins avantageuses, mais surtout, cette grande crainte de ne pas savoir qui pouvait se cacher réellement derrière ces comptes. Je tapais donc machinalement « rencontre personne mariée » sur le moteur de recherche. Je ne faisais rien de répréhensible, je m'informais... uniquement.

Toute une liste de sites plus glauques les uns que les autres s'afficha sous mes yeux ébahis.

Infidele.com, rencontresextraconjugales.com ou encore femmevolage.com.

Incroyable mais vrai. Il y avait un marché impressionnant de rencontres hors mariage. J'étais littéralement abasourdie de voir qu'autant de sites de ce genre existaient. En scrollant doucement vers le bas avec ma souris, d'autres apparaissaient, et proposaient des entrevues libertines entre adultes consentants. Oh non ! Pas du tout pour moi ! Je revins donc au début de ma recherche et scrutai attentivement les têtes de liste. Je cliquai donc sur le premier tout en haut sans chercher plus loin.

— Rencontresextraconjugales.com ! dis-je à haute voix.

Peu importe ce que vous recherchez, vous le trouverez sur rencontresextraconjugales.com !

C'était leur slogan et cela en disait long sur le contenu.

Les sigles homme et femme, mâle et femelle s'affichaient en gros sur la page principale. Il suffisait juste de choisir celui par lequel le visiteur était intéressé.

Sans réfléchir pendant des lustres, et une curiosité un peu malsaine l'emportant, j'optai pour le sigle masculin.

Et évidemment, c'était bien trop facile. Je devais me créer un compte en bonne et due forme avant de pouvoir commencer à consulter le catalogue de profils. Pour encourager les nouveaux arrivants à aller jusqu'au bout de leur démarche et souscrire, quelques photos d'hommes plutôt attrayants défilaient toutes les dix secondes sur la droite de l'écran.

— Allez, je ne risque rien ! Je regarde, tout simplement ! m'écriai-je.

Je me hâtai de créer une adresse email spéciale, car je ne voulais en aucun cas recevoir de la publicité ou des spams sur ma boîte principale personnelle. Je m'inventai donc un pseudo passe-partout, Lili1597.

Bien entendu, je n'ajoutai absolument rien sur mon profil qui puisse m'incriminer. Règle numéro une, aucune photo. Règle numéro deux, aucune information sur ma véritable date de naissance. Règle numéro trois, je m'invente un prénom, j'avais donc décidé de m'appeler Émilie. J'aimais bien ce prénom. C'était joli, mignon et me ressemblait.

Je pris une profonde inspiration. J'étais connectée. Je pouvais enfin avoir accès à l'ensemble du catalogue et des nombreux hommes inscrits. Plusieurs sentiments diamétralement opposés me parcouraient : adrénaline, euphorie, honte, culpabilité... J'y étais et je ressentais le besoin d'étancher ma soif d'indiscrétion.

Et là, grande surprise, les profils qui défilaient lors de l'inscription avaient tous disparu, pour ne laisser que les vrais inscrits. En somme, rien de mirobolant. Chose incongrue, beaucoup avaient ajouté leur photo à la vue de tous, non cryptée.

Ces hommes étaient-ils réellement en couple ? Ou s'étaient-ils retrouvés là comme sur tout autre site de rencontres, prêts à trouver n'importe qui voire n'importe quoi pour — sans vouloir être vulgaire — juste tirer leur coup ?

Visiblement, ils n'étaient pas effrayés que leur femme puisse découvrir le pot aux roses. Je surfais sur la page, découvrant les descriptions de certains. J'étais scotchée par tant d'assurance.

Je recherche un plan sans prise de tête, rencontre coquine et discrète garantie ! racontait l'un.

Cherche pas plus loin, je suis l'étalon qu'il te faut ! Vingt-trois centimètres au repos ! se vantait l'autre.

Pour le coup, le dernier avait beau avoir l'avantage dans le caleçon d'après ses dires, le reste n'était pas du tout potable. Il avait apparemment tout misé sur son atout le plus important.

Mais où étais-je tombée ?!

— Dans un vrai repère de pervers ! me répondis-je à moi-même dégoûtée.

Et puis comme pour me donner raison, je reçus un message de Bigcock23. Il avait dû s'apercevoir que j'avais rapidement visité son profil. Zut ! Même son pseudo était dégueulasse !

[Bjr, comment vas-tu ?]

« Bjr » … oh mon Dieu... je détestais ce genre d'abréviations, surtout pour un premier contact. Il aurait au moins pu faire un effort...

Et puis un autre message arriva, et un autre, et un autre, et dix autres, de profils différents. J'étais envahie. J'étais traitée comme une denrée rare.

Entre les *Slt, tu veux discuter ?* ou encore les *Ça te dit de tchatter avec moi ?* ou *T'es nouvelle ?*

Je paniquais. J'étais sollicitée à un rythme d'un message par minute. C'était délirant. C'était effrayant même. Ma boîte email m'alertait de nouveaux messages en bipant sans cesse. J'allais y jeter un œil.

Une déferlante de notifications du site du type :

Beaugosse92 vous a envoyé un nouveau message, allez vite le consulter !

Ou encore :

Votre profil rencontre un franc succès, venez rencontrer vos admirateurs en cliquant sur ce lien.

Ce n'était clairement pas ici que j'allais trouver ce que j'étais venue y chercher, un échange romantique et respectueux. Il n'y avait aucun désir, ni de réelle envie, c'était de la grande consommation dans toute sa splendeur.

Je décidais donc de me désinscrire aussi vite que l'éclair et de supprimer définitivement mon adresse email... et ce, sans aucun regret.

Chapitre 21

27 février 2019 — Sept mois plus tôt

Je ne m'étais pas reconnectée sous le compte de Chanel° 5. J'étais bien trop énervée à son encontre. Je n'avais qu'une seule envie, le rendre le plus minable possible, lui rendre la monnaie de sa pièce, lui faire passer l'envie de mentir et de se moquer d'une femme. Non, je ne pouvais pas le laisser s'en tirer aussi facilement sans qu'il n'ait conscience que je m'étais moi aussi jouée de lui. Je voulais en finir. Il était plus que temps d'en finir. Cette situation devenait intenable et me rongeait de l'intérieur.

Il était hors de question que je sois la première à le contacter. J'attendais donc patiemment qu'il me relance pour notre rendez-vous hebdomadaire du jeudi midi. L'horloge digitale du couloir de cancérologie affichait déjà vingt-deux heures et j'entamai ma tournée des patients. Difficile de casser le rythme matinal des autres jours pour travailler de nuit. Mais je n'avais pas le choix, je devais m'adapter à ces contraintes horaires pour pouvoir consacrer le reste du temps à mon autre job, celui de maman et de femme au foyer.

Le personnel de l'hôpital était tenu de mettre les téléphones sous silencieux pour respecter la tranquillité des malades. Je laissais le mien dans ma poche en mode vibreur au cas où il y aurait urgence avec les jumeaux. Valentin l'avait assez facile, je ne commençais mon service qu'à vingt heures, j'avais donc le temps de les aider pour leurs devoirs, et rapidement manger avec eux. Ils étaient ensuite prêts à rejoindre leur lit. Tout était savamment millimétré. Leur père n'avait plus qu'à les coucher.

— Bonsoir, Madame Richard, comment allez-vous ce soir ? demandai-je à la vieille dame qui occupait la chambre 43. Vous avez passé une bonne journée ?

Madame Richard était ma patiente favorite. Même si elle en paraissait dix de plus physiquement, elle était seulement âgée de soixante-quinze ans. Elle suivait toujours un traitement contre son cancer qui s'était à présent généralisé. Elle venait une fois toutes les trois semaines pour sa chimiothérapie mais son état de santé s'étant beaucoup dégradé ces derniers temps, les médecins souhaitaient la garder quelques jours en observation. La malheureuse était en stade trois et son avenir semblait incertain. Pourtant sa ténacité sans faille épatait tout le monde. Elle faisait peine à voir, un foulard fleuri entourait son crâne chauve et de nombreuses rides recouvraient son visage. Elle avait cependant encore suffisamment d'énergie pour insulter gentiment son mari, Joseph, qui l'accompagnait quasiment à chaque fois à l'hôpital.

— Oh oui ça peut aller... répondit-elle d'une voix faible et étranglée.

Je choisis intentionnellement de lui remonter le moral en conservant mon tempérament enjoué. Le peu de temps qu'il lui restait devait lui apporter sérénité et bien-être et éloigner stress et idées noires. Je m'attelai à prendre sa tension et vérifier ses fonctions vitales tout en discutant avec elle.

— Votre mari devait venir vous voir aujourd'hui, vous avez joué aux cartes ? Qui a gagné ?

— Oh ne me parlez pas de cette espèce de gros con de mes deux ! s'exclama-t-elle subitement.

Oui, Madame Richard avait l'habitude d'être vulgaire et cela n'étonnait plus personne. Elle avait un sacré caractère !

— Ah ! Que vous a-t-il fait encore cette fois-ci ? Il a bu dans votre gobelet ? ironisai-je.

— Pire que ça !

— Comment ça « pire que ça » ? C'est possible ? ris-je.

— Il a triché ! Vous vous rendez compte ? Il m'a menti sur son jeu ! Il avait caché une carte dans sa manche ! Elle est tombée quand il s'est levé. Mais moi, je l'ai vue ! C'est pas à un vieux singe qu'on apprend à faire la grimace !

Je me mis à rire de plus belle. Cette vieille dame était le rayon de soleil du service. Elle avait le don de nous faire oublier tous nos soucis avec ses histoires et son langage affirmé.

— Il vous a menti ? Comment a-t-il osé ?! m'indignai-je, les bras croisés en signe de désapprobation.

— Osez me dire qu'aucun homme ne vous a jamais menti à vous, jeune demoiselle ! rétorqua-t-elle satisfaite d'elle-même. Et puis, c'est pas tout !

— Ah parce que c'est pas tout ? Ah bon ?

— Il a fait de l'œil à votre collègue de jour ! Sous mon nez ! Vous y croyez ?!

— Virginie ? C'est vrai qu'elle a du succès ! Il a plutôt bon goût, je dois dire !

Madame Richard savait parfaitement que je tournais tout à la dérision pour l'aider à passer le cap. Je lui devais bien ça. C'était notre rôle à nous. Leur changer les idées.

Elle se mit aussi à rire.

— Quand je serai plus là, faudra bien qu'il retrouve une pin-up ! Autant qu'il commence à chercher tout de suite ! blagua-t-elle.

Je sortis machinalement mon téléphone de ma poche pour vérifier si mon amant m'avait contactée. Et en effet, un message m'attendait.

[Salut toi, toujours OK pour demain midi ? Hâte de pouvoir toucher ton corps et jouer avec toi...]

Et voilà... Y'avait plus qu'à lui rentrer dedans... Sans m'en rendre compte, je souriais. Ma patiente se montra tout à coup curieuse.

— Oh c'est votre mari ?

— Non hélas...

— Votre amant dans ce cas ! s'esclaffa-t-elle de but en blanc.

— Quoi ? Heu comment ?!

Je rougissais comme une tomate, ne savant quoi rétorquer pour détourner son attention.

— Oh, on ne me la fait pas à moi jeune fille ! Si c'est pas votre mari, c'est forcément votre amant ! Il est beau ? C'est un bon coup ?

— Madame Richard ! lançai-je gênée. Enfin !

— Vous croyez que parce que j'ai soixante-dix ans passé que je sais pas ce que c'est ? Non mais j'ai eu quatre enfants ! Et mon mari n'a pas été le seul... je sais reconnaître une femme amoureuse et passionnée, car moi aussi je l'ai été, il fut un temps. Dites-moi tout, j'emporterai votre secret dans ma tombe ! plaisanta-t-elle.

Il était comique de voir à quel point elle arrivait à s'amuser de la situation tragique qui s'annonçait. Elle me surprenait. Elle surprenait tout le monde.

— Bon OK, mais je n'ai que dix minutes, après je dois continuer ma tournée...

Je m'étais assise à ses côtés, lui racontant un condensé de mes aventures extraconjugales.

— C'est un p'tit con mais vous êtes folle de lui très chère, affirma-t-elle à la fin de mon récit.

— Non, non, vous n'avez pas compris Madame Richard, c'est terminé, je lui dis ce que je pense et ensuite je ne veux plus entendre parler de lui.

— On en reparlera, on en reparlera ! Si je suis encore là ! ricana-t-elle.

Madame Richard, Laure... toutes les deux pensaient qu'il était déjà trop tard, que j'étais bien trop attachée malgré le fait qu'il se jouait de moi. Je devais leur prouver le contraire.

Je me saisis de mon mobile et lui envoyai aussitôt une réponse.

[Le « Salut toi » c'est pour pas te tromper de prénom parmi toutes tes conquêtes ? Tu sais comment je m'appelle quand même ?] lançai-je sarcastiquement.

Son retour ne se fit pas attendre, comme s'il m'attendait avec impatience.

[Quoi heu mais c'est pas Alice ?] plaisanta-t-il pour détendre l'atmosphère.

[T'es un malin dis donc... Dis-moi, j'ai pas envie de choper des MST, tu vois d'autres nanas à part moi ?]

Plutôt direct comme message. Cela donnait la température. Glaciale.

[Je t'ai dit que je voyais personne d'autre à part ma copine. C'est quoi le problème ?]

[Je sais pas... tu me mentirais pas par hasard ? C'est vraiment ma hantise les MST]

[Non je te promets]

Non mais il était sérieux là ? J'allais lui rentrer dans le lard ! Quel menteur !

[Non mais tu te fous de ma gueule ?]

[De quoi ?]
[Tu sais qui c'est Chanel° 5 ?]

Gros silence. Pas de réponse. J'avais dû attendre quelques minutes avant qu'il ne réagisse.

[Je comprends mieux à présent. Bien joué]

Je pensais qu'il couperait tout et disparaîtrait. Cependant le contraire se produisit à mon grand étonnement.

[Je t'ai dit que je voulais que tu me dises si tu voulais voir ailleurs, c'est pas mon truc moi]

[Je sais pas quoi dire là, je me sens con...]

[Pourquoi ?]

[Je sais pas, j'aime bien séduire, discuter... j'ai été trop gourmand, et voilà... je parle oui, mais je te jure, j'ai vu personne... C'est pas si simple de décrocher des rencards et qui plus est, avec une nana potable]

[Merci pour le « potable »] me vexai-je.

[Arrête, tu sais bien que c'est pas pour toi que je dis ça... Putain, j'ai tout gâché]

[Comment tu veux que je te croie maintenant ? Je t'ai lancé des perches pour que tu me dises de toi-même les choses]

[En effet... je me sens cerné... je suis désolé, je préférerais me rattraper auprès de toi, je m'excuse, j'ai été bête et trop gourmand, je me rends compte qu'on n'est pas un plan cul banal en fait]

Toutes mes bonnes résolutions s'envolèrent au moment où il avait pris ses responsabilités et s'était excusé. Valentin ne s'était jamais excusé. Aucun de mes ex ne s'était jamais excusé. Il était le premier et il était le seul. Il avait frappé fort. Il avait tapé dans le mille, il avait trouvé ma faiblesse, celle qui faisait rendre les armes à la plus guerrière et féroce des Amazones face à son ennemi.

[Comment ça pas un plan cul banal ?] répétai-je étonnée par sa remarque.

[Ça aurait été plus simple si on se voyait genre une fois toutes les trois semaines et qu'on se prenait pas la tête entre-deux, on est plus qu'un vulgaire plan cul et tu le sais]

[J'y crois pas ! Tu me considères juste comme un « trou » sans être vulgaire... Tu t'amuses avec moi depuis le début. Je te hais !]

[Tu sais bien que je ne te considère pas comme tel. Tu devrais le voir à la manière dont je te touche, dont je te regarde. Je veux pas arrêter ce qui se passe entre nous deux mais c'est à toi de décider, laisse-moi une chance de me rattraper et si ça marche pas, tu pourras me dégager sans explications].

Je me laissais embarquer par ses belles paroles. Je capitulais. J'étais prisonnière de son donjon.

[OK. Tout dépendra de ta réponse à la question qui va venir]
[Qui est ?]
[Avec qui d'autre parles-tu sur le site ?]
[Une certaine Julie, toi, Chanel° 5 et autre pseudo, et aussi d'autres nanas mais ce sont des faux profils, des escortes, c'est bidon]
[Tu te fiches de moi ? Et Stéphanie alors ?! C'est ma pote !] m'enflammai-je instantanément.

[Qui ça ? J'ai pas parlé à une Stéphanie ! Je te jure !]

Je relus alors la liste sûrement non exhaustive qu'il m'avait transmise et remarquai que je m'étais emportée pour rien. Le pseudo de Laure était Pseudo et il me l'avait donné. Il ne lui avait même pas demandé son prénom quand ils avaient discuté. Pour dire son intérêt.

[Ah je viens de comprendre ! Stéphanie est Pseudo, c'est ça ?] me demanda-t-il.

[Tu peux donc pas m'en vouloir, je te l'ai dit !] renchérit-il.
[Alors ? Bonne réponse ?]

En effet, il avait répondu comme je l'attendais. Même bien mieux que je ne l'espérais.

J'étais faible. Beaucoup trop faible face à lui. J'allais céder. J'en mourrais d'envie de toute manière.

[Tu me pardonnes ? Je crois qu'on devrait se voir de visu pour discuter... pas chez mon pote, quelque part ailleurs, prendre un verre... parler quoi.]

Il m'impressionnait. Je ne m'attendais pas à cette proposition. Il voulait s'afficher avec moi à l'extérieur. Il avait donc un minimum de considération à mon égard. J'exultais. Je ne pouvais plus retenir un petit cri de joie à la lecture de son dernier message.

Malgré cela, j'avais toujours cette étrange envie de me venger et de le faire un peu mariner en annulant notre tête-à-tête du lendemain.

[OK, mais demain je peux pas. On voit ça semaine pro, je te redirai. J'y vais, j'ai du taf]

Je décidai de couper les notifications venant de sa part pour ne plus être tentée de lui répondre.

— Alors ? Vous êtes retombée dans ses filets, n'est-ce pas ? insinua Madame Richard en voyant mon expression satisfaite.

Amusée, je haussai les sourcils puis les épaules en soufflant :

— Vous n'en avez pas assez d'avoir raison ?

Chapitre 22

5 avril 2018 — Un an et demi plus tôt

Plusieurs mois étaient passés, mon envie de discuter sur internet avait plus ou moins disparu. Je pensais souvent à ce qu'aurait été mon existence si j'avais dit oui à Adam l'été dernier. Mais j'avais préféré le chemin le plus facile à emprunter, la montagne la moins fatigante à gravir. Je n'avais pas cédé à la tentation.

Je ne voulais pas rendre ma vie encore plus complexe qu'elle ne l'était déjà. Mon mariage était une déception et au bord du précipice. Je priais chaque minute pour une issue salvatrice. Les jours défilaient et se ressemblaient tristement. Je claquais un fric incroyable dans les consultations avec mon hypnothérapeute, Elisa Dutilleul, pour un budget approximatif de cent-cinquante euros mensuel. Autrement dit, un gros budget, mais un budget plus que nécessaire et indispensable. Je lui confiais mes plus sombres pensées. Elle m'aidait à me délester de ce lourd fardeau que je me trimballais depuis des années. Je me sentais un peu plus légère après chaque nouvelle séance et gardais pour moi ce que ces dernières contenaient avec tout son lot de confidences et de secrets. Valentin ne s'en souciait guère de toute manière et cela ne me faisait plus ni chaud ni froid.

J'étais motivée, je profitais de mon après-midi libre pour me rendre à la salle de fitness et de musculation en compagnie de Laure en congés pour quelques jours. Côte à côte, nous nous activions chacune sur l'un des nombreux vélos elliptiques mis à disposition pour la clientèle. De là où nous étions, nous pouvions nous moquer gentiment des « en veux-tu en voilà » comme nous adorions les qualifier. Ces sportifs bien trop musclés qui aimaient parader devant les autres usagers. De gros prétentieux, rien de plus !

— Non mais tu l'as vu celui-là ! se moqua Laure tout en buvant à sa gourde. Il est ridicule. Venir à la salle de sport juste pour se montrer, c'est quoi l'intérêt ? Il faut suer !

— T'es vraiment une connasse toi alors ! Méchante va ! ris-je à moitié exténuée.

— Non mais toi aussi t'en es une, hein ! Tu rigoles autant que moi ! Fais pas style !

— Il tente juste de pécho c'est tout ! Qui peut le blâmer ? La salle de sport est un endroit comme un autre !

— Si seulement il était beau ! Il a une toute petite tête comparée à son corps !

Mon amie m'obligea à m'arrêter, je riais à n'en plus pouvoir. Et en plus de ça, elle continuait.

— Non mais sérieux ! J'suis sûre qu'il n'y a que ses bras qui sont gonflés chez lui ! C'est sûrement pas Bigcock23 celui-là !

Bien entendu, je lui avais absolument tout raconté de mon passage sur un certain site de rencontres quelques mois auparavant... et j'avais pris cher. Là avait été mon erreur. Je n'aurais jamais mais jamais dû lui parler de Bigcock23. Jamais. Elle saisissait la moindre occasion pour le glisser dans certaines de nos conversations et me chambrer à son sujet.

— Arrête tes conneries punaise, j'ai un point de côté ! J'en peux plus ! la suppliai-je.

— Hey ho ! Pas de pause ! Remonte vite en selle ! Si tu veux un corps de déesse pour cet été, y'a pas de secret !

Faut ramer ! m'ordonna-t-elle telle une vraie dictatrice. Faut souffrir pour être belle !

— Mais qui a inventé cette expression de merde ? soufflai-je en lui obéissant.

— Tu veux rentrer dans le petit bikini que tu as vu dans la vitrine l'autre fois, n'est-ce pas ?

J'émis un râle rauque affirmatif en guise de réponse.

— Alors au boulot ! Tu vas être à tomber pour les vacances !

— Faudrait-il encore que Valentin se bouge les fesses pour réserver. Il fait semblant de rien. Il est bizarre.

— Prends les devants alors ! me conseilla-t-elle.

— Nan, j'ai pas vraiment envie. Écoute, laisse tomber, je suis venue au sport pour me vider la tête, pas pour parler de lui. Parlons plutôt de Vincent... ça fait un moment que tu ne dis plus rien à son sujet... que tu t'acharnes plus sur lui. Qu'est-ce qui se passe ?

L'expression joyeuse de mon amie s'effaça pour laisser apparaître des traits plus sérieux et contrariés. Il s'était passé quelque chose entre eux, cela ne faisait plus aucun doute.

— Laure ?

Elle m'inquiétait.

— On a couché, finit-elle par avouer sans mettre de gants.

— Ah... et c'était pas terrible, c'est ça ? tentai-je de comprendre.

— Oh que si, c'était extra... c'était génial, fougueux, pas planifié...

— Mais... parce qu'il y a un mais, n'est-ce pas ?

— Y'a pas de mais. Je peux pas sortir avec mon collègue, ça s'arrête là. C'était du sexe, rien de plus. Une erreur que je ne recommettrai pas, je peux te l'assurer.

— Pourquoi ? Pourquoi te mettre ces barrières ? Il te plaît, c'est évident.

— Oui mais non ! Il est odieux au quotidien, tous les moyens sont bons pour me casser et me ridiculiser ! Jamais mais jamais je ne pourrais me mettre avec un mec aussi bipolaire !

— Comment vous en êtes arrivés à coucher alors ? Il te kiffe autant que toi tu le kiffes, vois la réalité en face.

— Je sais pas, il s'est pointé chez moi un soir pour parler d'un gros dossier sur lequel on bosse. Et puis on a commencé à se disputer... car tu le sais mieux que personne, on n'est JAMAIS d'accord. Une chose en entraînant une autre, on a fini par s'embrasser et se retrouver nus sur le canapé. Il est parti comme il est arrivé et on n'en a pas reparlé.

— C'était quand ?

— Y'a deux semaines.

— Et tu me l'as même pas dit ! T'exagères ! me fâchai-je.

— Je voulais pas t'ennuyer avec ça, t'as déjà assez de problèmes comme ça...

— Arrête, tu m'ennuies pas ! C'est à ça que ça sert les amies ! m'offusquai-je. Pourquoi tu refuses le bonheur Laure ? Depuis le lycée, tu n'as jamais plus eu de relations sérieuses ! Juste des histoires sans attaches... C'est pas logique ! Tu es un canon, tu te fais souvent mater... Tu es sollicitée ! Franchement parfois, je me demande si tu devrais pas toi aussi consulter l'hypno que tu m'as conseillée.

Aïe, j'avais dit tout haut ce que je pensais tout bas. J'espérais ne pas avoir froissé ma meilleure amie.

— Je sais... ça ne m'amuse pas d'être ainsi, tu sais. Je sais pas ce qui me bloque autant.

— Probablement le fait de traiter ces dossiers de femmes battues, de divorcées... tout ça ne doit pas être évident au quotidien. Gérer le malheur des autres. Ce n'est peut-être qu'un job, oui, mais la réalité est souvent d'une profonde tristesse. Tu peux pas porter tous les maux du monde sur ton dos.

— Pas tous les maux, non. Juste quelques-uns, c'est déjà bien. Quand je vois la vie de mes clientes... la tienne... ça ne me donne pas envie de m'engager.

Je retins ma respiration. Un petit pincement au cœur se fit ressentir. Laure avait pitié de moi. Je savais que j'avais une vie qu'elle n'enviait pas... mais de là à me l'avouer ainsi... Elle se stoppa net, constatant qu'elle n'aurait pas dû présenter les choses de cette façon, qu'elle m'avait touchée et blessée sans le vouloir.

— Oh, je suis désolée, ma puce, c'est pas ce que je voulais dire, tu le sais... s'évertua-t-elle à se rattraper. Mais il est vrai que je ne rêve pas d'un mari comme le tien. Et la perfection n'existe pas. Je suis une éternelle insatisfaite. C'est pas contre toi. Toi au moins, tu vis les choses, tu les ressens. Pour ma part, je vis dans la constante peur de l'échec. C'est pitoyable.

Moi qui pensais que mon amie avait une vie plus que parfaite que tous ses proches convoitaient. Un physique avantageux, un métier élogieux, une famille soudée, aucun souci financier, à l'écoute des autres, des amis… et pourtant. Elle n'était pas forcément heureuse. Son côté dynamique cachait une vérité tout autre. Égoïstement, je me sentais moins seule et cela me rassurait. Je gardais évidemment ce sentiment honteux pour moi et me jurais de ne jamais le lui confesser.

Chapitre 23

9 mars 2019 — Six mois plus tôt
J'avais réussi à me dégager de mes contraintes familiales pour une soirée. Officiellement, je passais la soirée avec Laure. Officieusement, je passais mon samedi soir avec mon amant.

— Tu es visiblement toujours un peu fâchée, me lança mon amant d'un air soucieux.

Mon expression était neutre et ne laissait rien transparaître. Je ne voulais pas qu'il puisse lire en moi et deviner que mon cœur battait à un rythme frénétique. Les mains moites, des bouffées de chaleur, un stress incontrôlable. Il m'avait manqué. Nous ne nous étions pas vus depuis quinze jours et il me faisait toujours le même effet. Mon corps réagissait à sa simple proximité et désirait ardemment se coller au sien.

Mais je devais résister. Je ne voulais pas passer pour une femme facile sans aucun principe. Il s'était fichu de moi, nous devions mettre cartes sur table avant de poursuivre quoi que ce soit.

Installé en tailleur sur le canapé convertible, il me souriait et attendait patiemment ma réponse.

Les yeux plissés, je le scrutais avec attention. Je détaillais chaque trait de son visage et plus particulièrement sa bouche. J'avais lu une fois dans un magazine féminin à la renommée internationale que cette partie de l'anatomie pouvait être révélatrice dans un jeu de séduction. Si entrouverte, et qui plus est, accompagnée d'un regard insistant, elle montrait un intérêt particulier et plus qu'évident pour la personne convoitée. Mais à cet instant, mon amant arborait plutôt un petit sourire en coin provocateur et fascinant. La bordure de sa lèvre supérieure formait un arc de Cupidon parfait, prêt à me décocher une flèche en plein cœur, son propriétaire m'ayant dans son viseur.

Qu'est-ce que cela pouvait bien signifier ?

Si seulement j'avais lu cet article jusqu'au bout ! Peut-être y avait-il un paragraphe explicatif qui débattait des sourires en coin ? Aucune idée... il était un peu tard pour m'en préoccuper. Bouche entrouverte ou pas, inconsciemment ou non, dans tous les cas, les signaux qu'il m'envoyait étaient plutôt limpides. Il se faisait une mission, celle de briser cette distance entre nous, et je le désirais autant que lui. Mais ce fut ce moment précis que choisit ma lucidité pour reprendre les rênes.

— Ah tu crois ça ? le titillai-je intentionnellement.

— Oh oui, ça se voit... tu es distante, froide... pas comme d'habitude.

Sa bouche qui remuait avec lenteur m'appelait silencieusement. Elle semblait toujours aussi moelleuse et douce. Je la fixais avec envie. Puis mon regard dévia ensuite vers le sien. J'étais ensorcelée par cette flamme qui brillait dans ses yeux. Une pointe d'or, probablement le reflet du lustre au-dessus de nos têtes, venait amplifier la couleur de ses iris. Deux astres... les plus rayonnants jamais observés jusqu'alors, m'éblouissaient tout autant qu'ils m'attiraient. Même les étoiles qui habillaient le ciel d'un noir profond paraissaient bien fades et ternes à côté.

Il m'hypnotisait. Il avait ce pouvoir. Tel un véritable sorcier, il m'avait jeté un sort. Il passa sa main dans sa tignasse brune dans un geste sexy et repoussa sa mèche gênante vers le côté avec difficulté. J'étais littéralement subjuguée.

— On y va ? m'impatientai-je en triturant mes doigts.

Je ne voulais pas rester dans un espace clos en sa compagnie. Je n'aurais pas tenu très longtemps. Le désir était puissant. Extrêmement puissant. J'insistai donc auprès de lui pour qu'il se presse un peu et enfile veste et chaussures.

— Tu as dit qu'on irait ailleurs, qu'on discuterait... lui rappelai-je.

Il se leva, passa sa veste, se chaussa de ses vieilles baskets délavées et s'admira quelques instants dans le miroir de l'entrée.

— Je suis prêt ! À pied ou en voiture ? me demanda-t-il avec un sourire.

— Je sais pas... y'a de la place pour se garer au restau de tapas ?

Il se rapprocha de moi d'un pas félin, un sourire coquin plaqué sur le visage.

— Tu es sûre qu'on pourrait pas... susurra-t-il d'une voix sexy. Juste...

Cette bouche... ce regard... ce charisme... comme si cet homme avait été créé spécialement pour me faire chanceler, réunissant absolument tous mes fantasmes et rêves les plus fous. Alors que je commençais à me laisser emporter par son envoûtante virilité, il en profita pour réduire l'espace entre nous. J'étais comme clouée au sol, dans l'incapacité d'effectuer un seul mouvement.

— Laisse-moi te goûter... tu m'as manqué, continua-t-il.

Ma respiration s'accéléra. Les lèvres légèrement entrouvertes, je ravalai difficilement ma salive. Je reculai vers la porte d'entrée à mesure qu'il s'avançait. Ma main tatillonnait à l'aveuglette pour trouver la poignée et la sortie. Je fermai les yeux quelques secondes et m'imprégnai de ce parfum qui me rendait folle et me retournait le cerveau. Il me bloquait contre la porte pour que je ne lui échappe pas. J'étais tellement obnubilée par l'expression avide qu'il me transmettait que je ne réagis même pas alors qu'il laissait ses doigts onduler entre mes cheveux et exerça une pression derrière ma nuque pour rapprocher nos deux visages. Sa joue caressa la mienne avec délicatesse puis il prit une profonde inspiration. Pendant qu'il me respirait, son torse se rapprochait dangereusement de ma poitrine.

— Tu sens bon. Je te veux. Je te veux. Maintenant, me souffla-t-il à l'oreille.

C'était un véritable supplice. Me refuser à lui était une torture. Mais nous devions parler sérieusement. Je ne voulais pas que notre relation soit uniquement basée sur le sexe. Un minimum d'échanges n'était pas trop demandé au vu de ce que nous partagions.

Je posai mes deux mains sur ses abdominaux contractés et le repoussai doucement. Je luttais contre un désir irrépressible, car l'envie qu'il me plaque et me prenne avec passion contre cette porte d'entrée était terriblement galvanisante.

— Non... c'est pas raisonnable et tu avais dit que...

— Je sais ce que j'avais dit... mais ça fait quinze jours... quinze jours sans te toucher. Autant dire un calvaire... on peut y aller juste après non ? Qu'en dis-tu ? me proposa-t-il astucieusement. Je te promets, on discutera... mais avant ça...

Pour achever de me convaincre, il pressa ses lèvres contre la peau fragile de mon cou et ce doux contact me fit frissonner tout entière. Sa main gauche chatouillait ma chute de reins tout en m'attirant doucement vers lui. Telle une poupée de chiffons, je ne protestais pas. Je sentais toute son impatience au travers de son pantalon devenu visiblement un peu trop étroit.

— Je... je... bégayai-je.

Ses doigts entreprirent de décaler le haut de ma veste pour dégager mes épaules. J'étais foutue. Une véritable bombe atomique venait de détoner en moi au moment même où ses lèvres vinrent rencontrer les miennes. Elle emportait tout sur son passage tel un typhon sur les côtes du continent asiatique. Un tremblement de terre de magnitude dix sur l'échelle de Richter qui, sauf erreur, ne comprenait que neuf paliers.

— C'est vraiment pas raisonnable et tu le sais... la réservation est prévue pour 19 h 30 et il est déjà 19 h 20, on va être en retard...

Égal à lui-même, mon beau brun esquissa un sourire narquois et passa sa langue sensuellement sur le pourtour de ses lèvres pour les humidifier et me faire capituler. Ce qu'il réussit à faire sans grand effort à fournir en moins de dix secondes top chrono.

Compte à rebours enclenché. Dix...

— C'est pas grave, on appelle, on décale d'une demi-heure...

Neuf... huit... sept...

Il passa un doigt sur chacune de mes épaules et fit tomber ma veste au sol. Il était humainement impossible de lutter, il savait qu'il avait déjà gagné.

Six... cinq...

— Comment tu veux que je te résiste... arrête de me regarder comme ça...

Quatre... trois...

— Comment ? Comme ça ? me répondit-il en me fixant de ses pupilles dilatées qui témoignaient du désir évident qui le submergeait.

Il haussa un sourcil pour me faire définitivement sombrer dans ses bras.

Deux... un...

Tant pis, il était inconcevable et inutile de protester davantage. Je me soumettais à cet homme à la persuasion d'une efficacité imbattable. Je flanchais. Comme à chaque fois. Oh, mon Dieu, ce mec... était juste... tout simplement irrésistible.

Chapitre 24

12 août 2018 — Un an plus tôt
Des vacances inoubliables. Littéralement. Gravées
dans ma mémoire à jamais. Du beau temps, un bel hôtel
au bord de l'océan Atlantique, du repos, des visites, de
bons restaurants, de longues balades... le cadre était
absolument... parfait. Une chance incroyable, le rêve. Le
Brésil, Copacabana, un voyage inattendu mais qui tombait
à pic. Valentin avait fait mouche auprès de la direction
de son entreprise. Pour récompenser les trois meilleurs
commerciaux de l'année précédente, le grand patron leur
avait offert un voyage tous frais payés en Amérique latine,
au pays du culte du corps parfait.

Je me souvenais qu'au mois d'avril dernier, il m'avait
demandé par message ce que je comptais faire pour les
vacances d'été et je lui avais répondu nonchalamment que
j'attendais toujours après lui pour réserver quoi que ce soit.
Valentin était un féru partisan du dernière minute, en totale
contradiction avec mon besoin viscéral d'anticipation. Ne
rien laisser au hasard, telle était ma devise.

[On fait quoi cet été ?]

[J'en sais rien du tout, comme d'hab, j'attends après toi !]

*[OK, alors prépare ton maillot de bain et ta crème de
bronzage car on s'envole pour Rio au mois d'Août]*

[Tu plaisantes ?]

Il avait ignoré ma réponse et était rentré à la maison
quelques minutes plus tard un immense sourire aux lèvres
tout en scandant :

— Tu vois que ça paye les heures sup !

Il avait déposé une liasse de documents sur la table de la salle à manger accompagnée d'un livre touristique de la région de Rio de Janeiro. J'étais restée ébahie et sans voix. Nous n'avions jamais rien gagné de notre vie mis à part des bons d'achat de cinq euros à la machine à roulette en sortant de l'hypermarché du coin. Un tel séjour était donc inespéré.

— Wow, c'est génial ! Mais et les enfants ?

— Chez mes parents ! C'est déjà réglé !

Alors là, il me déroutait plus que de raison. Peut-être était-ce ce dont nous avions besoin. Partir loin, comme un jeune couple, s'amuser, ne penser qu'à nous. Je ne pouvais être plus heureuse.

Et nous voici, tous les deux au Brésil, sans les enfants restés chez les beaux-parents pour couper pendant deux semaines du monde professionnel et reposer nos esprits épuisés.

— Plage ?

Valentin se tenait fièrement dans l'encadrement de la porte de la chambre, déjà prêt pour partir en expédition sur le sable fin et chaud de l'une des plages les plus réputées de toute la planète. Short de bain rouge et serviette sur l'épaule, son regard enthousiaste me suppliait de l'accompagner.

— Flo et Lucy y sont déjà ! On pourrait passer l'après-midi avec eux et aller dîner tous ensemble ensuite ?

— On vient à peine d'arriver et tu veux déjà passer du temps avec tes collègues que soit dit en passant, tu vois tous les jours de l'année ?

— Allez ma puce, on ne sera pas avec eux pendant toutes les vacances... en plus j'ai déjà dit oui...

— OK, OK... avais-je fini par lui souffler pas vraiment convaincue et plutôt déçue.

Devant ma mine déconfite, mon mari enroula ses bras autour de ma taille pour achever de me rassurer.

— Je te promets que demain, on passera la journée tous les deux et tu pourras choisir le programme. Est-ce que ça te va ?

Un petit sourire forcé se dessina sur mon visage pour lui signifier mon accord.

— Génial ! Allez, enfile ton maillot ! s'esclaffa-t-il satisfait.

— Écoute, vas-y avant moi, je vous rejoins. Je dois encore m'épiler rapidement.

Il ne se fit pas prier pour quitter la chambre dans la foulée, son téléphone vissé à l'oreille, déjà en train de passer un coup de fil à son collègue Florent pour connaître leur emplacement exact.

J'espérais vraiment dans mon for intérieur qu'il tiendrait sa promesse et que nous passerions la majorité du temps en tête-à-tête, pour essayer de retrouver notre passion des débuts et non en compagnie de tierces personnes qu'il côtoyait le reste de l'année.

Une fois épilée et le bikini rose à pois enfilé, je passais devant le miroir du couloir de l'entrée. Les stigmates de la grossesse avaient envahi hanches et bas du ventre. J'avais eu beau me badigeonner de crème anti-vergetures à l'époque, rien n'y avait fait, ma peau s'était bien trop étirée. J'étais marquée à jamais. En plus de cela, n'étant pas une grande sportive, la cellulite s'était aussi logée sur les côtés et l'arrière de mes cuisses même si ces dernières étaient plutôt bien proportionnées. Dans l'ensemble, j'avais un corps assez harmonieux, une silhouette dont je ne pouvais me plaindre et que beaucoup aimeraient. Je n'étais pas parfaite mais simplement une femme, une mère avec tout ce que cela comprenait. J'avais donc décidé de cacher mes imperfections avec une petite robe cache-cœur légère faisant office de paréo. Valentin m'avait envoyé un message pour m'indiquer qu'ils étaient installés près du meilleur bar du coin et il n'avait pas été difficile de les retrouver parmi la foule.

À quelques mètres droit devant, Florent, un grand métis chauve, corps athlétique d'un mètre quatre-vingt-cinq environ, plutôt bien conservé pour une quarantaine bien avancée, était allongé sur sa serviette, le corps légèrement relevé grâce à ses coudes. Mon époux était à sa droite et avait adopté la même position. Ils plaisantaient et passaient apparemment un bon moment. Lucy et Florent étaient en couple et travaillaient ensemble avec Valentin. Ils s'étaient rencontrés au bureau et étaient rapidement tombés amoureux. Les trois inséparables comme ils étaient surnommés. J'aurais vraiment préféré que cette fois-ci en soit autrement.

Sur la plage, défilait un vrai festival de femmes toutes plus sexy les unes que les autres mais surtout toutes plus refaites les unes que les autres. Absolument rien de naturel, entièrement superficielles. Mais même en sachant cela, une femme lambda comme moi ne pouvait se sentir dans son élément. Des fesses rebondies et sans une once de peau d'orange se pavanaient sous les regards rieurs et ébahis de mon mari et de son collègue. Je pouvais les observer à distance en train de se rincer l'œil sans aucune discrétion, les lunettes de soleil rabattues sur le bout de leur nez. Certes, si l'être humain avait été doté de la vue, c'était pour pouvoir admirer la beauté des choses qui l'entourait mais

Valentin se comportait comme un célibataire en chasse. Une jolie sirène en monokini lui avait adressé un sourire béat et son collègue lui avait donné un coup de coude. Les deux s'étaient mis à rire à gorge déployée. J'observais la scène sans aucune réaction, sans aucune émotion. Aucune jalousie, juste de l'exaspération.

Je comprenais qu'un homme avait besoin que l'on flatte son ego, de savoir qu'il plaisait encore mais de là à en oublier que sa femme existait, était assez dur à encaisser.

Une main se posa alors sur mon épaule.

— T'inquiète pas, on est toutes les deux dans le même bateau, me murmura Lucy pour me réconforter. Ils ne font rien de mal, ils regardent, c'est tout.

Lucy était une magnifique brune à l'allure élancée. Une frange soulignait son regard sombre et rieur. Toujours à la pointe des dernières tendances mode, elle portait un petit bikini rouge cerise qui lui allait à la perfection, dévoilant un corps extraordinairement bien fait. Elle était aussi sportive que pouvait l'être Florent. Une femme superbe à côté de laquelle je n'étais pas forcément à l'aise en petite tenue sur la plage.

— Ouais, je sais ça... lui répondis-je succinctement. Mais...

— Mais... y'a pas mort d'hommes ! Profitons ! me coupat-elle. On est à Rio ma belle !

Lucy avait sûrement raison. Mais pourquoi donc me sentais-je si mal dans ce cas ? Pourquoi ce nœud dans mes entrailles ?

Une seule question me taraudait l'esprit...

Pourquoi donc mon mari ne me regardait-il plus avec autant de désir et d'envie que ces belles Brésiliennes siliconées au teint hâlé parfait ?

Chapitre 25

9 mars 2019 — Six mois plus tôt
J'observais le plafond de l'appartement. J'avais succombé. Encore. Toutes mes bonnes résolutions envolées, disparues, emportées.

Avaient-elles même existé ?

Ce moment avait été fabuleux. J'avais honte de moi mais les regrets n'étaient pas de rigueur, bien loin de là.

Allongé à mes côtés, il m'intima de poser ma tête contre le haut de son torse en écartant son bras pour m'accueillir contre lui. Mais j'hésitais. Voilà le moment que je redoutais. L'après-sexe. Ces minutes de tendresse, de discussions sur l'oreiller qui développaient une proximité autre que charnelle. Ces instants-là me terrorisaient car je savais pertinemment que mon cœur n'y résisterait plus très longtemps. Mais je ne pouvais faire autrement que de jouer avec le feu.

— Tu peux venir contre moi, tu sais, je vais pas te manger, me rassura-t-il.

Il était doux et affectueux, aux antipodes du rôle du personnage dragueur qu'il endossait sur le site. Et lorsqu'il adoptait ce comportement un peu plus romantique, il me faisait vriller. Zone rouge, zone rouge ! Je devais fuir ! Mais mes muscles ne réagissaient que pour se coller davantage à lui. Un vrai sentiment de plénitude s'était emparé de moi à la minute où nous avions uni une nouvelle fois nos corps.

— Je te hais, lui lançai-je.

Il émit un petit rire sexy.

— Tu l'as déjà dit, il me semble...

— Parce que c'est vrai. Je te hais.

— On sait très bien tous les deux que ce n'est pas le cas... économise ta salive petite furie et avoue que tu me kiffes grave.

Je me retournai et me couchai sur le ventre, appuyée sur mes coudes tout en lui faisant face.

— T'aimerais bien !

— Je le sais, nuance !

— Arrête de vouloir avoir le dernier mot !

— Sinon quoi ? me défia-t-il d'un air assuré.

— Sinon, je pars ! le menaçai-je.

— Vas-y alors... m'incita-t-il.

Je fis semblant de me relever et de quitter le lit. Il me rattrapa sans bouger le petit doigt uniquement avec l'aide de ses jambes plutôt menues mais d'une puissance inouïe et insoupçonnée. Ses cuisses me bloquaient complètement et me forçaient à rester allongée. Je tentais comme je pouvais de m'en dépêtrer sans succès. Il riait, visiblement très fier de lui. Jamais je n'aurais pu croire qu'il puisse me retenir avec une telle aisance simplement avec le bas de son corps, car ses muscles étaient beaucoup plus développés sur le haut, probablement du fait de son métier de professeur d'escalade. Il donnait des cours aux adultes comme aux plus jeunes.

— Qu'est-ce que tu fais ?

— Technique de Krav maga. J'ai pas envie que tu partes. Donc... tu ne pars pas.

Un ton à la fois sarcastique et autoritaire qui me rendait folle. On se regardait. Encore. Toujours cette même intensité. Je lui volai un baiser furtif. Étonné, il en profita aussi et nous recouvrit du drap.

Il semblait me comprendre bien plus que je ne me comprenais moi-même. Nous étions intimes sexuellement parlant mais il y avait un petit quelque chose en plus difficilement identifiable. Un petit truc entre nous, une connexion étrange, comme si nous nous étions déjà rencontrés dans une vie antérieure. Un naturel aussi réel qu'inconcevable. Il était plus que flagrant que je ne le haïssais pas une seule seconde. Entre l'amour et la haine, il n'y avait qu'un pas, c'était un proverbe plutôt convaincant, qui s'adaptait parfaitement à la situation et définissait ce que je ressentais.

Il se redressa doucement.

— On y va ? me demanda-t-il. Le sexe, ça creuse !

Il n'avait pas changé d'avis. Son emballement m'étonnait quelque peu. Mais je me gardais de lui faire la remarque et comptais bien profiter de cette soirée au restaurant en sa compagnie, qui s'annonçait sous les meilleurs auspices.

Le trajet en voiture était anormalement silencieux. Je décidai donc de le provoquer un petit peu en balançant du Taylor Swift de ma playlist habituelle.

Quel homme sensé écoute Shake it off ?

Visiblement lui ! Car il se mit à fredonner tel un véritable fan de la chanteuse, tout en gigotant sur son siège. Je le regardais en riant.

— T'es sérieux ? Tu aimes Taylor Swift ?

En guise de réponse, il continua de chanter et de m'amuser. Il ne se prenait pas au sérieux et j'adorais ça. Je découvrais un peu plus de sa vraie personnalité. Ce côté qu'il ne m'avait pas montré dans nos premiers échanges, premières entrevues. Ce côté aussi absurde qu'inattendu.

Je me lâchai donc avec lui et l'accompagnai dans un refrain endiablé. De toute manière, il était là pour cette raison. Pour que je puisse effacer mes soucis, que je puisse m'évader. J'étais dans une bulle de bien-être avec lui, comme protégée de toute attaque extérieure.

Il me regardait avec une lueur étrange. Ses yeux brillaient de joie. La simplicité et la légèreté de notre liaison nous faisaient oublier, l'espace de quelques heures, que nous avions chacun une vie, chacun un conjoint.

Sa copine...

Comment était-elle ? Pourquoi allait-il chercher ailleurs ? N'était-il pas heureux ? Vivait-il la même chose que moi ?

Nous n'en avions jamais discuté. Personne n'avait encore franchi cette barrière. C'était un sujet interdit, et pour ma part, je ne voulais pas détruire ce que nous avions créé ensemble.

Arrivés au restaurant, le serveur nous indiqua une table haute dans un coin près d'une grande baie vitrée, un peu à l'écart. Les lumières tamisées donnaient une atmosphère chaude et agréable. La décoration latine et la musique caractéristique qui allait avec, nous mirent totalement à l'aise. La salle était bien remplie, nous étions noyés dans la foule. Nous avions vite passé commande, plutôt en accord sur les différentes tapas proposées à la carte. Je commandai un cocktail et lui une bière.

— À cette soirée ? me dit-il en me tendant son verre pour trinquer.

— À cette soirée, répondis-je en souriant timidement.

Je ne saurais dire ce que je ressentais, à la fois euphorique, et à la fois gênée. J'étais tiraillée de part et d'autre. Mais comme à son habitude, il sut me détendre sans fournir de gros efforts.

— C'était très sympa tout à l'heure...

— Encore plus intense que d'habitude, continuai-je.

— Logique, quinze jours de frustration...

— Oh, je t'ai tant manqué ?

Il me sourit. J'aimais le regarder sourire, contempler son visage détendu. Il était aussi transparent que moi, oui, mais il était tout aussi énigmatique en même temps. Je ne me décourageais pas d'essayer de le déchiffrer.

— Tu m'as donné chaud. Tu sais qu'il est compliqué pour moi de te résister, ajoutai-je.

— T'avais la chatte qui frétillait ?

— Oh mon Dieu, t'as pas vraiment dit ce que tu viens de dire ?! m'offusquai-je en éclatant de rire.

— Heu, et qu'est-ce que je viens de dire ? me questionna-t-il mine de rien, un sourcil rehaussé.

— Que j'avais la chatte qui frétillait !

— Comment ? T'es vraiment grave, mais quelle vulgarité ! plaisanta-t-il.

Il me cherchait exprès. Il avait envie de jouer et j'étais réceptive. Je laissais mon pied parcourir le long de sa jambe sous la table pour le taquiner un peu et faire monter la tension entre nous. C'était chaud, c'était brûlant même. La séance sportive qui se profilait par la suite allait être plus que jouissive. Nous nous observions, languis l'un de l'autre. Malgré les dizaines de tapas que nous nous étions enfilées, nous n'étions pas rassasiés. J'avais envie de plus. J'avais envie de lui.

— Je veux que nous ayons une liaison exclusive, lui lançai-je. Pas d'autres personnes hormis nos conjoints.

— J'avais compris. Je ne veux pas arrêter avec toi. Jamais je ne retrouverai un tel feeling avec une autre. C'est impossible.

— Nous deux... ça te fait pas un peu peur ?

— Et toi ?

D'ordinaire, il ne tergiversait pas et me répondait sans sourciller. Cette fois, il avait choisi de retourner la question pour rester maître de la situation. Il voulait garder le contrôle. Se dévoiler oui, mais dans certaines limites.

Chapitre 26

23 août 2018 — Un an plus tôt

Les jours défilaient à vitesse grand V. Nous étions à quarante-huit heures de notre retour en France. Valentin prenait une douche. Notre expédition sur la mystique île du Soleil, excursion incontournable non loin de Copacabana nous enthousiasmait. Pour nous y rendre, la traversée en ferry était obligatoire, avec randonnées et vues spectaculaires sur le lac Titicaca et les Andes Boliviennes à la clef. Une sortie immanquable en outre. Florent et Lucy étaient également de la partie comme quasiment durant tout notre séjour, à mon grand regret. Je ne m'étais pas plainte, les discussions avec Valentin étaient pour ainsi dire inexistantes, il ne pensait qu'à lui sans vraiment se préoccuper de mes envies, ni même de mon avis. Lucy était donc ma meilleure alliée contre l'ennui. Et puis gâcher nos premières vacances en couple depuis la naissance des jumeaux était inconcevable. Je souhaitais profiter. Je décidais donc de ne pas partager mes pensées négatives et éventuels reproches. Je tenais bon.

— Chérie, tu peux préparer l'appareil photo ? Recharger la batterie s'il te plaît ? me cria mon mari depuis la salle de bains. Il serait préférable qu'on en ait une de secours au cas où... Les paysages vont être sublimes et il manquerait plus qu'on ne puisse plus prendre de photos !

— Oui, je m'en occupe ! Tu as bientôt fini ? On a rendez-vous dans trente minutes dans le hall de l'hôtel avec le guide pour le départ !

— Oui, oui, donne-moi dix minutes max ! Je m'dépêche !

J'avais hâte de pouvoir admirer les splendides panoramas que la région pouvait offrir. Je finis de préparer nos dernières affaires dans un sac et décidai pendant le chargement de la batterie du Reflex hors de prix de Valentin de regarder les photos qu'il avait prises ces deux dernières semaines. L'appareil était précieusement rangé dans un sac à bandoulière avec tous ses accessoires, dont une batterie supplémentaire que je m'empressai de brancher sur la prise prévue à cet effet. Une fois le petit bouton tourné vers le côté *on*, j'appuyai sur celui qui lança automatiquement la lecture des dernières images enregistrées et les fis défiler un sourire aux lèvres.

Hier soir, au restaurant, Florent et Lucy en train de trinquer, heureux... bronzés ! Et une en train de danser collés-serrés sur la piste de danse du club le plus en vogue du coin... ils avaient l'air de filer le parfait amour...

Puis, dans un autre registre, une photo prise depuis notre balcon avec un fantastique coucher de soleil orangé... d'un romantisme incroyable.

Je ne pouvais retenir un petit soupir de contentement. Des vacances magiques. Je continuai à regarder attentivement chacun de ces instants gravés dans ma mémoire.

Oh ! Et une série de souvenirs de nos quelques jours en Bolivie... Valentin avait un véritable don pour immortaliser les meilleurs moments, les portraits des habitants, les paysages... Quelques selfies de lui-même en train de faire une grimace ou deux me firent exploser de rire. Mais quel clown celui-là !

Et puis, il avait fallu qu'il gâche tout encore une fois. Il ne pouvait en être autrement. J'aurais dû me méfier, c'était trop beau pour être vrai.

Je retins ma respiration.

Pourquoi ? Mais qu'est-ce que j'avais bien pu faire pour mériter cela ?

Mon visage se referma subitement, mon sourire s'effaça instantanément et je pouvais sentir le battement vigoureux de mon cœur dans mes tempes. Le bruit de l'eau de la douche s'était arrêté depuis quelques minutes mais je restai figée devant ces photos. Si Lucy avait été présente, elle m'aurait sûrement expliqué qu'il n'y avait pas de raison de s'en faire, que cela ne voulait rien dire, qu'il n'y avait pas, je cite, « mort d'hommes ». Et en effet, sur le fond, elle n'aurait probablement pas eu tort. Mon époux n'avait rien fait de condamnable. Il avait juste photographié des femmes en monokini allongées sur la plage, en zoomant sur leur corps voluptueux. Il y en avait une dizaine, touristes ou non, toutes plus belles et parfaites les unes que les autres.

— Je suis prêt ! s'exclama Valentin en me rejoignant dans la chambre.

Je ne voulais pas faire de scandale. Je ne voulais pas pourrir cette fabuleuse journée qui s'annonçait avec une crise de jalousie qui serait mal placée. Mais une chose me turlupinait. Une seule chose. Ce n'étaient pas ces images de beautés du Brésil qui m'avaient serré le palpitant, qui m'avaient brisée intérieurement, non, loin de là. Ce qui m'avait tuée en tombant sur celles-ci, c'était qu'après avoir passé une bonne dizaine de minutes à parcourir tout ce qu'il avait pu prendre en clichés, à aucun moment je n'en avais été le sujet. Je n'étais nulle part.

Cette sensation de vide et de ne pas exister. Cette sensation de ne pas compter. De ne pas être assez bien pour sa moitié. De ne pas être assez belle et désirable. Je me sentais minable, comme s'il m'avait arraché le peu d'estime de moi-même qu'il me restait.

J'éteignis l'appareil et le rangeai dans son sac, les intestins noués.

— C'est bon, c'est chargé ? me questionna-t-il. Top, c'est déjà au vert ! Tu as regardé mes prouesses photographiques ? Je suis doué hein ?!

— Tu as un talent formidable en effet... lui répondis-je sarcastiquement.

— Qu'est-ce qu'il se passe ? T'en fais une tête !

Valentin s'approcha de moi et s'assit à mes côtés en me regardant avec attention. Il m'observait sans prononcer un seul mot, tentant de déchiffrer mes pensées.

Il a deviné... Comment pouvait-il ne pas deviner ?

Son expression me portait à croire qu'il venait de prendre conscience de sa bêtise.

— Ils te manquent... c'est ça ? finit-il par me demander d'un ton compatissant.

— Heu qui ça ? rétorquai-je interloquée tout en fronçant les sourcils.

Bon sang, mais de quoi, de qui parlait-il ?

Pendant un court instant, j'avais cru qu'il avait compris la raison de mon malaise...

— Ben... de Clem et Noah ! Qui d'autre te manquerait ?! ricana-t-il en tapant sur ses genoux.

Oui... pendant un instant, j'y avais cru. Mais j'étais une fois de plus bien loin de la réalité. Comme d'habitude.

— Oh heu oui... tu as raison... les enfants me manquent... terriblement... continuai-je pour aller dans son sens et noyer le poisson.

Valentin me serra dans ses bras pour me rassurer.

— Ne t'inquiète pas, dans trois jours, on retrouve nos terreurs et tu rêveras de revenir ! Y'a plus longtemps à attendre. Profitons de nos deux dernières journées ici ! Tu es d'accord ? On y va ?

Je hochai la tête par l'affirmative. Non, je ne voulais pas déclencher une dispute. Pas maintenant. Je lui en parlerais plus tard, lorsque je m'en sentirais capable.

Et nous partîmes. Bus, bateau et instants mémorables. Toute la journée, j'avais réussi à garder ma bonne humeur en apparence. Mais la vision de ces perfections féminines me hantait. Je surveillais mon mari du coin de l'œil. Je n'avais plus l'esprit tranquille, je contrôlais le moindre de ses faits et gestes, particulièrement les sujets soumis à son objectif. J'attendais avec impatience qu'il veuille bien me proposer de poser pour lui au plus haut sommet de l'île, mais je devais me résigner, jamais je ne serais assez intéressante pour qu'il puisse me graver sur sa carte SD. Lui ne remarquait rien. Je lui souriais à chaque fois qu'il m'accordait une petite seconde d'attention, secondes qui avaient pu être comptées sur les doigts de la main ce jour-là.

Malgré les meilleures conditions réunies pour lâcher prise sur le quotidien stressant, une ombre était venue ternir ce tableau idyllique, un tourment complètement invisible mais pourtant bien présent. Je pensais l'avoir laissé chez nous, ne pas l'avoir embarqué dans nos bagages et pourtant, tel un spectre solidement agrippé à mon âme, une troisième personne à part entière, il nous avait encore accompagnés, encore et toujours ce mur érigé entre nous, cette distance pas si anodine. En apparence, le couple idéal. À l'intérieur, une vraie crise existentielle impossible à détecter. Je m'acharnais à ne vouloir montrer que ce que les gens aimaient aduler, aimaient jalouser, aimaient envié.

Je souffrais donc en silence.

Une simple photo aurait pu tout changer... absolument tout changer.

Chapitre 27

9 mars 2019 — Six mois plus tôt

— Je ne sais pas. Tout ce dont je suis certaine, c'est que j'aime ces moments avec toi.

C'était ma réponse. Son demi-sourire me confirmait que c'était visiblement celle qu'il attendait.

— Je ne verrai personne d'autre, à part ma copine bien sûr. Je comprends que tu puisses avoir un peu flippé. J'ai été con. Je suis désolé. Y'a une infime probabilité pour tomber sur une femme comme toi sur ce genre de site, je veux pas te laisser filer. On a vraiment un bon feeling. Ce serait dommage de gâcher ça.

— Je sais... mais c'est un peu dangereux de continuer vu qu'on s'entend plutôt bien... tu ne crois pas ?

— C'est clair, mais tu proposes quoi ? Arrêter ? Ni toi ni moi n'en avons envie, alors c'est quoi la solution ?

Je haussai les épaules, incapable de trouver réponse à sa question.

— OK donc, profitons tant que c'est possible. Je t'ai dit la dernière fois que si tu tombes amoureuse, on stoppe tout. C'est toujours bon pour toi ?

— Oui, profitons. Tu as raison.

La soirée se poursuivit avec légèreté, humour et complicité. Mais à un moment donné, l'envie de se dévorer l'un l'autre était devenue bien trop insoutenable. Nous nous hâtâmes de terminer nos boissons et je décidai de lui offrir le repas. C'était ma manière à moi de casser ce stéréotype du mec qui devait s'affranchir de l'addition lors du premier rencard. Ce n'était pas un rencard. C'était... je ne savais pas ce que c'était, mais sûrement pas un rencard. Il tenta de me dissuader de régler la note entière mais mon caractère affirmé ne lui laissa pas le choix. Pendant qu'il se rendait rapidement aux toilettes, je sortais du restaurant pour prendre un peu l'air frais et fouillais de longues minutes dans mon sac à main pour retrouver mes clés dans ce bazar innommable. Je ne remarquai pas tout de suite qu'il se tenait déjà à mes côtés en silence. Lorsque je m'en aperçus, j'eus un léger sursaut de peur.

— Punaise t'es con ! lui lançai-je machinalement en lui tapant gentiment le bras.

Il s'en amusa et me taquina. Encore cette impression étrange que nous étions plus que de simples amants. Nous marchions côte à côte en direction de la voiture. Nos bras se frôlaient. Mon regard s'attardait sur ses mains ballantes. J'avais soudain une irrépressible envie d'en prendre une dans la mienne. Mais je n'étais pas sa copine. Cette marque d'affection était réservée à son officielle et certainement pas à sa maîtresse. Comme s'il avait entendu mes pensées, son pouce m'effleura. Mon cœur se serra. Nos doigts se touchèrent, se cherchèrent, et les miens finirent par trouver la paume douce de sa main. Pendant quelques instants, je sentais l'hésitation de part et d'autre. Mais cette attraction si impérieuse mit un terme à nos doutes. C'était naturellement que nos mains s'unirent au bout de longues minutes.

Il marchait vite, comme lors de notre première rencontre. J'avais l'impression qu'il était survolté. L'alcool aidant, il se lâcha complètement et sans crier gare, me plaqua subitement dans le renfoncement de la ruelle dans laquelle ma voiture était stationnée. Il prit mon visage en coupe et m'embrassa avec fougue. Sa langue chaude et humide franchit la barrière de mes lèvres, finit par trouver la mienne. Les deux s'entrelaçaient dans un véritable ballet dansant. Mes mains se frayèrent un chemin dans le bas de son dos, sous sa veste puis sous son pull et parcoururent sa peau délicate. Il était sexy. Il était sexy et tout à moi pour une soirée. Des éclats de voix au loin qui se rapprochaient nous coupèrent dans notre élan. Mon amant se recula de quelques pas, regarda à gauche puis à droite et reprit là où nous en étions restés. Je le stoppai dans sa lancée, préférant lui signifier qu'il valait mieux rejoindre la voiture. La peur de se faire surprendre, de croiser quelqu'un que nous pourrions reconnaître. Je ne voulais pas m'exposer davantage. Il acquiesça d'un signe de la tête et s'empara de ma main pour m'entraîner à sa suite.

— Allons-y, ajouta-t-il, compréhensif.

De retour à l'appartement, les choses dérapèrent très vite. Nous étions dans le couloir sombre du rez-de-chaussée. Il n'arrivait pas à se contrôler et son impatience me fit perdre la raison. Adossée contre le mur glacé de l'entrée, le contraste de température avec mon corps bouillant fut saisissant. J'avais du mal à déceler si les frissons qui me traversaient étaient dus à cette brutale rencontre entre le chaud et le froid ou si ses mains viriles posées sur moi en étaient les initiatrices. J'ignorais où je me situais, enfin si je le savais... j'étais au purgatoire et je naviguais entre deux eaux. Prête à basculer du côté obscur en cédant à mes instincts primaires.

— Qu'est-ce que... marmonnai-je. On peut pas... pas ici...

Sa respiration s'accéléra et sa cage thoracique effectua des mouvements de plus en plus rapides. Les préliminaires avaient déjà commencé. Ils avaient commencé même bien avant le restaurant. Sa bouche dévorait la peau fragile de mon cou. Il se comportait tel un vampire s'abreuvant du sang de sa victime. Je l'imaginais, me mordant en profondeur, une sensation extrême, pressante et en même temps douloureuse et excitante. Il était l'étincelle de la dynamite que j'étais. La lenteur de sa progression faisait monter la pression. J'étais devenue une boule de feu ardent et mon cœur battait la chamade. Ses yeux vagabondaient vers mes collines de l'amour qu'il excitait délicatement du bout des doigts par-dessus mes vêtements. Il n'avait pas à faire grand-chose pour que mon corps tout entier réagisse. Son seul regard posé sur moi embrasait mon bas-ventre qui se contractait en automatisme. Alors que ses mains s'aventuraient de plus en plus en direction du bouton de mon jean, il me mordilla de plaisir. J'exhalai un gémissement suffisamment audible pour l'encourager encore plus.

— On peut pas faire ça dans le couloir, tu sais, lui soufflai-je à l'oreille.

— T'as vu l'effet que tu me fais ? me grogna-t-il en attrapant ma main et m'incitant à la poser sur son membre dur et gonflé au travers de son pantalon.

Il ignora intentionnellement mon injonction, déboutonna mon jean et glissa sa main à l'intérieur. Je le laissai atteindre son but sans émettre aucune objection. Lentement, il commença à me caresser au-dessus de ma lingerie satinée comme s'il découvrait pour la première fois mon intimité. Il s'appropria sauvagement mes lèvres encore une fois, les miennes le réclamant encore et encore, inlassablement. Nous nous embrassions comme si nos vies en dépendaient. Je l'incitais à poursuivre avec des gémissements incontrôlés et de longs soupirs de satisfaction. Il grondait de plaisir et entreprit par la suite de passer rapidement sous le tissu doux et soyeux qui recouvrait mon entrejambe. Il n'hésita plus un seul instant à insérer ses doigts dans le sanctuaire de ma féminité puis débuta de doux va-et-vient qui me firent me raidir instantanément. Il ne pouvait que constater que mon degré d'excitation était au maximum et que ses caresses à la fois lentes et brusques me faisaient plus d'effet qu'il n'aurait pensé. Je me cambrai, me collant davantage contre le mur.

— Toi aussi t'en as envie... susurra-t-il, ses lèvres contre ma peau.

N'en pouvant plus, je lui suggérai de finir ce que nous avions débuté en toute tranquillité dans l'appartement situé trois étages au-dessus. Il était hors de question de s'exhiber ainsi. Le voisin du rez-de-chaussée n'avait sûrement pas le souhait d'assister à nos ébats. Quoique... c'était peut-être un voyeur qui n'attendait que ça. Cette simple idée dégoûtante convainquit aussitôt mon amant. Nous montâmes les escaliers quatre à quatre. La porte à peine claquée, je me débarrassai avec hâte de ma veste et de mon pull pour lui dévoiler ma poitrine habillée du soutien-gorge vert émeraude dont la couleur matchait parfaitement avec celle de ses yeux. Il se dépêcha d'abaisser mon pantalon sur mes chevilles, me l'enleva avec empressement puis me poussa en direction de la chambre tout en m'embrassant avec ardeur. J'en profitai pour le déshabiller à mon tour et laissai ses vêtements tomber mollement sur le parquet. À demi nu face à moi, j'en prenais encore plein la vue. Son corps était parfait. Il me jeta sur le lit, retira ce qui lui restait d'habits et s'allongea sur moi. Il dégrafa mon soutien-gorge qui vola pour la seconde fois de la journée dans la pièce exiguë et fit glisser ma culotte le long de mes jambes. Cette dernière rejoignit rapidement le reste de l'ensemble déjà au sol.

J'émis un cri de surprise lorsqu'il glissa de nouveau ses doigts entre mes cuisses. Entre nous, c'était passionné, frénétique, à la limite de la bestialité. J'hurlai son prénom de plaisir. En m'entendant le supplier, mon amant enfila un préservatif en moins de temps qu'il ne fallait pour le dire et me pénétra aussitôt. Nous unissions nos deux corps pour n'en faire plus qu'un. Ce dieu du sexe me faisait l'amour avec une incroyable maîtrise. La sensation de sa verge en moi était telle une grenade qu'il aurait dégoupillée en accédant à mon intimité et dont il était quasiment impossible de connaître par avance le moment tant attendu de l'explosion. Il se complaisait à m'extorquer des gémissements de plus en plus forts qui le galvanisaient de manière exponentielle.

J'accompagnais ses mouvements en posant mes mains sur ses reins musclés et lui murmurais à l'oreille des petits mots cochons pour le déchaîner et provoquer son instinct animal.

Il n'en fallut pas plus pour enrager la bête qui sommeillait en lui. Il accéléra alors subitement la cadence pour que quelques secondes seulement plus tard, telle une déflagration brutale, une onde de spasmes et de contractions jouissives déferla dans la zone la plus sensible de mon anatomie. Il plongea son visage dans ma chevelure et reprit son souffle en humant la délicieuse odeur d'amande douce de mon shampoing. Il me rejoignit quelques instants plus tard dans l'extase, essoufflé mais plus que satisfait. L'effet de son corps contre le mien était divin. Je pouvais ainsi compter les battements rapides de son cœur. Je n'avais jamais été aussi désireuse, aussi assoiffée et affamée d'un homme avant lui. Même Valentin ne m'avait jamais provoqué autant de sensations effervescentes. Mon beau brun releva son visage et ancra ses prunelles de jade dans les miennes en gardant un air sérieux.

— Wow, dit-il.

Juste un seul mot. Wow.

Puis il me considéra quelques instants.

— Je veux ton corps pour une nuit entière. Je veux m'endormir avec toi. Je veux me réveiller et que tu sois à mes côtés le lendemain matin et te faire l'amour encore, lança-t-il subitement. Tu penses que c'est envisageable ?

Je le scrutais avec attention. Je m'interrogeais sur ses réelles intentions.

Une nuit complète... était-ce aller trop loin ?

Et puis de lui-même, il avait employé le terme « faire l'amour ». Pas baiser, pas sexer, mais faire l'amour...

— Et ta copine ? lui demandai-je. Et puis, elle est où ce soir ?

— Ce soir, elle est partie chez ses parents, elle rentre demain matin.

— Tu lui dis quoi quand toi, tu t'absentes comme ça ?

— Que je suis avec des amis. Jérémy, mon seul pote au courant pour nous, me couvre, tu t'en doutes.

— Même pour une nuit complète ?

— Non... rit-il. J'ai encore jamais découché comme ça... mais elle, par contre, elle part en long week-end avec ses copines dans un mois pour l'enterrement de vie de jeune fille de l'une d'entre elles...

— OK... dis-je tout bas pour lui confirmer que j'avais bien compris son explication.

— OK... comme OK tu acceptes ?

— Je...

Je le désirais autant que lui, mais la dangerosité de notre liaison allait devenir encore plus forte et difficile à gérer. Nous allions droit dans le mur, mais j'étais incapable de m'y opposer et statuer en faveur de ce qui serait le plus raisonnable. Notre relation n'avait rien de raisonnable. Elle était irrationnelle. Stopper était impensable dans l'état actuel des choses.

— J'accepte.

Satisfait, il m'embrassa langoureusement, visiblement déjà prêt pour un troisième round.

Chapitre 28

3 septembre 2018 — Un an plus tôt

Les vacances s'étaient globalement plutôt bien déroulées, et ce, même si Valentin n'avait pas été le mari dont je rêvais. Des vacances pour nous retrouver, pour nous redécouvrir, passer du temps ensemble et nous aimer. Je nous considérais plutôt comme des compagnons de voyage, rien de plus, rien de moins.

Mais comme toutes les bonnes choses avaient une fin, nous étions déjà le jour de la rentrée pour les jumeaux. Ils commençaient cette année en classe de CE1.

Deux ans plus tôt, leur maîtresse de grande section de maternelle avait remarqué qu'ils étaient très fusionnels et Noah avait tendance à copier et étouffer un peu sa sœur. Le directeur de l'école avait donc préféré les séparer dès le CP. Il les avait placés chacun dans une classe différente pour qu'ils puissent s'intégrer plus facilement avec les autres élèves. Nous n'avions émis aucune opposition et lui avions donné notre pleine confiance. Ce n'était pas plus mal finalement car, ne se retrouvant qu'à la cour de récréation, ils apprenaient à vivre et évoluer l'un sans l'autre, Noah devenant un peu plus indépendant et Clémence davantage encore.

Il était huit heures, les enfants se préparaient dans leur chambre, enthousiasmés de pouvoir revoir leurs copains et raconter leurs vacances d'été, utiliser leurs toutes nouvelles fournitures scolaires et se pavaner dans leurs beaux vêtements neufs. Comme toutes les mamans, j'étais fière.

— Vous êtes superbes tous les deux ! N'oubliez pas votre goûter, il est sur la table de la cuisine.

Pendant que les jumeaux se hâtèrent de finir de se préparer, leur père qui n'était pas encore parti travailler bizarrement sortit de la salle de bains, un immense sourire aux lèvres. Je fronçai les sourcils et le fixai, d'un air interrogateur.

— Tu vas bien ? Je te croyais déjà parti... Tu vas pas travailler aujourd'hui ?

— Si... mais tout comme toi, je me suis arrangé avec mon chef pour pouvoir vous accompagner à l'école. C'est la rentrée des classes, je pensais faire un petit effort en faisant plaisir aux enfants, me répondit-il content.

J'avais été télétransportée dans une autre dimension. Ce n'était pas possible. Il devait y avoir un loup quelque part ou une caméra cachée dans un coin de la maison. Mon mari avait dû être remplacé par un clone dont je ne soupçonnais pas l'existence.

Qui était cette personne en face de moi qui pensait enfin un peu à sa famille et moins à lui ?

— Tu es sérieux ?

— Tu es contente ?

— Évidemment ! Tu n'es venu qu'une fois ou deux à l'école des enfants...

Clémence et Noah dévalèrent les escaliers tel un troupeau d'éléphants à cet instant.

— On y va, on y va, on y va ?! hurlèrent-ils en cœur excités comme des puces.

Quand Clémence vit son père à mes côtés, son expression changea de joyeuse à interloquée.

— Bah qu'est-ce que tu fais encore là ? demanda-t-elle avec innocence.

Valentin s'approcha d'elle et lui ébouriffa un peu les cheveux.

— Je viens avec vous ! annonça-t-il fièrement.

Notre petite rebelle explosa de joie tandis que Noah resta stoïque. Je le connaissais. Il était sur la réserve, il était sceptique. Un peu comme moi, se demandant si c'était la réalité. Valentin tenta un rapprochement avec lui.

— Content champion ?

Malheureusement, sa tentative resta vaine. Noah ne semblait pas réceptif.

— Ouais, ouais, souffla-t-il. On y va ?

Il ouvrit la porte d'entrée et se dirigea vers la voiture garée sur notre parking privé. Sentant la petite tension, je décidai de prendre les devants et désamorcer la bombe avant qu'elle n'explose.

— Clem, tiens les clés, allez-vous installer tous les deux dans l'auto, on arrive tout de suite, intimai-je à ma fille.

Elle ne se fit pas prier. Valentin voulut aller à sa suite mais je le stoppai dans sa lancée.

— Attends, faut que je te parle de Noah…

Il me regarda la mine défaite.

— Ouais, je sais. Je suis pas aveugle, c'est compliqué avec lui. Il me rejette sans cesse, ça date pas d'hier. Il a toujours été plus proche de toi. Je sais pas quoi faire avec lui. Je crois que j'ai jamais su comment faire en fait. Je me disais que je pourrais essayer de passer un peu de temps avec lui. Je sais pas… je…

J'étais étonnée de sa confession. Je le pensais autocentré sur lui-même, ne se tracassant guère de sa femme et de ses enfants. Mais à vrai dire, il semblait juste garder ses ressentis pour lui.

— C'est pas simple. Je sais, lui répliquai-je. Noah… il t'en veut. Tu ne t'occupes pas assez de lui. C'est un enfant. Il a besoin d'un père. De son père. Il a besoin de toi, Valentin.

— Ouais, j'suis mauvais hein ? rétorqua-t-il ironiquement.

— Non, c'est pas ça… mentis-je. Mais…

Je ne pouvais assurément pas lui avouer qu'il n'était ni le père, ni l'époux que nous espérions. Bien loin de là. Il était préférable que je prenne des gants pour aborder ce genre de sujet. Je ne voulais pas anéantir ses efforts inattendus. Il fallait que je lui montre que je pouvais être un soutien pour lui. Pour qu'il puisse voir que nous attendions la même chose en retour.

— J'ai la monnaie de ma pièce, c'est ça ? reprit-il. C'est ma faute.

— Il n'est jamais trop tard Val. Tu peux te rattraper et faire ce qu'il faut.

Mon mari évitait mon regard. Je posai ma main sur sa joue et le forçai délicatement à me faire face. Il était tellement rare qu'il se confie ainsi. Lui et Noah se ressemblaient bien plus qu'ils ne le pensaient. Clémence avait hérité de son insouciance alors que Noah, plutôt de son introversion émotionnelle. Et c'était la raison essentielle de leur mésentente et du large fossé entre eux. Noah rejetait son paternel sans jamais lui donner d'explications. Il refusait toute discussion et se murait dans un profond silence. C'était devenu une routine qui satisfaisait grandement Valentin esquivant la conversation père-fils de toute façon. Mais la fuite ne résolvait rien et il était clair que le jour de la confrontation finirait par arriver tôt ou tard. Ce n'était qu'une question de temps.

— Il n'est jamais trop tard. Fais ce qu'il faut. Je dis pas que ce sera simple. Au contraire. Mais essaie au moins, le conseillai-je de nouveau.

— OK… se résigna-t-il. Tu penses que je pourrais l'amener dans sa classe ? On se sépare. Tu conduis Clem et moi, j'accompagne Noah ?

Mon conseil valut un regain d'enthousiasme de sa part dont je ne pouvais être plus réjouie.

— C'est une excellente idée ! l'encourageai-je joyeusement.

Je lui souris. Ses yeux brillaient. Cela faisait des mois que je ne l'avais pas vu aussi ému.

Pourquoi ce revirement si soudain ?

Je n'en avais aucune idée mais je ne voulais pas en savoir plus. Il faisait un pas vers nous et c'était là, le plus important. C'était tout ce dont nous rêvions.

— Papa ! Maman ! Allez ! Zoé va m'attendre ! hurla Clémence. Suis sûre qu'elle est déjà là en plus !

— Je crois que ta fille s'impatiente ! rit Valentin.

— Quand elle est casse-pieds, c'est la tienne ! m'amusai-je.

La rentrée s'annonçait bien. Pour la première fois depuis des semaines, je me sentais délivrée de mes tourments. Ils s'étaient envolés comme par magie. J'étais heureuse et soulagée. J'avais retrouvé une petite lueur d'espoir pour notre famille. J'étais heureuse.

Chapitre 29

18 mars 2019 — Six mois plus tôt

[Salut toi... je vais pas pouvoir te voir cette semaine, on part en long week-end avec ma copine. Elle a posé quelques jours de dernière minute.]

J'ignorais pourquoi mais cette annonce m'avait fait l'effet d'un coup de poignard en plein cœur. J'avais tellement hâte de le voir le lendemain. J'avais même investi dans de la nouvelle lingerie, uniquement pour lui plaire et le rendre encore plus accro.

[OK... merci pour l'info]

Voilà tout ce que j'avais réussi à lui répondre. J'étais dégoûtée. J'avais attendu impatiemment d'être à jeudi pour l'embrasser, le toucher et oublier. Mais je devais me rendre à l'évidence, nous ne nous verrions pas cette semaine.

[En voilà un message très froid]

[Tu t'attendais à quoi ? Que je saute de joie ? Tu me dis ça la veille pour le lendemain !]

[Je sais pas, pas être aussi froide, je veux pas que tu t'énerves aussi. Et puis, toi aussi tu as annulé la dernière fois et j'ai rien dit !]

[En même temps, tu l'avais mérité !]

[Ah, je le savais, c'était une vengeance personnelle...]

[Bah tu croyais quoi ? Que j'allais te pardonner et te laisser faire tout ce que tu veux avec moi sans au moins me venger ?]

[Vraiment je suis désolé d'annuler comme ça... J'avais vraiment envie de te voir en plus mais elle a décidé de poser pour profiter un peu et j'ai posé aussi du coup]

[Laisse tomber, on n'est pas sur la même longueur d'onde]

Plus de réponse, il avait tout bonnement stoppé notre conversation et s'était déconnecté. J'attendais qu'il revienne. En vain.

[Si y'a un truc qui m'énerve plus que tout, c'est quand on est en train de parler et que la personne ne lit plus les messages et ne répond plus. Je crois que j'ai plus les mêmes attentes en ce qui nous concerne. Je me rends compte que j'ai des sentiments qui se développent... et ça me fait peur. C'est pas simple. J'aurais pas dû m'énerver, je suis désolée, parle-moi...]

Aucun retour de sa part. Il avait disparu des écrans radars.

[Tu fais la gueule?] avais-je renchéri.

Toujours rien. Plus d'une heure était passée avant que je ne reçoive finalement de ses nouvelles. J'avais stressé tout du long, pensant qu'il avait décidé de me fuir ainsi. Mais son message posait encore plus de questions et compliquait le tout.

[Désolé, je m'étais endormi. Je sais pas quoi répondre à tout ça. Je suis un peu perdu avec ce qui se passe entre nous deux. C'est très perturbant, ça pose des questions. On ne devait pas avoir un tel feeling. Donc je sais plus où j'en suis, faut qu'on en discute plus sérieusement en face à face.]

[Dis donc, t'aurais pas des tendances narcoleptiques? On parle et genre trente secondes après tu t'endors? Dis plutôt que tu ne voulais pas te disputer avec moi, je le prendrais pas mal, je sais comment je peux être parfois]

Je savais pertinemment qu'il mentait. Il avait trouvé une excuse bidon pour justifier son silence.

[« On » ne devait pas? Il me semble que je t'avais prévenu à plusieurs reprises qu'il était fort probable que je m'attache à toi. Ce qui ne devait être que sexuel au départ ne l'est plus. C'était

dangereux de continuer mais on l'a fait en toute conscience de ce qui pouvait arriver. Au vu de ta réponse, dois-je en déduire que tu ressens la même chose?] avais-je poursuivi.

[Tu déduis bien. C'est pour ça que ça devient compliqué et qu'il faut qu'on y réfléchisse et qu'on en parle. Eh oui, j'avais pas la tête à me disputer avec toi...] avait-il finalement répondu quelques minutes plus tard.

Sa réponse m'avait laissé un profond sentiment de soulagement mais aussi d'inquiétude. Mais au moins, je ne m'étais pas trompée. Je ne pouvais avoir imaginé cette puissante attraction. Il était impossible qu'il ne ressente pas la même chose que moi. Impossible.

[Je commence à te connaître tu sais, je te rassure, moi aussi je suis perdue]

[Tu es dispo lundi éventuellement?]

[Pas avant 15 h alors... le temps de finir et tout ça...]

[Je bosse pas lundi non plus, on se voit à ce moment-là alors, ça te va?]

Il avait réussi à me rassurer. Notre liaison n'était pas terminée. Elle ne se terminerait pas ainsi. Nous avions donc conclu de nous voir en début de semaine suivante. Et le jour dit, j'étais donc là, en bas de l'appartement de son ami. Je tripotais mon téléphone, j'avais la trouille de la suite. J'avais peur que cette fois ne soit la dernière. Mes doigts tremblaient. J'attendais. Je stressais. Et puis, au bout de longues minutes, je finis par lui signifier ma présence en faisant biper son téléphone. Il décrocha au bout d'une seule sonnerie.

— J'arrive.

Simple et concis. Je n'avais décelé aucune inquiétude dans sa voix. Je patientais devant la porte du rez-de-chaussée. J'entendais ses pas pressés qui résonnaient dans l'escalier principal. Je redoutais de découvrir la fin de notre relation dans son regard. Pourtant, quand il ouvrit la porte, il m'accueillit avec un large sourire dont lui seul avait le secret. Ce fameux sourire qui me faisait fondre comme neige au soleil.

— Salut... tu vas bien ? me demanda-t-il.

Il portait un tee-shirt de couleur bordeaux moulant parfaitement ses pectoraux et un bas de jogging taille basse. Sexy de haut en bas. Sa barbe avait un peu poussé et était mal rasée mais cela accentuait son style et son attirance. Le vent s'engouffra dans son épaisse chevelure et le décoiffa légèrement. Il remit sa coiffure en place d'un geste rapide comme à son habitude. J'en bavais littéralement d'envie.

— Oui et toi ?

— Hum, hum... on monte ?

Je le suivis dans la cage d'escalier et jusqu'à l'appartement. Il ferma la porte derrière moi et m'invita à m'installer sur le canapé. Nous nous comportions comme deux étrangers.

Devions-nous nous embrasser ?

Non, nous n'étions pas un couple. Nous ne devions pas nous conduire comme tel. L'ambiance entre nous était différente. Plus conventionnelle, moins légère.

— Je t'offre à boire ?

— Juste un verre d'eau, s'il te plaît.

Il disparut quelques instants. Je posai mon sac au sol, retirai mes chaussures et m'assis. Je réfléchissais à la manière dont nous allions aborder les choses.

Allais-je être la première à mettre les pieds dans le plat ou le ferait-il ?

Il revint enfin, posa mon verre d'eau sur la table basse et s'allongea la tête posée sur l'accoudoir du canapé, les pieds vers moi en prenant soin de rester à distance.

— Suis pas trop d'humeur aujourd'hui. Désolé, je serai pas de bonne compagnie. J'ai pas forcément envie qu'on... enfin tu vois quoi.

Il donnait le ton.

— Qu'est-ce qui va pas ? m'intéressai-je.

— Rien... y'a des jours comme ça. Tu te lèves du mauvais pied... ben pour moi, c'est aujourd'hui.

— OK, t'inquiète pas, je t'embêterai pas très longtemps dans ce cas.

Tout ça sentait mauvais. Vraiment mauvais. Mais il fallait que je sache où on en était. Je rabattis mes jambes contre moi et posai mon coude sur le haut du dossier, lui faisant face.

— J'ai des sentiments pour toi. Tu t'en doutes. Amoureuse, je sais pas si je le suis. Je sais plus où j'en suis. Je sais pas où on va. Tout ça me stresse de plus en plus, tu sais. Qu'est-ce que tu veux qu'on fasse ?

— On a déjà eu un semblant de discussion à ce sujet. J'ai des sentiments moi aussi. C'est normal. Des sentiments d'attachement, c'est certain... amoureux, je n'en sais rien.

Il semblait très terre à terre par rapport à la situation. Il n'avait pas peur de me dire qu'il ne savait pas ce qu'il ressentait à mon égard. Son regard profond était vrai. Il ne mentait pas. S'il voulait juste m'entourlouper, il m'aurait dit ce que je voulais entendre, qu'il était fou de moi. Mais ce ne fut pas le cas.

— Je veux pas arrêter, mais je suis terrorisée à l'idée de continuer.

Il m'observait sans broncher. Il rapprocha doucement ses pieds de mes cuisses. Je m'emparai de mon verre et le bus d'une traite.

— Putain merde, lâchai-je subitement. Je sais plus quoi faire avec toi. Quand on se voit pas, je me pose mille et une questions sur nous. Et quand tu es là, en face de moi, tout paraît si simple et évident.

— La même pour moi.

Sentir juste ses orteils remuer contre moi me bouleversait totalement. Je fantasmais de me coller de nouveau contre lui.

— Allez viens contre moi, me demanda-t-il comme s'il avait deviné mes pensées. On va pas rester éloignés comme ça. C'est pas nous.

« Nous » … C'était étrange de l'entendre parler de notre liaison comme d'un « nous ». Je ne bougeai pas d'un millimètre, luttant ardemment contre mes pulsions. Il me tendit une main pour que je puisse m'allonger au-dessus de lui. Je ne pouvais lui résister. J'accédai à sa demande, plus qu'apaisée de retrouver la chaleur de son corps. Ma tête contre son torse, il m'enlaça avec tendresse.

— T'as vraiment pas envie que ça s'arrête, n'est-ce pas ? le sondai-je pour la millième fois au moins.

En réponse, il leva mon menton et déposa ses lèvres sur les miennes. Je lui retournai son baiser avec désir et laissai glisser ma main le long de son ventre en direction de son entrejambe. À ma grande surprise, rien. Pas une once d'envie n'émanait du symbole de sa virilité.

— Je t'ai dit. J'en ai pas envie. Il veut pas aujourd'hui. Je suis désolé. En revanche, je peux m'occuper de toi si tu veux…

Je trouvais cela étrange mais je me donnais la mission de réussir à le mettre au garde-à-vous. Les choses devinrent très enflammées. Ses doigts étaient habiles et sa langue, délicate. J'essayai par tous les moyens de parvenir à mes fins sans succès. La déception fut immense, j'avais l'impression de ne plus lui faire le même effet. Je ne comprenais pas.

— Y'a des jours comme ça. Je me rattraperai la prochaine fois, promis, me rassura-t-il.

J'étais à califourchon sur ses genoux, il me caressait la joue, encore prêt à m'embrasser. Son portable vibra à cet instant. Il y jeta un rapide coup d'œil.

— C'est ma copine. Faut que je la rappelle. Elle a pas l'habitude de m'appeler à cette heure-là, y'a des chances qu'elle rentre plus tôt. Elle sait que je bosse pas et je lui ai dit que je bougeais pas.

Je lui laissai donc le champ libre pour qu'il puisse passer son coup de fil mais cette intervention inopinée me fit passer l'envie de rester avec lui.

La jalousie ?

Non. Je n'étais pas jalouse. Je n'avais pas le droit de l'être.

Et il lui téléphona. Je me sentis subitement de trop. Je me rhabillai rapidement, récupérai mon sac à main et me dirigeai vers la porte pour quitter l'appartement. Dans la foulée, alors que j'avais la main sur la poignée, il me donna un coup de pied léger, toujours le portable vissé sur son oreille. Il ne voulait clairement pas que je parte avant qu'il n'ait fini sa conversation.

— Pourquoi tu pars ainsi ? me questionna-t-il après avoir raccroché.

Je haussai les épaules.

— Si c'est parce que j'ai appelé ma copine devant toi... je suis désolé. Jamais j'aurais fait ça en temps normal mais c'est pas son habitude de m'appeler à cette heure. On sait jamais et...

— Je sais, c'est pas ça... La dernière chose que je veux, c'est un drame dans ta vie ou la mienne.

— Bah quoi alors ?

— Rien, t'inquiète...

— Tu pars pas tant qu'on n'est pas clairs tous les deux, m'imposa mon amant.

— Je sais pas... c'est tout ça... les sentiments... la situation... enfin tout quoi, lui avouai-je.

Il me sourit, légèrement embarrassé.

— Ah, c'est le revers de la médaille, hum ?

— Ouais... et c'est pas simple à gérer. Écoute, je vais y aller. J'ai besoin de réfléchir un peu.

— D'accord...

— Tu te rappelles ce que tu m'as promis ? Que si je tombe amoureuse...

— T'es pas amoureuse, arrête...

— T'as vraiment pas envie de stopper...

Il fit non de la tête tout en évitant soigneusement mon regard. Je tirai sur son tee-shirt pour le rapprocher de moi. Nous nous observions attentivement quelques instants en silence puis il m'embrassa langoureusement.

— Je t'envoie un message demain. On se voit jeudi, me dit-il.

Il se voilait la face. J'étais déjà amoureuse de lui. J'étais dingue de lui. Je l'avais dans la peau et il le savait. Il refusait cependant d'arrêter notre relation malgré sa promesse. J'en étais au même point que lui à ce niveau. Nous étions tous deux piégés dans un engrenage sans issue. Il était bel et bien trop tard.

Chapitre 30

3 septembre 2018 — Un an plus tôt

— Non, non, non ! J'veux pas ! Pourquoi t'y vas pas avec Clémence plutôt ! Je veux que maman vienne avec moi ! cria Noah vert de rage.

— Calme-toi enfin ! rétorqua son père aussitôt. Je pensais que ça te ferait plaisir que je vous accompagne aujourd'hui. Je ne passe pas assez de temps avec vous visiblement.

— Je m'en fiche, je veux y aller avec maman.

Noah était têtu, une fois qu'il avait une idée en tête, il était quasiment impossible de le faire changer d'avis.

Nous étions en train de chercher une place pour nous garer. Il y avait un monde fou. Il fallut nous stationner deux rues plus loin car celles aux alentours de l'école avaient toutes été prises d'assaut.

Sur le trajet, j'en avais profité pour annoncer aux enfants ce que nous avions décidé avec leur père avant de partir. Noah était catégorique. Il refusait de se rendre dans sa classe avec son paternel. Je pouvais l'observer grâce au rétroviseur central. Le reflet du petit garçon que me renvoyait le miroir n'était pas celui de d'habitude, le petit garçon à la frimousse plutôt calme mais tout aussi enjoué avait déserté. Là, il était tout l'opposé. Il avait les bras croisés, les sourcils froncés, l'expression complètement fermée et était hermétique à tout argument. Valentin, sur le siège passager, tentait de le raisonner comme il le pouvait mais c'était peine perdue. Notre fils était buté et son père commençait à s'irriter. Mais bien plus que ça, il semblait attristé et désarçonné, dans l'incapacité de faire face à la situation.

Autant, il était bon dans son métier de commercial, excellent même, car convaincre de riches entrepreneurs et remporter de nombreux contrats juteux faisaient partie de son quotidien. Son tempérament fonceur lui valait les éloges de sa hiérarchie.

Autant avec son fils, c'était une autre paire de manches. Ce dernier s'engouffrait dans la moindre faille pour le contrer et le contrarier. Valentin était bien trop hésitant et il perdait hélas tous ses moyens devant son enfant de sept ans tout juste. J'éprouvais de la peine pour lui.

J'étais crispée et tendue. Je ne voulais pas en rajouter et je préférais garder le silence en laissant mon époux essayer de persuader notre jolie tête de mule par lui-même.

— Noah, je suis venu pour toi. Tu sembles toujours fâché contre moi. Je fais un effort là, tu veux bien en faire un de ton côté ?

Il était à la limite de la supplication. Mon estomac se nouait. Je pouvais ressentir toute sa frustration à sa place.

— S'il te plaît, Noah ? Laisse-moi une chance ?

Je scrutais les moindres faits et gestes de mon fils, tout en entamant un créneau des plus compliqués.

— Non. Maman avait promis.

Son ton, d'une extrême fermeté, ne laissait aucune ouverture à la discussion. C'était un non tranchant. Je décidai d'intervenir, remarquant que Valentin avait abandonné l'idée de tenter de lui faire entendre raison. Ce qui devait être un début de journée tranquille et zen, se transformait en un début de journée plus que stressant. Tout ce que je voulais éviter.

Une fois garée dans mon trou de souris, j'enclenchai le frein à main et coupai le contact.

— Valentin, Clémence, vous pouvez descendre et nous attendre à l'entrée de l'école ? Je dois parler à Noah. On arrive dans cinq minutes.

Mon mari ne se fit pas prier pour quitter le véhicule en emmenant sa fille à sa suite. Avec elle, tout était plus simple, elle souriait, elle lui donnait la main. Il portait son cartable déjà bien trop lourd pour sa frêle silhouette. Une scène rare et véritablement attendrissante se déroulait sous mes yeux.

Je me retournai finalement pour faire face au cabochard de la famille.

— Noah, mon chéri... Papa a fait l'effort ce matin pour venir vous accompagner à l'école. Il était content d'avoir pu obtenir un peu de temps pour vous. Il sait que tu es en colère contre lui. Tu ne veux pas lui donner une petite chance de se rattraper ? Tu sais, c'est pas facile pour lui...

— Pourquoi aujourd'hui hein ? J'ai pas envie. S'il te plaît maman ! Me force pas ! commença-t-il à pleurer.

Une larme coulait le long de sa joue rougie par la colère. Il me faisait encore plus de peine que son père. Les voir se déchirer ainsi me tordait les tripes. J'assistais à un spectacle dramatique dont je n'étais qu'une actrice secondaire, n'arrivant pas à interagir avec les protagonistes principaux. Il me fallait essayer. Encore.

— Je t'aime, tu le sais hein ?

Il hocha la tête en reniflant et s'essuya le nez avec sa manche, chose que je détestais plus que tout. Mais j'y fis abstraction pour une fois et passai au-dessus. Le réprimander à ce moment précis aurait mis un terme à la possibilité qu'il change d'avis.

— Papa aussi. Certes, il ne le montre pas toujours de la bonne façon, il est souvent absent, c'est vrai. Mais si une chose est certaine, c'est qu'il vous aime très fort, toi et ta sœur. N'en doute pas une seule seconde. Il est maladroit, c'est tout.

— Je sais mais...

— Écoute-moi Noah, tu as le droit de lui en vouloir. Mais je pense qu'il ne sert à rien de rester campé sur tes positions, cela n'arrangera rien. Si tu ne le fais pas pour lui, fais-le pour moi dans ce cas ? Tu veux bien ?

Je lui dédiai un petit sourire rassurant. Le chantage affectif n'avait logiquement pas sa place dans ma conception de l'éducation. Totalement démunie, il n'y avait malheureusement pas d'autres solutions. Tout ce que je désirais, c'était que père et fils apprenaient à se connaître et à créer des liens.

— Allez, sèche tes larmes ! On y va ? Ta nouvelle maîtresse doit s'impatienter ! Et tes copains aussi, je crois !

Il s'essuya de nouveau le nez avec sa manche et je roulai des yeux tellement cette vision m'était insupportable. Je ne pus retenir de le lui faire remarquer cette fois-ci.

— Et arrête d'essuyer ton nez avec tes manches ! C'est dégoûtant ! ris-je en descendant de la voiture.

Nous rejoignîmes le reste de la tribu au bout de quelques minutes de marche. Au loin, je pouvais distinguer Clémence qui avait retrouvé sa copine depuis l'année précédente, Zoé. Mes yeux cherchèrent ensuite Valentin et je déchantai aussitôt en découvrant qu'il discutait avec le papa de la copine de sa fille, autrement dit, Adam. Nous ne nous étions plus parlés depuis la fin de l'année précédente, c'est-à-dire, une éternité ! Nous nous approchâmes doucement et mon mari se retourna dans notre direction un sourire aux lèvres.

— Chérie ! J'ai invité le papa de Zoé à la maison, comme ça les filles pourront jouer ensemble !

Eh merde, j'avais la poisse ! Mais il fallait faire bonne figure. J'affichai donc mon expression la plus faussement radieuse.

— Bonjour Adam ! Ah super, on verra ensemble pour la date ?

Le papa de Zoé m'observait du coin de l'œil. Toujours aussi charmant mais toujours aussi célibataire et à fuir absolument. La sonnerie de l'école qui annonçait l'ouverture du grand portail et des salles de classe me sauva d'une situation pour le moins embarrassante. Noah prit la main de son père, et ce dernier fut très surpris par son changement d'attitude mais était plutôt ravi. Ils avancèrent tous deux dans la foule. Nous devions consulter la liste de répartition des élèves dans les classes pour nous diriger vers la bonne salle. Sans grand étonnement, Clémence et Zoé étaient de nouveau ensemble. Elles hurlèrent de joie et marchèrent côte à côte, me laissant seule en retrait avec Adam qui engagea d'emblée la conversation que je fuyais depuis des mois.

— Désolé, je ne savais pas quoi répondre à ton mari j'espère que ça ne te gêne pas ?

— Non, ne t'inquiète pas, on n'a rien fait de mal de toute manière, n'est-ce pas ? lui rétorquai-je en évitant soigneusement de croiser son regard.

— En effet oui, rien de mal. On a juste... discuté.

— Tout ça me dérange, je vais pas le nier, mais Zoé et Clem sont amies. On peut faire un effort et rendre le tout moins bizarre ? Tu crois que c'est possible ?

Il m'adressa un immense sourire.

— Je suis d'accord. Oublions nos anciennes discussions. Pensons aux filles en priorité.

J'étais satisfaite. J'étais loin de penser que cela puisse être aussi simple. Pendant que nous faisions la queue pour rencontrer pour la première fois la nouvelle enseignante de nos filles respectives, nous discutions tous les deux de tout et de rien, de nos vacances d'été, de la vie scolaire, de nos enfants. Lorsque notre tour arriva, Clémence fut réjouie de faire connaissance avec sa nouvelle maîtresse, plutôt charmante et très avenante. Valentin nous rejoignit pile à ce moment-là, bien plus serein. Il semblait que tout se soit finalement bien passé entre Noah et lui.

— Bonne journée ma puce, lui cria son père en lui adressant un petit signe de la main.

Elle lui sourit et disparut au fond de la classe. Adam s'empressa de déposer sa fille, nous salua et quitta rapidement les lieux.

— Content ? demandai-je à Valentin. Noah... il a été cool ?

— Noah est... compliqué. J'ai bien compris qu'il ne m'a laissé l'accompagner que parce que tu le lui as demandé, pas parce qu'il le voulait.

— Laisse-lui du temps. Y'a que ça à faire.

— Ouais... c'est pas comme si j'avais le choix. Je lui ai dit qu'on irait au magasin lui acheter un jouet ce week-end. Il avait pas l'air vraiment motivé.

Valentin n'était pas convaincu. Je pouvais le sentir dans le ton de sa voix.

— Tu as raison sur une chose, tu n'as pas le choix, non. Faudra que tu fasses avec.

Valentin n'y était pas. L'amour d'un enfant ne s'achetait pas. La patience et la persévérance étaient les seules clés pour déverrouiller le petit cœur fragile de Noah. Je n'avais pas envie de lui donner cette leçon de morale. Non. Il finirait, je l'espérais, par la comprendre de lui-même.

Chapitre 31

26 mars 2019 — Six mois plus tôt

Le lendemain, j'avais guetté son message avec impatience.

[Salut toi... pas de souci pour se voir jeudi ou vendredi aussi si tu veux, toujours OK pour toi ?]

Nous nous étions vus la veille et pourtant il me manquait déjà. Je changeais. Un chamboulement s'opérait doucement en moi. J'avais du mal à reconnaître la personne que je devenais. Visiblement très attachée, je pensais à lui non-stop. Il avait envahi mon esprit, mes rêves. Depuis quelque temps, je notais des petits détails troublants dans ma vie de tous les jours qui me ramenaient systématiquement à lui. Même éveillée, il me possédait.

Une chanson de Taylor Swift à la radio, le mot intense qui ne cessait d'apparaître sur les sites web que je visitais ou dans des pubs à la télévision, son prénom dans un livre romantique que je lisais, ou encore des dessins animés japonais, nouvelle passion de Noah et de ses copains d'école.

Véritables signes divins ou juste pure coïncidence ? N'y étais-je juste pas beaucoup plus sensible et attentive que d'ordinaire ?

Cet homme s'était approprié mes pensées et s'était installé dans ma tête comme un squatteur qu'on n'arrivait pas à déloger. Il était partout. Des visions de nos moments intimes, des images de son sourire, de son regard ne cessaient de se manifester n'importe quand. Sa voix résonnait comme une mélodie entêtante. Je ne me rappelais plus avoir éprouvé autant de sensations différentes pour Valentin. C'était nouveau, étrange, impensable.

Une question se posait : Avais-je réellement été amoureuse avant de le rencontrer lui ?

J'aimais mon mari. C'était un fait. Mais on ne pouvait aimer deux personnes de la même manière. Et ça, plus qu'un fait, c'était une vérité. Ma liaison était bien plus passionnée avec mon amant et j'en étais déstabilisée.

Pourquoi l'inquiétude s'était-elle accaparée de mon être ?

Jusque-là, il avait toujours répondu présent. Mais notre entrevue de la veille avait été différente. J'avais peur à présent. Peur qu'il ne se rende compte que notre liaison allait trop loin. Mais non. Il avait été clair, il ne voulait pas arrêter. Et mon téléphone avait sonné, me notifiant de l'arrivée d'un nouveau message. J'étais soulagée d'avoir eu de ses nouvelles.

J'avais décidé de ne pas lui répondre tout de suite, ne désirant pas lui montrer que j'étais bien plus accro à lui qu'il ne le pensait sûrement déjà. Je ne voulais pas qu'il me prenne pour une adolescente amourachée et dépendante. Je craignais qu'il ne me rejette tôt ou tard au vu de mes sentiments qui prenaient de l'ampleur. Je n'avais pas d'autres choix que de me réfréner et avais donc attendu quelques heures après avoir lu son message avant de réagir.

[Tu me manques...] lui avais-je finalement envoyé.

Il l'avait lu. Il l'avait lu mais n'avait pas rebondi dessus intentionnellement. Il s'était déconnecté et avait disparu.

Peut-être avait-il eu un souci ?

Il reviendrait forcément ! Je devais patienter, il n'y avait rien d'autre à faire.

Je ruminais. J'attendais. Une impression pesante et insupportable pour quelqu'un d'aussi impatient que moi.

Je louchais toutes les trente secondes sur mon téléphone. Malheureusement, aucun message de sa part. Il m'ignorait. Plusieurs heures étaient passées.

Qu'avais-je bien pu dire ou faire de mal pour qu'il stoppe tout contact aussi soudainement ?

J'avais relu, en long en large et en travers nos derniers échanges pour tenter de comprendre ce qui avait pu déclencher ce silence inquiétant et imprévisible.

Tu me manques...

Ce furent les derniers mots qu'il avait consultés. Le lendemain matin, très inquiète, je l'avais relancé par SMS en lui confirmant que tout était OK pour le jeudi. Un accusé de réception m'avait confirmé qu'il l'avait bien reçu. Mais aucun retour. Juste le silence. De nouveau, mes doigts avaient tapé un autre message.

[Je peux t'appeler ? On peut parler cinq minutes ?]

À mon grand étonnement, cette fois-là, aucun accusé. Craignant le pire, je lui avais téléphoné sans attendre son autorisation et étais tombée directement sur sa boîte vocale. Pour me rassurer, j'avais demandé à Laure de le joindre avec son propre portable et sa ligne avait sonné. La sentence était tombée. Il m'avait bloquée.

Pourquoi ?

Je ne comprenais pas. Je m'étais triturée l'esprit pour trouver quelconque explication, sans jamais y parvenir.

Dans un premier temps, je lui trouvais des excuses.

Peut-être sa copine le surveillait-elle d'un peu trop près ?

Il finirait par me recontacter ! Et puis les minutes, les heures, les jours passèrent. Un, puis deux, puis trois... pour finalement arriver à toute une semaine sans aucun message ni appel de sa part. Il avait tout bonnement disparu. Il m'avait zappée du jour au lendemain, et ce, sans motif.

— Pourtant, le matin même, il m'avait communiqué ses disponibilités de la semaine pour que nous puissions nous caler un moment à deux. C'est incompréhensible Laure !

Mon amie, toujours disponible pour moi, m'avait retrouvée dans un parc le jeudi vers midi pour me remonter le moral. Elle était scandalisée par tant d'insensibilité.

— Ce mec est un connard, je le savais ! s'était-elle écriée. Oublie-le, il en vaut vraiment pas la peine.

— Plus facile à dire qu'à faire ! Mais pourquoi ? Pourquoi ?

Cette question revenait en boucle dans ma tête.

— La lâcheté. La lâcheté dans toute sa splendeur. L'exemple-type de l'homme qui n'assume pas ses choix et qui finit par les regretter. Un spécimen masculin qui n'ose pas se confronter à la réalité mais préfère la fuir. Un connard quoi !

J'étais sens dessus dessous. Je ne comprenais pas. J'avais beau me torturer l'esprit, son attitude me laissait perplexe, sans voix. C'était incohérent et inattendu. J'allais devoir me faire une raison. Celle-ci était plus qu'avérée, il voulait arrêter mais n'avait pas le courage de me le dire, ni en face, ni même par message. C'était fini.

Je pleurais en cachette. Face à mon mari et mes enfants, j'endossais une fois de plus le rôle de la maman optimiste, enthousiaste, que personne ne pouvait arrêter, l'exemple même de la solidité. Au fond de moi, j'avais envie de hurler ma peine. Je vivais un chagrin d'amour et je ne pouvais le partager avec personne excepté Laure. J'étais au plus mal, j'avais perdu quelques kilos cette semaine-là. Je ne mangeais plus, ne dormais plus, ne vivais plus... ne pensais plus qu'à lui. Tout le temps, sans cesse. Cela en était devenu obsessionnel et physiquement douloureux.

Ce fameux revers de la médaille...

Je le méritais. Je méritais ce qui m'arrivait. Je m'étais mise toute seule dans cette situation, je m'en sortirais donc par moi-même, la tête haute. Je n'avais pas trop le choix dans tous les cas. Mon mari avait bien dû remarquer mon changement de comportement. Je mettais tout ça sous le coup du travail, de la fatigue, d'une mauvaise période, lui expliquant que j'avais besoin d'un peu de temps.

Et puis, l'incompréhension avait finalement laissé place à la colère, la honte. J'étais honteuse, oui. Je me sentais même naïve, lamentable, pitoyable.

Comment avais-je pu me faire avoir ainsi ? Comment avais-je pu lui laisser la porte ouverte vers mon cœur ? Pourquoi étais-je si faible ?

Aujourd'hui, après une semaine complète de mutisme, mon tempérament de feu finit par reprendre le dessus. Je refusais de me laisser aller. Je refusais catégoriquement qu'il m'atteigne encore. Il fallait que je remonte de ce trou béant dans lequel j'avais trébuché par inadvertance, que je me protège de ce goujat déserteur. Ce dernier ne me dirait jamais en face qu'il préférait mettre un terme à notre relation et qu'il n'attendait probablement qu'une seule chose, que je le fasse de mon plein gré.

Je devais passer à autre chose et pour ce faire, je devais lui dire ses quatre vérités. Je devais lui transmettre d'une manière intelligente toute la haine que je ressentais à son égard pour me libérer de son emprise. Un mot de fin entre nous était indispensable pour que je puisse avancer, entreprendre ma reconstruction personnelle et l'oublier.

[Un dernier message pour te dire que tu es un lâche. Tu aurais juste au moins pu me répondre et me dire tout simplement que tu souhaitais arrêter. C'est la seule chose que je te demandais et tu me l'as refusée. Pourquoi ? Sûrement car tu es un connard d'égoïste sans cœur qui n'a pas les couilles. Plus facile d'ignorer. Je voulais qu'on stoppe en se souvenant des bons moments, eh bien c'est raté. Je ne garderai en tête que cette dernière semaine pendant laquelle tu m'as laissée sans nouvelles, et ce dans l'intérêt unique de me faire mal. Ça t'a amusé j'espère ? Tu m'as dit que tu me respectais... Quelle connerie ! Tu m'as dit que tu étais attaché... Si seulement ça avait été le cas, tu ne m'aurais jamais laissée dans le doute, jamais. Je ne sais pas ce que je t'ai fait pour mériter un tel dénigrement. J'ai toujours été honnête avec toi.

J'ai attendu quelques jours, juste pour savoir si tu aurais la présence d'esprit de m'envoyer un petit mot qui finirait le tout entre nous. Mais apparemment, je ne mérite même pas ça. Je ne retiens de notre parenthèse que cette lâcheté dont tu fais preuve. La roue tourne comme on dit. J'espère que tu vas supprimer tous nos échanges de ton côté car sinon je me pointe où que tu sois et je balance tout à ta copine. J'ai été gentille. J'aurais largement préféré mettre fin à notre relation de manière civilisée mais tu m'as prise pour une conne, une moins que rien. Tu m'as bloquée comme une merde.

Je n'attends même pas un mot d'excuse de ta part, tu n'as aucune conscience ni empathie. Tu m'as jeté de la poudre aux yeux. Tu voulais juste baiser. T'as bien profité.

Sur ce, j'ai vidé mon sac, je peux enfin avancer. Adieu]

Je cliquai sur envoyer. Comme je m'en doutais, j'étais toujours bloquée. Pas d'accusé de réception. Il ne le recevrait donc jamais. Pour finir, l'essentiel pour moi était d'être débarrassée d'un énorme poids. Il ne reviendrait pas et je m'étais enfin faite à cette idée. Le processus d'acceptation était enclenché. J'allais aller mieux. Enfin.

Chapitre 32

15 septembre 2018 — Un an plus tôt

J'étais partie faire quelques courses seule, pour gagner du temps. Tout parent savait qu'il était quasiment impossible de procéder à cette tâche obligatoire d'une manière sereine avec ses enfants qui l'accompagnaient. Noah était plutôt calme et tranquille dans ces moments-là, mais Clémence ne cessait de réclamer quelque chose. Des jouets, des bonbons, des gâteaux, des élastiques pour ses cheveux... Enfin bref, tout et n'importe quoi. Le but étant juste de me faire plier et de remporter la partie. La majorité du temps, exaspérée, je capitulais. Mais cette fois-ci, je n'avais pas le cœur à me battre contre ses arguments de petite fille adorable. Car non, elle n'était pas du tout capricieuse comme la majorité des enfants de son espèce, mais plutôt d'une fourberie et d'une sournoiserie incroyables. Ses yeux de biche et sa petite moue me faisaient automatiquement céder. Elle était très habile à ce jeu-là. OK, je n'étais pas très stricte.

Mais comment aurais-je pu l'être ?

Elle, si mignonne, si gentille... si déloyale ! Nous n'étions pas armées équitablement... elle gagnait à tous les coups. Et donc, voilà pourquoi j'étais partie faire mes courses seule, pour gagner du temps... mais aussi de l'argent !

Je rentrais les mains pleines. Et ce que j'entendis, à peine le pas de la porte franchie, ne m'enchanta pas vraiment. De lourds pas dans l'escalier et une porte claquée. Je redoutais de savoir ce qu'il s'était passé.

Je posai mes sacs dans l'entrée et me dirigeai vers la cuisine pour tomber sur Valentin, apparemment très énervé. Je le regardai sans oser lui adresser la parole, attendant patiemment qu'il se confie de lui-même sur ses tracas.

— Quoi ? Toi aussi tu vas me dire que je suis jamais là, donc que j'ai pas mon mot à dire ? m'agressa-t-il d'emblée.

Visiblement, Valentin s'était frité avec Noah. Il ne pouvait en être autrement. Clémence ne se serait jamais permise de parler ainsi à son père. Quand il haussait la voix, elle en avait un peu peur.

— Redescends d'un ton s'il te plaît, lui intimai-je d'un ton strict. Je ne sais pas de quoi tu parles, je débarque à peine. Je ne suis partie qu'une petite heure. Qu'est-ce qu'il s'est passé ? C'est Noah ?

— Bien entendu que c'est Noah ! Tu crois quoi ?! Ce gamin me hait ! hurla-t-il en brandissant les mains en l'air.

Je le fixai les yeux ronds. Je peinais à réaliser ce qu'il venait tout juste de débiter. Une rage folle s'empara alors de moi. Mon instinct maternel prit le dessus sans même que je n'en prenne conscience. Je me devais de prendre la défense de mon fils.

— « Ce gamin » ? Non mais tu t'entends ?! « Ce gamin », comme tu dis, est ton fils ! Et il ne te hait pas, il t'en veut ! Tu peux pas croire qu'il suffit de lui promettre un jouet pour l'avoir dans la poche ! Il en veut pas de tes jouets, Noah ! Il veut que tu t'occupes de lui !

Mon époux tapa du poing sur la table, ce qui me fit sursauter de surprise.

— Eh voilà ! Encore une fois, tu es de son côté ! Jamais je n'aurai raison, c'est pas croyable ! Au cas où ça t'intéresse, je lui ai demandé de ranger sa chambre. Tu l'as vue ?! C'est un bordel sans nom là-dedans ! Il m'a balancé à la figure qu'il faisait ce qu'il voulait et que je n'avais pas à lui donner d'ordre car je n'étais jamais là. Tu te rends compte ?! Que je sois là ou pas, je reste son père et il me doit le respect !

J'étais effarée par ce que je venais d'entendre. Certes, Noah profitait de l'absence de son père pour l'enrager et le provoquer davantage, mais il n'avait que sept ans et était encore un enfant. Valentin était l'adulte. Il se devait de montrer l'exemple.

— J'entends ce que tu dis, tu sais ! Mais sincèrement, te connaissant, je suis pas certaine que tu lui aies demandé de ranger sa chambre avec diplomatie !

— Putain mais j'hallucine total là ! hurla-t-il. Je vais pas me mettre à ses pieds non plus ! Il a sept ans bordel ! Il doit obéir point barre !

— Obéir ? Non mais tu délires ! T'as cru que c'était un chien ou quoi ? C'est un être humain ! Tes collègues, tu leur parles de cette façon ? Ton chef, il ordonne ou il demande avec politesse ?

— Je fais ce qu'on me dit. Et ça n'a rien à voir de toute façon.

— Mais tu nous emmerdes Valentin ! fulminai-je. Rien n'a jamais rien à voir avec toi ! Mais bien au contraire, tout a à voir, figure-toi !

D'habitude, je perdais patience avec les enfants, mais cette fois-ci, ma coupe était pleine avec mon mari. Il me regardait, hébété, ne sachant plus quoi répondre. Il ne s'attendait pas à ces insultes sorties du tréfonds de mes entrailles.

— Y'a que toi qui compte ! T'es un putain d'égoïste ! On te supporte ! J'en ai marre, les enfants en ont marre et tout ce qui t'intéresse, c'est qu'on t'obéisse au doigt et à l'œil ?

Non mais tu crois quoi ?! Tu fais rien pour nous, t'es jamais là ! Et quand t'es là, c'est comme si tu ne l'étais pas ! Aucune différence ! Alors moi, ça ne m'étonne pas que Noah te réponde de la sorte ! Tu l'as bien cherché !

— Je fais rien pour vous ?

Voilà tout ce qu'il avait retenu de ma tirade.

— Et les vacances au Brésil alors ? continua-t-il.

Je soufflai d'exaspération. Le Brésil... je savais que j'en aurais entendu parler tôt ou tard de ce voyage au Brésil.

— J'ai rien fait pour toi ? Sauf erreur, on a passé d'excellents moments ensemble ! contre argumenta-t-il.

Je ris. Je ris nerveusement. Je ne pouvais me stopper.

— Qu'est-ce qui te fait rire ? s'indigna-t-il.

— Ah, je l'attendais celle-là ! Tu veux qu'on parle du Brésil ? Sérieusement ?

Il fronça les sourcils. Son expression médusée me fit réaliser qu'il ne savait pas du tout à quoi je faisais allusion.

— Tu as un talent de photographe incroyable dis donc... toutes ces belles nanas sur la plage en monokini pour la plupart !

Ses yeux s'écarquillèrent. Il ne l'avait étrangement pas vu venir. Il se pinça l'arête du nez en secouant sa tête de gauche à droite.

— T'es pas sérieuse là ? Ces photos, je les ai prises pour montrer à Flo ! Y'a rien de mal là-dedans !

Je ris de plus belle.

— Oh vraiment ? Tu sais ce qui me fait le plus mal dans ce que tu dis ? C'est qu'au final, les photos de ces nanas, je m'en tape comme de l'an quarante. C'est le fait que moi, je ne sois pas assez belle pour être sur ton objectif ! Tu ne te rends même pas compte que tes actes même les plus anodins ont d'immenses répercussions sur chaque membre de cette famille ! Mais est-ce que tu t'en soucies ? Je ne crois pas.

— Arrête, ça n'a rien à voir. Je m'en tape de ces filles ! La preuve, c'est avec toi que je vis !

— Tu comprends vraiment rien Valentin. Vraiment rien.

Un bruit derrière moi me fit me retourner aussitôt. Noah se tenait dans l'encadrement de la porte et nous dévisageait la larme à l'œil.

— Je… je… je suis désolé, c'est ma faute. Je veux pas que vous vous disputiez.

Il commença à pleurer. Je mitraillai son père du regard qui n'osa piper mot. Je m'agenouillai à sa hauteur et le pris dans mes bras.

— Mais non, mon bonhomme, rien n'est ta faute, on se disputait pas avec papa, on parlait juste très fort et on n'était pas d'accord, tout simplement.

— Oui mais… renifla-t-il.

— Ne t'inquiète pas mon chéri. Parfois les adultes ne sont pas toujours d'accord, ça arrive. C'est pas grave. Tu veux de l'aide pour ranger ta chambre ?

Je n'attendis pas qu'il me réponde et pris sa main dans la mienne. Je tournai le dos à Valentin et décidai de le laisser planter là dans ses réflexions.

— Tu pourras ranger les courses s'il te plaît ? Merci.

Ce n'était pas une demande polie. C'était un ordre. Je lui renvoyais l'ascenseur. Peut-être comprendrait-il le message ou peut-être pas. J'étais en colère. Je lui avais enfin avoué ce que j'avais sur le cœur depuis plusieurs semaines. Il en avait connaissance. Il pouvait en faire ce qu'il voulait, je m'en fichais royalement. Enfin, c'était ce que je croyais.

Chapitre 33

6 avril 2019 — Cinq mois plus tôt

Pourquoi a-t-il fallu qu'il me recontacte ? Pourquoi ne pouvait-il pas juste se contenter de mon message ?

Car oui, malgré le fait qu'il m'avait bloquée de sa liste, il avait bien réceptionné et lu ce que je lui avais envoyé. Même en bloquant un numéro, les SMS arrivaient dans le dossier spams de son téléphone.

J'avais réussi à recommencer à vivre normalement, en tentant de l'oublier même si la mission ne pouvait être remplie en totalité en huit jours.

Près de deux semaines s'étaient écoulées avant qu'il ne décide de me recontacter. Une semaine de doutes, d'incompréhensions, de colère, et une semaine de soulagement et de réelle envie de poursuivre ma vie sans lui gravitant autour de mon cœur. J'étais même arrivée à me persuader que je n'éprouvais absolument rien à son égard, que tout était factice, que le désir et cette attraction physique incontrôlable m'avaient aveuglée, m'avaient fait croire à des sentiments plus forts qu'ils ne l'étaient en réalité.

J'allais mieux.

Alors pourquoi ? Pourquoi ? Pourquoi revenir après presque deux semaines ?

En ouvrant les yeux ce matin du 6 Avril, je ne pensais pas que des nouvelles de sa part m'attendraient. Je ressentis une immense joie. Une immense joie car j'avais la confirmation qu'il n'avait pas pu m'effacer aussi vite, pas après tous ces moments intenses entre nous, pas après ce que nous avions vécu. Le soulagement de savoir qu'il ne m'avait pas juste jetée comme une vulgaire chaussette. J'étais heureuse d'avoir reçu un message même si, avec le recul, je pensais sincèrement qu'il aurait mieux valu qu'il s'abstienne. Tous les sentiments que j'avais recouverts d'une épaisse couche de colère, d'amertume, de regrets rejaillirent finalement en quelques instants à peine à la lecture de ses mots.

J'avais tenté d'enfouir tout ce que je ressentais pour lui au plus profond de moi. J'avais tenté de renier l'ensemble et d'oublier. Sur le long terme, cela aurait probablement fonctionné. Mais une petite semaine ne pouvait pas suffire. Je n'avais pas eu le temps de panser ma plaie. Elle s'était rouverte à peine son prénom s'était-il inscrit dans les notifications de mon portable.

Je l'avais bloqué également. Le jour même de l'envoi de mon dernier message qui mettait un terme à notre liaison. Et puis sans savoir pourquoi, j'avais choisi de débloquer son numéro de mes contacts deux jours plus tôt. Ce fut en lisant le sien que je compris qu'il l'avait bien reçu et bien lu.

[Salut toi, je ne sais pas si tu verras ce message, j'espère que oui tout de même. Je voudrais simplement m'excuser d'avoir été aussi lâche. Je me suis bloqué. La dernière fois qu'on s'est vus et le fait que tu aies mal pris que je sois au téléphone avec ma copine... et puis ce message « Tu me manques... »... ça m'a littéralement paralysé. Je n'étais pas prêt pour ça, ces sentiments de l'un envers l'autre. Et je n'arrivais pas à te dire que je préférais arrêter car mon cœur disait non et ma raison oui. Et donc je n'arrivais pas à te dire non. J'ai été lâche et j'ai attendu que ton tempérament fasse le reste sans le prévoir... Mais wow tu es piquante. Je suis désolé pour ça. Je ne retiendrai pas ces derniers mots de toi mais

plus nos moments persos qui étaient très agréables, la soirée du restau reste la meilleure. Bref, bonne continuation à toi, tu es une femme superbe.]

Malgré le fait que j'avais été assez virulente avec lui, il restait toujours respectueux. Il s'était remis en question et m'ouvrait son cœur.

Tu es une femme superbe...

Même mon propre mari n'avait jamais employé ce terme à mon égard. Jamais.

Sans perdre une seule minute, je contactai Laure par messagerie instantanée :

[Devine qui m'a contactée ce matin ?]

[T'es sérieuse ? Il est revenu ? Il te dit quoi ?]

Ni une ni deux, je lui envoyai une copie d'écran du message pour qu'elle puisse le lire par elle-même.

[Tu en penses quoi ?]

[Il te dit qu'il a eu peur des sentiments entre vous deux. Il reconnaît qu'il a été lâche...]

[Comment je peux lui en vouloir alors qu'il s'excuse ? C'est impossible ! Je vais lui répondre !]

[Que quoi ?! Tu vas lui répondre quoi ?]

[Que je veux le revoir.]

[Non mais tu as vu dans quel état tu étais y'a deux semaines ? Je te déconseille fortement de lui répondre. C'est ce que tu voulais à la base... un message de sa part qui finit le tout entre vous. Tu l'as eu ! Stoppe tant que tu peux !]

Tout en discutant avec Laure qui tentait par tous les moyens de me dissuader de le recontacter, je lui écrivais une réponse.

[Tiens, je t'envoie ce que je veux répondre] lui rétorquai-je aussitôt sans prendre en compte un seul instant ses précieux conseils de meilleure amie.

Je crevais d'envie de le revoir. Il me manquait terriblement.

[Salut... je suis très surprise que tu m'envoies un message. Je ne m'attendais pas du tout à ça je dois dire. Tu as d'ailleurs de la chance car je ne sais pas pourquoi mais j'ai débloqué ton numéro y'a genre deux jours. Je te l'ai déjà dit, je suis très impulsive et sanguine et quand j'en ai marre, je peux tout balancer. Sache que tout ce que je t'ai dit, je le pensais. Mais cette distance forcée entre nous m'a fait réaliser certaines choses. Clairement, je ne suis pas amoureuse de toi. Y'a des sentiments, beaucoup d'affection mais surtout énormément de désir. Entre nous, c'est intense, c'est de l'alchimie physique que je n'ai jamais ressentie auparavant. Depuis tout ça, même si j'ai coupé avec toi, je pense tout de même à toi et nos moments me manquent. J'arrive pas à me dire qu'on ne peut plus se voir et qu'il est préférable d'arrêter. J'ai pas envie de chercher un autre amant et je n'en aurais pas d'autre car j'ai déjà ce que je veux avec toi, alors pourquoi risquer ? Aucun intérêt. Ton « bonne continuation » est toujours valable ou on peut se voir une fois de temps en temps ? Je dirais qu'il faudrait peut-être se voir moins souvent pour éviter de trop s'attacher. Enfin bref, à toi de me dire. Sache que je suis toujours disponible ce soir si tu le souhaites, j'ai dit à mon mari que je bossais de nuit exceptionnellement. Pas de discussion inutile, juste un bon moment. Sexuellement parlant tu me manques vraiment.

Merci pour ton mess, je ne peux plus t'en vouloir à présent. Biz.

PS : Et pour info, je n'ai vraiment mais vraiment pas mal pris le fait que tu sois avec ta copine au téléphone. J'ai un mari je te rappelle, je sais ce que c'est et c'était normal que tu la rappelles. La dernière chose que je veux, c'est un drame dans ton couple ou le mien. J'ai toujours été claire avec toi à ce sujet.]

[Tu crois qu'il va me répondre ?!]

[Évidemment qu'il va te répondre. Il revient à chaque fois même quand tu es odieuse avec lui. Son message était un peu un message ouvert... De mon point de vue, j'ai pas l'impression qu'il veuille arrêter. Et pour moi, c'est pas un hasard s'il revient aujourd'hui. C'est pas le week-end où vous deviez vous voir ?]

[On devait se voir ce soir oui.]

[C'est bien ce que je dis. C'est pas un hasard. Même s'il est sincère et tout, pour moi, reste sur tes gardes, ce mec je lui fais pas confiance. Il peut dire tout ce que tu as envie d'entendre pour te récupérer. Après je ne le connais pas comme toi tu le connais. Il a l'air sincère. Vraiment. Mais pourquoi attendre autant de temps pour te dire ça ? Il aurait pas pu au moins t'envoyer un message pour te dire qu'il avait besoin de prendre du recul ? Pour éviter que tu balises ?]

[Tu sais une fois ça m'est arrivé. Je m'étais disputée avec une amie. Malgré mon envie de répondre au message qu'elle m'avait envoyé, j'arrivais même pas à lui dire de me laisser du temps. Quand tu es trop prise émotivement dans une relation, parfois tu peux bloquer. Je peux donc concevoir son silence. Je tenais à cette amie... mais je n'arrivais plus à communiquer. De peur de dire une bêtise, j'ai préféré ne rien dire... pendant plus de trois semaines. Tu penses vraiment qu'il va revenir ?]

[La question n'est plus à poser. C'est certain.]

Chapitre 34

12 octobre 2018 — Dix mois plus tôt

Valentin était parti dire bonne nuit aux enfants. Entre lui et Noah, plus rien n'allait. L'ambiance était électrique. Une tension inhabituelle et encore plus palpable était apparue après notre retour de vacances. Notre fils n'avait jamais été aussi insupportable. Il semblait en vouloir à son père bien plus qu'auparavant. Les choses empiraient et j'étais complètement démunie face à leur discorde, n'en comprenant pas ou plus vraiment l'origine. Certes, l'absence de Valentin était un sujet houleux pour les enfants, mais cela ne datait pas de la veille. Il était absent depuis des années et Noah s'y était habitué, tout comme sa jumelle. Leur père faisait des efforts pour renouer mais, contre toute attente, cela avait l'effet inverse, en tout cas, en ce qui concernait Noah. Clémence étant bien plus malléable. Notre petit garçon était de plus en plus exécrable avec son géniteur, le repoussant sans aucune raison apparente. J'avais tenté d'en discuter avec lui à plusieurs reprises, malheureusement sans en obtenir grand-chose. Il était entré dans une phase de révolte incompréhensible. Logiquement, nous avions encore quelques années devant nous avant cette fameuse crise de la puberté. Il était bien trop tôt pour qu'il traverse cette étape de sa vie et cela en devenait de plus en plus inquiétant.

Alors que lui arrivait-il ?

Il était tard, la nuit était tombée. Confortablement installée dans l'un des petits fauteuils en osier de notre véranda qui offrait une vue imprenable sur le ciel étoilé, je buvais tranquillement une tisane aux fruits rouges. C'était l'endroit de la maison que je préférais, un endroit pour décompresser et se vider la tête. Déjà en pyjama, les pieds enveloppés dans de grosses chaussettes, les genoux repliés sur moi-même, je me réchauffais les mains en agrippant avec fermeté mon mug bien chaud. J'observais l'immensité de notre univers tout en réfléchissant à ma vie et ce qu'elle allait devenir. J'étais dans une impasse.

La porte qui donnait sur le salon s'ouvrit, accompagnée d'un léger grincement. Je n'étais plus seule. Valentin avait décidé de me rejoindre. Je le regardais, il avait l'air inquiet. Depuis notre grosse dispute du mois dernier, nos échanges étaient plutôt froids, voire même gelés. Je lui en voulais autant que Noah. Il était dans ses petits souliers et ne me provoquait plus.

— Je peux ? me demanda-t-il gêné.

Je hochai la tête légèrement de haut en bas puis il s'installa à mes côtés sans un bruit.

— Les enfants sont couchés ?

— Couchés et déjà endormis, répondit-il d'une voix calme et posée.

— Tu veux un thé ? lui proposai-je.

— Non merci...

Il s'enfonça dans son propre fauteuil et fit mine de contempler le ciel également. Je profitai de ce silence pour entamer la discussion. Je n'avais plus envie de continuer ainsi. Cela devenait épuisant.

— Qu'est-ce qui se passe entre Noah et toi ? C'est quoi le problème ?

Il prit une profonde inspiration. Je le sentais tendu, perdu, ne sachant plus quoi faire pour rattraper le coup.

— Noah a toujours été plus distant avec toi que Clem, c'est sûr, mais depuis notre retour de vacances, je sais pas, il est... différent. Il a de la colère enfouie en lui. C'est incompréhensible. J'ai bien tenté de lui parler, mais cela n'a rien donné. Il refuse de s'ouvrir à moi. Cela ne peut pas durer ainsi éternellement Valentin. Alors, dis-moi ce qui se passe.

— Je... je... je sais pas comment te le dire, je m'en veux déjà assez comme ça... commença-t-il.

Que me cachait-il ?

Je ne comprenais pas où il voulait en venir et cela m'effrayait quelque peu. Je m'attendais au pire. Je trempais mes lèvres délicatement dans le thé fumant et en bus quelques gorgées.

— Tu te rappelles les photos ? poursuivit-il.

Je plissai tellement mes sourcils que de longues rides se dessinèrent subitement sur mon front.

Qu'est-ce que l'histoire des photos avait à voir avec notre fils ?

— Oui... et alors ? Quel rapport avec Noah ? lui rétorquai-je.

— Un soir où tu bossais... j'avais été coucher les enfants. Tu étais partie et je pensais qu'ils dormaient tous les deux.

Je sentais mon cœur battre dans mes tempes. Je l'écoutais attentivement même si je savais que la suite n'allait sûrement pas me plaire.

— Et ?

— Et, en fait Noah était redescendu. Il avait soif et je ne l'avais pas vu.

— Qu'est-ce que tu as fait Valentin ? Pourquoi Noah t'en veut autant ?!

Il souffla un bon coup avant de se lancer.

— Il m'a entendu au téléphone. J'étais en ligne avec Flo.

— Je vois pas où tu veux en venir. Vraiment pas... alors, accouche.

— Je discutais avec Flo des Brésiliennes que j'avais prises en photos. Et disons que Noah a entendu toute notre conversation.

— Qu'est-ce qu'il a entendu Valentin ? Dis-moi ce qu'il a entendu ! m'énervai-je.

Ma véranda était mon cocon de zénitude habituellement. À cet instant, ce cocon était devenu stressant et étouffant. Je peinais à respirer.

— Des choses comme « elle est bonne celle-là, je me la serais bien tapée »... Enfin, des trucs du style... des trucs de mecs un peu machos... on rigolait, c'est tout. Lui aussi avait pris des clichés et on faisait une espèce de concours de celui qui avait la Brésilienne la plus sexy. Je venais de lui envoyer toutes les photos par SMS et on commentait... Quand j'ai réalisé que Noah avait tout écouté, j'ai tenté d'en discuter avec lui mais il a refusé. Tout ça... je t'assure, c'était pour rigoler, ni lui ni moi ne pensions à mal, tu dois me croire ! Là, je sais plus quoi faire avec lui, cela fait plus d'un mois qu'il m'évite, ne me parle plus... je m'en veux tellement...

Il plongea sa tête dans ses mains, rouge de honte. Je n'en revenais pas. Tout s'emboîtait. Absolument tout.

— Que tu voulais te les taper ?! T'es sérieux ? Je te suffis plus ? Tu te rends compte de ce que ça me fait ou pas du tout ?

— Je sais oui... je...

J'étais choquée par cette confession.

— Je comprends mieux pourquoi tu voulais venir à la rentrée... t'avais un truc à te faire pardonner ! lui répliquai-je d'un ton dédaigneux. Il n'a que sept ans ! Je n'ose même pas imaginer ce que tu as bien pu dire pour qu'il se renferme ainsi !

— Je m'en veux tellement... se plaignit-il une nouvelle fois.

— Tu m'étonnes que tu voulais lui acheter un jouet ! C'est encore plus compréhensible ! Voilà pourquoi il en n'a rien eu à faire de ton pot-de-vin ! J'ai tellement honte pour toi...

Les photos n'étaient pas suffisantes... il fallait qu'il les commente également. Qu'il les commente d'une manière dégoûtante et perverse. Il n'était définitivement plus celui que j'avais épousé. Un inconnu se dressait face à moi. Mon cœur cessa de battre dans mes tempes. Je ne l'entendais plus étrangement. La peur, le dégoût, la surprise... tout se mélangeait en moi, j'en avais la nausée.

— Et mon petit bonhomme qui ne m'a rien dit... pourquoi ne m'a-t-il rien dit d'après toi ?! Tu as tenté d'acheter son silence ?

Valentin ne répondit rien.

— Je sais pas quoi dire franchement... tu... tu... me... rooooooh ! grognai-je énervée manquant de renverser ma tasse. Comment as-tu pu ?! Mais comment as-tu pu ?

— Je voulais pas que tu saches pour les photos. Je lui ai fait promettre de ne rien te dire. Je lui ai expliqué que ça te ferait trop de peine...

— Alors quand tu disais que c'était rien, que c'était pour Flo, tu te rends quand même compte que ce n'était pas « rien » ? Si ça l'avait vraiment été, tu ne me l'aurais pas caché ! Et puis les photos, je les avais déjà vues au Brésil. Je te l'ai juste pas dit, je voulais pas gâcher nos vacances.

Il ne savait plus quoi rajouter. Il était coincé. Mais quelque chose n'était pas clair dans cette histoire. Noah était vraiment en colère contre son père. J'avais la curieuse impression qu'il ne m'avait pas tout avoué. Mais ce n'était probablement qu'une mauvaise impression, le choc de la nouvelle. Il me regardait tel un chien battu. Il ne s'était même pas excusé mais uniquement justifié. J'ignorais ce qui me mettait le plus hors de moi, que mon mari avait envie de se taper n'importe quelle bombasse qui passait par là ou alors qu'il avait embarqué notre fils de sept ans à peine dans ses mensonges et histoires de fesses. Ses oreilles étaient bien trop jeunes encore pour entendre de pareilles horreurs. Cette colère que je ressentais envers lui ne risquait pas de disparaître. Dorénavant, je devais discuter avec Noah. C'était là, l'urgence. C'était bien plus important finalement que la crise existentielle de notre couple.

Chapitre 35

6 avril 2019 — Cinq mois plus tôt
[*Wow... heu... je m'attendais pas à cette réponse. Tu sais, je demande pas à ce qu'on discute pas, tu as le droit de parler. Ce soir et cette nuit, je suis toujours dispo oui. J'ai des cours à donner cet après-midi, je suis sorti hier soir et me suis couché tard. J'espère pouvoir être assez en forme pour te satisfaire...*]

J'exultais. Eh non, notre liaison n'était pas terminée. Elle allait se poursuivre. Ni lui ni moi n'avions réellement envie d'y mettre un terme et sa réponse, qui ne s'était pas fait très longtemps attendre, était claire.

[*Disons que je suis pleine de surprise. Je suis sanguine oui mais je n'ai pas la rancune comme défaut. Tu veux aller boire un verre ?*]

[*Un verre me tente bien... Après, tu préfères un bar ou une bouteille à l'appart ?*]

[*Ton pote et sa copine ne sont pas souvent là dis donc... et bar ou appart... peu importe, surprends-moi !*]

En lui laissant l'option, je n'avais en fait qu'un seul désir qu'il choisisse celle de l'appartement. Ce besoin viscéral de nous retrouver en tête-à-tête était surpuissant. Je comptais les minutes avant de découvrir qui sauterait sur l'autre en premier et décerner un trophée au moins impatient des deux.

[*OK ben, je vais aller acheter une bouteille de blanc comme tu aimes... on va pouvoir boire tranquillement vu que tu n'auras pas à reprendre la route... Eh oui, disons que la copine de mon pote fait aussi partie de l'expédition enterrement vie de jeune fille. Et du coup, je lui ai négocié la nuit. Il s'est arrangé pour ne pas être là. Il est plutôt arrangeant...]*

Il avait lu dans mes pensées.

Que demander de plus ?

Nous ne passerions pas deux ou trois heures à peine ensemble, mais une nuit complète rien que tous les deux. Me réveiller dans ses bras, faire l'amour au saut du lit, l'excitation la plus totale... Mais cette adrénaline combinée à la peur n'évitait pas le danger. L'amour attendait, imperturbable, et nous guettait, tapi dans l'ombre. Lorsqu'il sortirait de l'obscurité, il ne nous ferait pas de cadeau et dévasterait tout sur son passage, tel un ouragan dans les îles caraïbéennes.

Je lui avais menti. Ce n'était qu'un tout petit mensonge de rien du tout. Pas de quoi en faire tout un fromage. Je lui avais dit que je n'étais clairement pas amoureuse de lui mais c'était faux.

Peut-être voulais-je juste le rassurer à ce sujet ? Ou bien tentais-je de me convaincre ?

Probablement un peu des deux.

[Plutôt arrangeant... j'imagine qu'il t'en doit une ?]

[Tu imagines bien. T'as dit quoi à ton mari ?]

[Week-end SPA avec ma meilleure amie, je ne lui ai pas laissé le choix de rétorquer quoi que ce soit de toute façon et il a pas posé de questions]

[Excellent... on aura donc tout notre temps...]

[Quelle heure ce soir ?]

[21 h ça te va ?]

[Parfait. Pressé ?]

[Comment ça ?]

[On s'est pas vus depuis un moment... tu es pressé de me voir ?]

[Disons que j'ai envie de te voir oui et aussi de jouer un peu...]

[À tout à l'heure...]
[À très vite, avec envie]

Je m'observais dans le miroir de ma chambre. J'espérais qu'il remarque mes kilos en moins, chose que Valentin n'avait, bien entendu, même pas aperçue. C'était ce qu'il voulait pourtant ! Que je ressemble à ces fichues Brésiliennes aux courbes parfaites ! Non, la rancune ne me caractérisait vraiment pas, pourtant jamais je n'oublierai. Il y avait certaines limites à ne pas dépasser et mon époux avait sauté par-dessus. Je ne regrettais pas mon choix. Je ne regrettais pas ces heures de bonheur et de bien-être passées avec un autre homme. Si l'on m'offrait l'occasion de revenir en arrière et de tout changer, je ne modifierais absolument rien. Je rencontrerais mon amant de nouveau et nous ferions l'amour avec le danger, comme nous nous apprêtions à le faire le soir même.

*

— Cette tenue te va à ravir... tourne-toi que je te regarde un peu mieux ?

Son regard brillant parcourut chaque parcelle de mon corps à présent plus élancé. J'avais opté pour un jean slim noir parfaitement ajusté et une chemisette fluide blanche. Mes talons m'avaient fait gagner quelques centimètres mais pas assez cependant pour le dépasser en taille.

— Je te plais ? Vraiment ? doutai-je.

Il hocha la tête en se pinçant les lèvres d'envie. Ces dernières étaient un appel à la luxure, légèrement rosées et appétissantes, elles appelaient les miennes silencieusement. Puis sans me quitter des yeux un seul instant, il me convia à m'asseoir à ses côtés sur le canapé. Je n'étais pas encore prête à lui succomber aussi facilement.

— Je suis bien avec toi, lui avouai-je. Je ne sais pas comment tu fais, mais tu arrives à me faire tout oublier. Ma psy m'aide aussi mais elle n'obtient pas forcément les mêmes résultats que toi.

Je riais. Je réalisais qu'il était devenu mon exutoire. Il me faisait du bien et pas que physiquement parlant.

— Oh, tu vois un psy ? s'intéressa-t-il en nous servant deux verres de vin.

— Oui… j'ai pas une vie de famille facile, disons. Cela me permet d'évacuer la pression.

Ma réponse était bien trop vaste. Je sentais qu'il espérait me tirer un peu plus les vers du nez.

— Tu veux en parler ? insista-t-il.

Je ne m'attendais pas à ce qu'il désire en connaître davantage sur ma personne. Nous n'avions jamais vraiment souhaité aller aussi loin. Sa vie était pour moi une véritable énigme et réciproquement. Je le scrutais avec attention.

— Non. Si je suis ici avec toi, c'est justement pour passer de bons moments et laisser tout le reste en dehors de cette petite bulle dans laquelle on est. Je veux pas parler de mon quotidien. Tu m'en veux pas ?

— Non pas du tout. Je respecterai ton choix mais si tu le veux… tu peux me parler, je t'écouterai. Je suis à même de comprendre… Moi aussi j'ai pas une vie de famille très facile, tu sais. Mon père est parti quand j'étais jeune et avec ma mère, c'est assez conflictuel. Elle s'est remariée quand j'avais cinq ans et m'a imposé une nouvelle vie de famille, avec un beau-père et ses deux filles et par la suite, un demi-frère et une demi-sœur. On ne peut se voir sans se disputer et j'ai tendance à perdre patience. J'ai l'impression d'être le vilain petit canard de la fratrie. Tu vois ce que je veux dire ?

Il se confiait à moi sans même lui avoir demandé quoi que ce soit. Nous devenions intimes d'une autre manière.

— Oui je vois mais ce n'est sûrement qu'une impression, tu sais... Et puis toi, perdre patience ? C'est possible ça ?!

— Oui c'est possible ! Un peu de vaisselle cassée... assez régulièrement. Je me suis déjà battu avec mon demi-frère, à cause de ma mère. C'était allé plutôt loin... je te passe les détails.

— J'ai énormément de mal à t'imaginer en train de t'énerver. Tu es tellement posé et calme... j'ai pas toujours été tendre avec toi et pourtant tu n'as jamais perdu ton sang-froid... ça me semble tellement impossible ! Qui peut réussir à se disputer avec toi franchement ?

— Eh ouais... sourit-il. J'ai apparemment une autre facette en fonction des gens que je côtoie. Avec toi... c'est... enfin, avec toi, tout est plus simple.

Je m'approchai de lui avec une certaine lenteur. Je pouvais sentir son doux parfum me titiller les narines. Mon visage s'approcha du sien. Lui ne bougea pas d'un millimètre. Il attendait. Nos bouches étaient à quelques centimètres l'une de l'autre. Je fermai les paupières, pris une profonde inspiration et m'enivra de sa fragrance des plus viriles.

— Ton odeur m'avait manqué... lui soufflai-je.

Je m'emparai de mon verre de vin sur la table basse et repartis m'installer sur mon côté du canapé. Je voulais lui faire perdre la tête. Il ricana, comprenant mon petit jeu mais ne me lâcha pas du regard.

La scène suivante se déroula au ralenti. Il posa son verre à pied et retira son tee-shirt avec une lenteur insupportable. Il faisait littéralement exploser le thermomètre. Un véritable dieu grec se dressait devant moi, rien que pour le plaisir de mes yeux. Des bouffées de chaleur m'envahirent subitement et ma peau devint moite. Ma respiration se faisait haletante. Il me débarrassa subitement de mon verre, puis d'un mouvement rapide, tira mes chevilles vers lui. Je me retrouvais à sa merci. Dans ce geste brusque, le premier bouton de ma chemisette sauta et rebondit sur le parquet. Ses mains déboutonnèrent le reste lentement, presque sadiquement. Ma poitrine se dévoila finalement sous son regard pétillant.

— Je tiens plus. Tu te rends pas compte de ce que tu me fais ? Et puis, elle sert à rien cette chemise, t'es bien plus magnifique sans. Je vais enlever le tout, tu sais très bien qu'avec moi, tu restes jamais très longtemps habillée.

Son ton était ferme, direct. Il n'ouvrait pas à la discussion.

— Ne te retiens plus dans ce cas. Je t'en prie, vas-y.

Ses doigts commencèrent à sillonner et effleurer chaque partie de mon épiderme et chacune de ses caresses fut un plaisir sans pareil. Les yeux fermés, je ne pouvais que me laisser aller dans ses bras et le laisser s'approprier ma personne. Je voulais qu'il me possède encore et encore jusqu'au petit matin, qu'il m'enlace et que cela ne s'arrête jamais. Sans plus attendre, nous fîmes l'amour, plus qu'impatients de nous retrouver. Nous avions soif l'un de l'autre. C'était lent et d'un délice incommensurable. Il me goûtait et je me délectais de pouvoir le toucher, le caresser, l'embrasser. Il m'avait manqué.

— C'était intense. Vraiment, concéda-t-il une fois fini.

J'étais entièrement d'accord avec lui mais à ce moment-là, mes cordes vocales refusèrent de le lui confirmer. Il me contemplait avec une telle profondeur que j'en étais complètement déboussolée.

— J'aimerais qu'on teste quelque chose qu'on n'a encore jamais testé tous les deux... ajouta-t-il.

Je le scrutai, très inquiète. Nous avions essayé pas mal de choses sur le plan sexuel alors sa requête ne me rassurait pas du tout.

Qu'avait-il derrière la tête ?

J'écarquillai les yeux alors que toutes les positions du Kamasutra les plus saugrenues me passaient par l'esprit.

Laquelle avait-il sélectionnée ?

— Oh heu... je... bégayai-je.

Constatant mes réticences, il explosa de rire.

— Un film Netflix, ça te dit ?

Je restai sans voix. Mon amant voulait juste regarder un film en ma compagnie et passer un bon moment en toute complicité, rien de plus banal. Moi qui pensais que l'unique façon de satisfaire et de garder cet étalon était par le sexe... il me surprenait de plus en plus et c'en était extrêmement perturbant.

— OK ça me va ! lui rétorquai-je étonnée.

Il alluma la télévision du salon et lança le service de streaming en ligne.

— On regarde quoi ? lui demandai-je.

— Tout sauf de la romance, hein... on va éviter ! rigola-t-il. Un film d'horreur ?

— Va pour de l'horreur !

Notre choix s'arrêta rapidement sur un film que nous connaissions tous les deux, japonais de surcroît, *Le Cercle*. Il m'enjoignit de me nicher contre lui puis il nous couvrit tous les deux d'une énorme couette. Dans la pénombre, j'étais au paradis au contact de sa peau. Il me caressait l'épaule avec douceur du bout des doigts et j'en avais la chair de poule. Sentant mes frissons, il m'enveloppa de nouveau de la couette qui avait un peu glissé. Les minutes défilèrent et nous commentions le film de temps en temps.

— En fait, j'ai envie de te faire découvrir un truc drôle. Sans queue ni tête. Un truc que j'adore, m'annonça-t-il tout à coup.

Je ne savais plus quoi penser. Il se livrait à moi naturellement et se comportait comme si j'étais sa copine.

— C'est quoi ta connerie ? ris-je.

— Un mec tout droit sorti de *Street Fighter*, un T-Rex qui parle, Hitler et un rhinocéros flic. Le tout dans un truc déjanté. Tentant non ?

— Je dirais même, plus que tentant !

Il se connecta sur une chaîne YouTube et partagea avec moi une de ses vidéos préférées. Un moment léger, complice, pendant lequel nous ne pouvions nous retenir de rire. Je l'admirais bien plus que cette vidéo. Il était beau, il était parfait et j'avais encore envie de lui. J'étais devenue insatiable de son corps. J'attendis avec empressement le glas de fin. Mais étrangement, une fois l'épisode terminé, il me serra contre lui et me fit comprendre qu'il souhaitait aller dormir. Moi qui pensais faire l'amour avec lui toute la nuit durant, je m'étais trompée lourdement. Il se languissait juste de se coller contre moi et de s'endormir, sa bouche effleurant ma peau et son souffle caressant ma nuque. Il était tendre et tout aussi incroyablement déconcertant. Tomber amoureuse de lui était inévitable. Il était tout ce que mon mari n'était pas. Il était ma passion, mon instinct, mon addiction, ma folie. Il était l'homme dont j'avais toujours rêvé.

Chapitre 36

3 octobre 2018 — Dix mois plus tôt

— Non mais Laure, tu te rends compte ? Il a essayé d'acheter le silence de notre fils de sept ans !

Mon amie était passée me rendre visite suite à mon appel catastrophé. Valentin avait prévu de passer quelques heures à la salle de sport avec Florent. Nous étions donc seules avec les enfants. Installées toutes les deux dans mon salon pendant que les jumeaux s'amusaient dans le jardin, je lui racontais les dernières nouvelles. Laure était atterrée par le récit que je venais de lui rapporter. Elle avait du mal à donner une explication plausible au comportement de celui qui partageait ma vie.

— T'as parlé avec Noah ? me demanda-t-elle, soucieuse.

— Pas encore... je sais pas comment aborder le sujet. Je veux pas le brusquer. Si je veux que ça s'arrange, en gros, j'ai pas le choix que de prendre sur moi. Encore... j'en ai ma claque.

— Tu as une patience à toute épreuve, je sais pas comment tu fais. Y'a bien longtemps que je me serais barrée avec mes gosses moi, finit-elle par lâcher.

Elle avait sûrement un peu raison, juste un peu.

— C'est pas aussi simple, tu sais... je peux pas le quitter... je l'aime encore... même s'il me déçoit et me fait mal. Probablement sans même s'en apercevoir.

— Oui je sais bien ça ma belle... je dis ça mais en fait je suis pas toi et je sais pas vraiment comme je réagirais à ta place. Je comprends ton désarroi. T'es dans une impasse, se rattrapa mon amie. Tu penses que Valentin a pris la mesure de ses actes ?

— Vis-à-vis de Noah, je pense oui, il n'a pas arrêté de me dire qu'il s'en voulait et tout ça. Le fait que son fils ne lui parle plus semble réellement l'affecter.

— Ouais logique... mais vis-à-vis de toi ? Il s'en veut aussi ? Il s'est excusé au moins ? Pourquoi a-t-il fait ça ?

Je ne répondis rien. Il n'y avait rien à répondre de toute manière. Mon mari se fichait bien de ce que je pouvais éprouver. Je fis le vide autour de moi, je n'entendais plus rien. Je réfléchissais sans réellement me concentrer. J'étais ailleurs, j'avais cette impression de quitter mon enveloppe corporelle et de flotter. J'avais activé un mode de défense qui m'était propre pour atténuer au maximum mes angoisses et mes peurs. Je m'évadais. Je me déconnectais de la réalité et tentais par tous les moyens en ma possession de faire abstraction du reste. Mon corps ne réagissait plus. J'étais inerte, devenue une simple spectatrice d'une vie dont je n'étais plus maître, dont je ne contrôlais plus rien.

Laure posa sa main sur mon épaule et m'attira contre elle. Dans ces moments-là, elle comprenait qu'aucun mot n'était capable de me sortir de cette léthargie dans laquelle je pouvais plonger subitement sans aucun signe précurseur.

Je me laissais aller dans ses bras chaleureux ne combattant plus les larmes qui coulaient le long de mes joues.

Une chose était certaine, j'aspirais à plus. À bien plus que d'être reléguée au rang de celles qui préféraient se taire pour éviter les conflits. Je devais m'y confronter.

— Je peux tenter de lui parler si tu veux ? me proposa mon amie de toujours. Je refuse de te voir souffrir ainsi. C'est plus possible. Peut-être que si une personne extérieure lui explique, il pourrait...

— Il veut déjà pas aller voir l'hypnothérapeute... l'interrompis-je brusquement. Il estime qu'il a rien à dire. Que tout va bien de son côté. En gros, c'est moi le problème. Je vois donc pas ce que ça changerait.

— Eh bien dans ce cas, viens chez moi quelques jours... avec les enfants. Il finirait par voir qu'il y a un truc qui cloche dans votre couple !

— C'est gentil... mais je peux pas. Pour emmener les jumeaux à l'école, je devrais me lever plus tôt, ça me ferait un détour et ils se demanderaient ce qu'il se passe. Je veux pas les perturber plus qu'ils ne le sont déjà. Déjà Noah... dans un premier temps, faut que lui et moi discutions sérieusement.

— D'accord... mais sache que je suis là si tu as besoin... bon et sinon, à l'hôpital, ça va ?

Laure savait quand il était temps de changer de sujet. Je l'aimais pour sa compréhension et sa souplesse.

— Ben écoute, Madame Richard continue sa chimio toutes les trois semaines. Un sacré boute-en-train ! Elle arrive à plaisanter de sa situation... Beaucoup devraient prendre exemple. On discute, de tout et de rien. Elle se chamaille souvent avec son mari, c'est super drôle. Je l'apprécie beaucoup.

— Bon, et bien au moins une chose de positive si je peux dire...

— Je sais pas si mon couple à moi tiendra comme le leur... Son mari semble si amoureux... Il est patient, et s'occupe d'elle, c'est trop mignon, racontai-je d'un ton las. Bon et toi alors ? Avec Vincent ?

— Ben ça va. Il a changé...

— Il a changé depuis que tu as cédé à la tentation. Depuis que tu t'es résignée à mettre tes principes à la con à la poubelle !

— Quoi ? De quels principes tu parles ?

— Le principe de « je sors pas avec mon collègue » ! Depuis le départ, je savais qu'il te plaisait. Tu n'as jamais été aussi radieuse depuis que vous sortez officiellement ensemble !

— Oui je sais… Vincent est…

— Odieux ? plaisantai-je.

Laure ma tapa violemment sur l'épaule pour me montrer son mécontentement.

— Arrête de te moquer ! s'esclaffa-t-elle rougissante.

Des bruits de pas provenant de l'arrière de la maison nous indiquèrent que les enfants venaient de rentrer. Ils ôtèrent leurs bottes, leurs manteaux et les rangèrent soigneusement dans l'entrée.

— Maman ! On peut avoir un goûter ? me réclama Clémence, radieuse.

Ses joues étaient rosies par le choc thermique entre la température extérieure et intérieure. Si jolie, si insouciante. Ma fille était un véritable petit rayon de soleil. Je me devais de préserver son innocence le plus longtemps possible. Son frère à ses côtés me regardait, très silencieux.

— Clem, ça te dit de faire des crêpes avec tata Laure ?

Elle était maline Laure… très maline. L'expression enjouée de ma fille me redonna du baume au cœur. Elle entraîna mon amie à sa suite, direction la cuisine. Je les entendais s'affairer avec entrain.

— Pas de carnage dans ma cuisine toute propre, hein ?! criai-je à leur intention.

— Oui, chef ! rirent-elles.

Noah n'avait visiblement aucune envie de participer. Le moment était venu. Je devais profiter de ce laps de temps pour engager la conversation.

— Tu viens mon chéri, on va s'installer dans la véranda, lui proposai-je un peu anxieuse.

Il fronçait les sourcils.

Qu'est-ce qui pouvait bien se passer dans sa petite tête ? J'en avais peur.

Nous nous installâmes côte à côte. Il avait le regard éteint, à l'opposé de celui de sa jumelle et cela m'attristait.

— J'ai fait quelque chose de mal, maman ? s'inquiéta-t-il.

— Bien sûr que non mon ange ! le rassurai-je. Je voulais qu'on discute de ton papa.

Il souffla.

— Je veux pas parler de lui, dit-il fermement.

— Noah, écoute, je suis au courant de tout. Ton papa est inquiet. Il regrette ce qu'il s'est passé.

— Ah, tu sais ? Tu sais tout ? Vraiment tout ? Et t'es pas fâchée ?

— Oui je sais mon cœur, il m'en a parlé hier soir. Je suis désolée que tu aies pu entendre tout ça… vraiment. Ce sont des histoires de grandes personnes. Et je ne veux pas que tu en veuilles à ton papa pour ça. Il t'aime, c'est tout ce que tu dois retenir et c'est tout ce dont tu as besoin.

— Oui mais maman… rechigna-t-il.

— Je sais Noah, tu ne pourras pas oublier comme ça. Mais je te demande de faire un effort. Ce sont nos histoires d'adultes. Si quelqu'un doit être fâché contre papa, c'est maman... sûrement pas toi. Tu comprends ?

— Oui maman. J'aime pas quand toi et papa vous vous disputez. Ce qu'il a dit, c'était pas bien. Mais je vais faire des efforts.

Noah se rua dans mes bras. Il me serra si fort que j'en basculai presque en arrière.

— Tu es le petit garçon dont toutes les mamans rêveraient, tu le sais ça ?

Il me sourit et m'embrassa avec tendresse.

— Je t'aime très fort maman.

— Je t'aime aussi mon poussin. Plus que tout au monde.

— Plus que Clem ? profita-t-il.

— Je vous aime tous les deux pareil, petit filou !

Son petit sourire espiègle me conforta dans l'idée qu'il avait regagné un peu de joie de vivre, en espérant que cela dure. Un sentiment d'apaisement m'envahit alors. Je retrouvais l'humour sarcastique de mon fils de sept ans et j'en étais soulagée. Je désirais ardemment que les choses s'améliorent d'elles-mêmes. Le chemin était semé d'embûches, mais le bonheur était au bout de celui-ci. J'en étais persuadée. J'avais hâte de le toucher des mains. Je n'abandonnais pas. Malgré ces obstacles, je me relevais, confiante.

Chapitre 37

2 mai 2019 — Quatre mois plus tôt

Notre première nuit ensemble avait été à la fois fabuleuse mais tout aussi incommodante. Il était endormi à mes côtés, je n'osais trop remuer de peur d'outrepasser les limites, car non, je n'étais pas sa copine. Les yeux grands ouverts, je scrutais le plafond de la chambre. Il s'était retourné plusieurs fois et semblait dormir profondément. J'avais tout le loisir de le contempler. Allongé sur le ventre, la tête tournée de l'autre côté, je m'étais retenue de le toucher, le caresser, je m'y étais refusée. Je n'avais encore jamais remarqué que sa peau était parsemée de taches de rousseur qui lui octroyaient une allure beaucoup plus douce. Nous étions tous deux plongés dans l'obscurité. Alors que Morphée l'avait embarqué avec lui au pays des songes, mon cerveau était en ébullition. Je pensais à mon amant, je pensais à mon mari, je pensais à mes enfants, et à tout ce qui m'avait amenée à tomber éperdument amoureuse d'un autre. Je me demandais ce que je faisais ici. Mon esprit n'avait jamais été autant torturé que ce soir-là et le sommeil n'avait réussi à me capturer que pour quelques heures seulement.

Au petit matin, les rayons du soleil s'étaient faufilés entre les rideaux épais de la petite pièce, j'avais entrouvert les paupières avec difficulté, épuisée par ma courte nuit. Mon amant s'était, quant à lui, retourné machinalement et s'était pressé contre moi dans un geste affectueux incontrôlé. J'étais figée. Cela n'avait duré que quelques secondes tout au plus avant qu'il ne reprenne sa position initiale.

M'avait-il prise inconsciemment pour elle ?

C'était une question qui ne trouverait sans doute jamais de réponse.

Il s'était réveillé tout doucement, peinant à ouvrir les yeux. Puis en m'apercevant toujours à ses côtés, il m'avait considérée silencieusement quelques instants, un léger sourire ornant ses lèvres.

— Bonjour, m'avait-il murmuré. Bien dormi ?

— Bonjour… on va dire ça oui…

J'étais restée un peu à distance. Un creux d'une trentaine de centimètres nous séparait. Le temps semblait s'être arrêté. Nos lentes respirations brisaient cette ambiance apaisante. Aucun stress, uniquement de la légèreté. Nous étions dans une bulle et plus rien autour ne comptait.

— Viens dans mes bras… avait-il exigé en réduisant drastiquement l'écart entre nous deux. J'aime pas te savoir aussi près et aussi loin en même temps.

Devant sa force de persuasion naturelle et difficilement combattable, je m'y étais résolue. Son odeur matinale était différente, plus masculine, plus sauvage, encore plus attirante. Il avait commencé à me caresser avec délicatesse et nous nous étions regardés en silence. Je n'avais pas réussi à décoller mes rétines des siennes. Il me captivait. J'aurais pu vendre mon âme au diable pour être dotée de la capacité de lire en lui. Et puis, il avait commencé à remuer son bassin sous la couette, pour me faire comprendre qu'il avait envie de moi. Mon genou avait frôlé son entrejambe par mégarde et avait pu attester de l'ampleur de son désir pour moi.

— Déjà au garde-à-vous ? avais-je plaisanté.

Son sourire était immense. Il avait acquiescé d'un petit signe de tête en haussant un sourcil comme à son habitude. Autant dire que j'avais chaud... très chaud.

— Attends deux secondes, je reviens.

Je m'étais extirpée hors du lit pour aller rapidement me brosser les dents avant toute chose, la mauvaise haleine du matin ne devant pas me gâcher ce moment de plaisir intense. J'étais revenue quelques instants après et il me suivait du regard. J'avais l'impression d'être analysée, d'être passée sous son microscope. Rien n'avait échappé à son inspection minutieuse, chacune de mes formes, de mes courbes féminines ou encore ma manière de me mouvoir. Je me sentais magnifique à ses yeux et c'était tout ce qui était important. Comme prévu, nous avions fait l'amour avec tendresse et les sensations qu'il me procurait étaient sans comparaison.

— Le deal était de se voir un peu moins, n'est-ce pas ? lui demandai-je avec sérieux alors que je me rhabillais.

— Je t'envoie un message ?

C'était la première fois que nous n'avions aucune visibilité de la date de notre prochaine entrevue et c'était compliqué à gérer pour ma part. Cette habitude de le voir chaque semaine m'allait parfaitement. Évidemment, je ne pouvais en vouloir à personne d'autre qu'à moi-même, j'étais celle qui le lui avait proposé... ou plutôt imposé. Il n'avait pas dit oui, il n'avait pas dit non... il était resté muet face à ce choix. Mais son silence m'avait laissé entendre qu'il avait accepté.

Et puis, quelques jours étaient passés. Aucune nouvelle de sa part. Je stressais, je ne pensais plus qu'à lui. J'avais donc décidé de prendre les devants et de lui envoyer un message accompagné d'une photo coquine. Ce n'était pas mon genre habituellement, mais pour relancer le désir, il fallait taper plus fort encore. Je devais le surprendre, attiser sa curiosité, embraser de nouveau la flamme ardente entre nous.

Il était certain qu'il l'avait reçu… mais non, rien. Pas de réponse.

À quoi jouait-il ?

Et puis, enfin, après une longue attente stressante, il refit surface une semaine plus tard.

[Salut toi… J'ai très envie de te voir cette semaine car oui… ça me manque un peu… enfin un tout petit peu. Le truc c'est que cette semaine c'est compliqué en termes d'horaires, j'ai un collègue absent et je dois reprendre ses cours à sa place, pour aider. C'est chiant. Ah et en ce qui concerne l'envoi de photos coquines, je dois avouer que c'est très, très appréciable mais pas par SMS, envoie plutôt sur notre messagerie. Reviens dessus, c'était bien plus simple pour communiquer.]

Il était vrai que j'avais supprimé tous mes accès le mois précédent dans un excès de rage. J'avais donc décidé de me recréer une autre adresse email pour que nous puissions communiquer de nouveau plus facilement via messagerie instantanée. Très vite, un jeu d'échanges s'était installé entre nous, des tas de piques, de petits sous-entendus explicites et très croustillants. Je lui avais expliqué aussi que si nous ne pouvions pas trouver un arrangement pour nous rencontrer cette semaine-là, il allait être très compliqué de s'organiser. Dans un sens, cela m'aurait permis de constater si son impatience surpassait la mienne. Malheureusement, aucun compromis n'avait été trouvé.

Notre face-à-face fut encore reporté étant donné que pour moi, la mauvaise semaine du mois se profilait. Il était hors de question d'envisager une rencontre pendant cette période, j'étais catégorique à ce sujet. Cela avait donc différé notre entrevue érotique à quinze jours plus tard, soit pratiquement un mois complet sans se voir. Pour moi, c'était impensable, mais de toute évidence, inévitable. Ce n'était pas ce que je voulais. Si nous n'étions pas en phase, il fallait y remédier. Nous devions poser des règles.

La date fut finalement calée au 2 mai. J'étais excitée comme une puce. Je ne tenais plus en place. Quand je le vis face à moi, encore plus sexy que la dernière fois, j'en tombai à la renverse. Mais avant même qu'il ne se passe quoi que ce soit entre nous sur le plan physique, nous devions avoir une petite conversation. Rien n'était clair entre nous.

Face à la fenêtre de l'appartement du salon, je lui tournais le dos pour éviter de lui succomber.

— Sérieusement, se voir moins, OK, mais attendre un mois entre-deux... c'est beaucoup trop. Je peux pas, ça ne me convient pas. C'est pas ce que je recherche avec toi. Je préférerais stopper là si cela devait continuer ainsi. Tous les quinze jours, voire trois semaines OK, mais ne pas savoir quand, c'est trop compliqué à gérer pour ma part. Je te laisse le choix. Soit toutes les deux semaines, soit toutes les trois semaines. Et pour ton info, on ne fera rien, tant que tu ne m'auras pas répondu et si tu réponds pas, eh bien... je m'en irais... là... tout de suite.

Wow, c'était vraiment sorti de ma bouche, je n'en revenais pas. J'étais terrorisée à l'idée qu'il refuse de se prendre autant la tête. Notre relation était censée être légère et non aussi réglementée. Mais mon tempérament organisateur et anticipateur avait malheureusement encore pris le dessus. J'étais allée trop loin. J'allais en subir les conséquences. Mais c'était sans compter sur son calme légendaire et son assurance.

— Arrête, on sait très bien tous les deux que tu partiras pas sans qu'on n'ait fait ce pour quoi nous sommes là.

— Me défie pas, je déteste ça. T'es franchement trop sûr de toi. J'ai des tendances très impulsives. Je prends des décisions sur des coups de tête et tu en as déjà fait les frais. Alors ? lui rétorquai-je d'un ton ferme en faisant volte-face en sa direction.

Putain de merde, il est trop sexy ! me dis-je dans ma tête.

Il se pinça la lèvre inférieure et s'approcha de moi d'un pas félin. Mon rythme cardiaque s'accéléra. Ma conscience me répétait continuellement de ne pas céder.

Repousse-le ! Repousse-le ! me hurlait-elle.

Il était bien plus raisonnable de l'écouter… et pourtant, malgré toute la meilleure volonté du monde, j'abdiquai. Je le laissai m'embrasser et l'embrassai à mon tour dans l'impossibilité de résister. Encore et toujours cette attraction inconcevable, inextricable…

— Stop… s'il te plaît… a… a… alors ? balbutiai-je entre deux baisers.

— Tout ce que tu veux. Absolument tout ce que tu veux. Tu le sais pertinemment.

*

— J'ai la dalle, on mange ? me lança-t-il d'un air décidé alors que nous étions l'un contre l'autre.

— On prend à emporter ?

— Non, on va à l'extérieur. Je t'invite. Tu choisis.

— Je sais pas, y'a quoi dans le coin ?

— Mexicain, italien, sushis !

— Des tacos ?

— Je sais pas pourquoi mais je savais que tu allais dire ça ! s'amusa-t-il. Ils en ont de très bons mais prépare-toi, ils sont super costauds.

Ce n'était pas prévu. Nous n'avions pas prévu de sortir déjeuner ensemble. Encore une fois, il me surprenait. Sur la route qui nous menait au restaurant, nous discutions comme de vieilles connaissances, comme si nous étions un couple. Nous ne nous donnions pas la main. Contrairement à la dernière fois, nous étions en pleine journée et à la vue de tous, la discrétion était donc de rigueur.

— Alors ? On se voit toutes les deux ou trois semaines ? le relançai-je. Crois pas que j'abandonne aussi facilement beau gosse. Tu m'as dit, je cite, « Tout ce que tu veux », certes, mais tu ne m'as pas vraiment répondu. Faut mettre des règles pour éviter de se poser dix mille questions entre deux rencards.

Il se retourna vers moi et plongea ses iris verts dans les miens.

— Disons alors tous les quinze jours et… toutes les trois semaines au cas où l'un de nous deux aurait un empêchement. Ça te va ?

Je souriais. Il avait répondu exactement comme je le souhaitais. L'homme qui me faisait face était tout bonnement… la perfection incarnée. C'en était limite trop beau pour être vrai.

Chapitre 38

22 novembre 2018 — Neuf mois plus tôt

— Alors… est-ce que cela se passe mieux entre Noah et son père ?

Elisa Dutilleul me posait la question mais elle en connaissait pertinemment la réponse. Son expression concentrée m'ébranlait quelque peu. Je chancelais alors qu'elle m'examinait de son œil avisé. Comme à chaque séance, j'étais totalement mise à nue sous son regard inquisiteur, parfois en complète confiance, parfois bien trop disséquée. Cette fois-ci, je n'étais pas réceptive, mais plutôt en retrait et un peu braquée. C'était un mauvais jour pour ma part et malheureusement, mon humeur taciturne ne facilitait pas les échanges avec mon hypnothérapeute dont la présence avait pour seul but de m'ouvrir la voie vers la reconstruction.

Nous nous étions vues quatre fois depuis les aveux de mon mari. Sa confession n'était due qu'au fait qu'il se soit senti coincé. Plusieurs semaines s'étaient écoulées et j'avais besoin de vider mon sac, de trouver conseils et soutien auprès d'une personne neutre et objective. Ce qui n'était pas forcément le cas de ma meilleure amie, qui prenait automatiquement parti contre Valentin.

— Noah n'est pas très naturel avec son père. Il fait des efforts surhumains pour laisser de côté son tempérament rancunier. Du coup, il a opté pour un humour sarcastique qui a le don d'énerver mon mari au plus haut point.

— C'est un petit garçon visiblement très en colère.

— Je ne sais plus trop quoi faire. Valentin m'a tout avoué. J'en ai parlé avec Noah qui m'a promis qu'il ferait des efforts. Et il en fait, c'est pas ça... mais je sais pas... quelque chose m'échappe. Vous savez, comme s'il me manquait un morceau du puzzle. Une toute petite pièce qui me ferait comprendre l'ensemble... je suis démunie face à tout ça. Il n'a que sept ans et déjà toute cette rage en lui. J'avoue que cela me fait un peu peur. J'y pense sans cesse. Je veux l'aider mais je ne sais pas comment. Vous voyez où je veux en venir ?

— Je vois tout à fait, oui. Je comprends votre inquiétude, très légitime. J'ai une connaissance spécialisée dans la psychologie pour les enfants et adolescents. Je peux vous la recommander. Il pourrait être bénéfique d'en faire profiter Noah. De ce que vous m'en dites, il a besoin de se confier et de se décharger de toute sa rancœur.

Le tic-tac de l'horloge m'agaçait. D'ordinaire, je n'y prêtais aucune attention mais là, il résonnait de plus en plus fort dans ma tête et j'en faisais une fixette. Je me rongeais les ongles. Le bout de mes doigts n'avait plus rien de féminin. La jolie rousse me tendit une carte de visite sur laquelle était inscrit le nom d'une de ses consœurs. Je m'en saisis rapidement et la glissai dans ma poche de veste tout en la remerciant. Son regard s'attarda sur l'état catastrophique de mes mains et un sentiment de honte m'envahit alors. Je me hâtai de les cacher avec l'aide de mes manches.

— Vous semblez stressée... il y a autre chose, je me trompe ?

Rien ne pouvait lui échapper, cette femme était un vrai radar émotionnel.

— Notre anniversaire de mariage arrive le mois prochain, lançai-je tout de go.

Elisa Dutilleul resta silencieuse, attendant patiemment que j'en vienne directement à la source de mes tracas intérieurs.

— Nous fêterons nos dix ans de mariage, le 13 décembre.

Un sourire égaya le visage inexpressif de celle qui connaissait le moindre de mes secrets, de celle à qui je confiais mes pensées les plus sombres et inavouables.

— Ah, c'est l'occasion idéale pour renouer, n'est-ce pas ? Avez-vous prévu quelque chose en particulier ?

— C'est bien ça le problème...

— Que voulez-vous dire ?

— Il ne retient pas forcément les dates... souvent, c'est moi qui y pense. C'est moi qui organise. L'anniversaire des enfants... le mien... si je prends pas les devants, il ne le fera pas de lui-même. Il attend que ça se fasse tout seul, j'imagine. Pourtant, c'est pas comme si je ne mentionnais pas intentionnellement la date de l'anniversaire des jumeaux plusieurs semaines à l'avance...

L'air compréhensif de mon hypnothérapeute me rassura un chouïa.

— Peut-être serez-vous surprise cette année ? Avec ce qu'il s'est passé ces derniers mois, il est probable qu'il veuille se rattraper ? Vous ne pensez pas ?

— L'espoir fait vivre... lâchai-je d'un ton las et résigné. Faudrait-il encore que Valentin prenne la mesure de ses actes. Il en est bien loin.

— Vous n'y croyez pas ?

— Pas un seul instant.

— Je peux comprendre... voyons les choses autrement. Pour que vous ne soyez pas déçue, que devrait-il faire ?

— Une soirée particulière, romantique… mais si déjà il n'oubliait pas cette date importante, ce serait déjà énorme. Je suis pas si exigeante… un bouquet de fleurs ?

— Donc… vous vous contenteriez qu'il vous souhaite un joyeux anniversaire de mariage uniquement ?

— Oui… même si évidemment, j'en espère tellement plus. Ce sont nos dix ans de mariage, c'est un jour exceptionnel… mais je veux pas me faire de faux espoirs. Je préfère donc partir défaitiste.

— Valentin ne souhaite toujours pas vous accompagner lors d'une de nos séances ?

Je ricanai de nervosité.

— Il ne viendra jamais. Il estime qu'il n'a aucun problème… c'est l'hôpital qui se fout de la charité… surtout quand on sait qu'il considère les femmes comme des objets sexuels, ironisai-je.

— Je ne suis pas certaine que ce soit réellement le cas… après il faudrait que je puisse lui parler en direct pour l'attester par moi-même. Je pense qu'il possède un tempérament assez machiste dû à une éducation où le père dominait sûrement la mère. Il veut aussi probablement en jeter plein la vue à ses amis éduqués de la même manière.

— Une espèce de concours en quelque sorte… en outre, lequel d'entre eux possède la plus grosse et pissera le plus loin ? plaisantai-je.

— C'est, en effet, une façon de voir les choses. Comment se comporte-t-il avec vous à la maison ?

— Il ne fait rien. C'était ça votre question ? Il attend que je fasse tout. Je n'en peux plus. J'ai l'impression d'avoir un troisième enfant à charge. Cela devient de plus en plus épuisant, oppressant. J'ai déjà pensé à le quitter, à divorcer, mais j'en suis incapable. Je suis lâche.

Le divorce. Eh oui, ce mot faisait peur. Une décision très lourde de conséquences.

Avec mon hypnothérapeute, nous avions enfin entamé un sujet délicat et terriblement angoissant. Elle me mit face à moi-même et m'encouragea à me poser les bonnes questions avant d'en arriver à envisager sérieusement une telle extrémité.

Est-ce que je me sentais délaissée par Valentin ?

À cette question, la réponse était, bien entendu, plus qu'évidente. Je n'étais plus le centre d'intérêt de mon époux depuis bien longtemps.

Étions-nous encore capables de communiquer, d'échanger, de nous écouter mutuellement ?

Malheureusement, cela n'allait que dans un sens, le sien. Je m'investissais bien plus dans notre relation que lui.

Étais-je encore heureuse dans mon couple ?

Encore une fois, la réalité était d'une profonde tristesse. Non. Je ne vivais pas dans un bonheur absolu. Je n'étais pas comblée.

Pourquoi n'étais-je pas encore partie ?

Devant cette interrogation, deux arguments imparables cohabitaient contre tous les autres et penchaient la balance en faveur de la continuité de notre famille. D'un côté, nos enfants, qui avaient besoin autant d'une figure paternelle que maternelle et de l'autre, mes sentiments à l'égard de mon époux, toujours bien présents. Oui, je l'aimais. Je l'aimais toujours. Et dans un sens, je devais me donner tous les moyens possibles pour nous sauver. Un vaste chantier en ruines à reconstruire. Prête à poser la première brique, je n'attendais qu'une seule chose, que Valentin pose les suivantes.

Sur ces quatre questions, même si les trois premières obtenaient un score très négatif, la dernière plus positive, les éliminait toutes et ce, à elle seule.

— Je pense que je vais le laisser gérer et juste observer. Voir s'il pense à nous, s'il pense à moi. Cela m'aidera sûrement dans mes réflexions.

Chapitre 39

3 juin 2019 — Trois mois plus tôt
« *Une femme repousse parfois ce qui la charme le plus* »
William Shakespeare.

Une citation des plus véridiques. Ce dramaturge anglais était un grand homme, un précurseur, un visionnaire. Il était sensible aux histoires d'amour impossibles et moi, j'en vivais une.

Refusant de céder à l'appel de contacter mon amant la première, je devais me faire violence pour résister à la tentation. J'avais lu et relu tous nos échanges, des dizaines et des dizaines de fois. Je m'étais imprégnée de chacun de ses mots, de ses envies, de ses émotions. Il avait d'ores et déjà pris une place importante dans mon cœur. J'avais besoin de lui. Il m'était vital. Il était mon équilibre.

Je voguais à contre-courant. Je combattais ce désir ardent et de plus en plus fort le concernant. De hautes vagues me frappaient de face, et m'empêchaient d'avancer en ligne droite et sereinement. La mer était terriblement agitée mais je m'évertuais à l'affronter. J'étais prise au piège dans une tempête de sentiments. J'avais peur de l'aimer. Peur de le laisser me posséder tout entière que ce soit physiquement ou mentalement, mais il était déjà bien trop tard pour s'en inquiéter.

Je m'étais repassée en boucle, dans ma tête, notre nuit ensemble, sa tendresse inattendue, cette complicité réelle qui se créait entre nous, ses efforts pour renouer, son naturel. Même si j'étais convaincue que nos sentiments l'un pour l'autre étaient partagés, de toute évidence, nous luttions tous deux avec force contre cette idylle naissante.

Une semaine s'était écoulée depuis notre dernier rendez-vous. Chaque jour, je contrôlais mon téléphone pour voir s'il m'avait contactée et chaque jour était une désillusion de plus.

Puis dix jours. Je désespérais. Je fulminais, mais je refusais toujours de flancher, c'était une question de dignité, une question d'ego, de fierté. Je pouvais, non, je devais y arriver. Ma crédibilité était en jeu. Il était ma faiblesse et il était inconcevable que je la lui serve sur un plateau. Aucune envie de lui tendre une arme dont il pourrait se servir contre moi à l'avenir. Et puis, contre toute attente, il avait été celui qui avait capitulé.

[Salut toi... Aucune nouvelle de ta part... j'espère que tu n'es pas en colère ou autre. J'ai une petite mais encore une toute petite envie de te voir... mais j'aimerais cette fois-ci qu'on se retrouve ailleurs que chez mon pote]

Douze jours. Douze jours pour obtenir sa soumission à la grande gagnante de notre bras de fer. Et j'en étais plus que ravie. Une vraie victoire. La domination de la gent féminine sur la masculine. J'en avais assez de passer pour une groupie accro et en manque. Il m'avait promis de me donner des nouvelles tous les deux ou trois jours maximum. Nous nous étions quittés sans prévoir la prochaine date de rencontre et j'étais dans le flou total, chose que je détestais par-dessus tout. Avec lui, je ne maîtrisais rien. Je devais me laisser porter par le vent et cela m'était insupportable. Malgré ces obstacles, j'avais maintenu le cap, et respecté mon objectif : ne pas craquer en premier.

[Hello... ben pas de nouvelle de ta part non plus ! Et non, je ne vais pas m'énerver car tu ne respectes pas les règles qu'on s'est

fixées. Même si je dois avouer que ça m'agace un peu beaucoup.
C'est quoi tes dispos ? Et tu veux qu'on se retrouve où ? Sauna ?
Hôtel ?]

Il m'avait raconté que la semaine précédente, il était assez indisponible. Cela n'expliquait pas vraiment son silence et n'était pas une excuse. Un petit message ne prenait que quelques secondes.

Il m'avait communiqué son planning pour que nous puissions nous caler un moment. Il n'avait pas encore réfléchi à l'endroit mais la possibilité de nous retrouver dans un lieu différent était une excellente idée car cela aurait d'autant plus relancé notre appétit sexuel.

[Tu savais pertinemment que j'allais pas forcément respecter les règles... c'est pas mon genre]

Celle-là… je ne l'avais clairement pas vue venir. Il me provoquait et me narguait. Il m'excitait encore plus quand il adoptait sa facette d'homme intouchable et indomptable. J'aimais ce côté taquin et impertinent bien plus que je ne voulais me l'avouer.

Mais le laisser jouer avec moi ainsi ?

Il en était hors de question. J'avais ignoré intentionnellement sa dernière remarque et commencé à chercher un endroit discret pour nous revoir. Je lui avais fait parvenir quelques-unes de mes trouvailles qui restèrent sans aucune réaction de sa part. Encore une fois, plus de nouvelles pendant quelques jours. J'enrageais.

J'en avais assez de ce comportement. J'avais toujours cette même impression d'être à la disposition du bon vouloir de monsieur. J'avais donc décidé, dans un pur élan vindicatif, de l'imiter. Je ne me connectais plus. Je ne le contactais plus. Je patientais.

[Hello toi, je regarde et je te tiens au courant demain matin]

J'avais choisi de ne pas lui répondre. Comme promis, il m'avait relancée le lendemain.

[Salut... bon j'ai regardé, c'est sympa oui !]

Je l'avais ignoré. Encore. Il allait finir par se poser des questions. Enfin, c'était ce que j'espérais. Le lendemain, un nouveau message m'attendait.

[Demain je bosse l'après-midi, pour l'instant je ne connais pas le reste de mon planning. Je ne sais pas trop pour le SPA mais un des hôtels que tu m'as proposés me tente bien.]

Il me faisait sortir de mes gonds. Il ne proposait pas de dates pour se voir. Ses messages étaient vides de sens. Je voulais qu'il me montre son impatience, son désir. Mais là, rien. Le néant. Un nouveau message arriva le jour suivant.

[Je suis libre demain si tu veux]

Je jouais dangereusement. Je voulais me faire désirer. Même si pour cela, cela devait me revenir droit dans la figure. Je l'avais laissé poireauter une journée de plus avant de lui faire un retour.

[Coucou ! Comment tu vas ? Désolée de revenir vers toi aujourd'hui seulement... semaine chargée. Aujourd'hui, c'est chaud cependant, j'aurai pas trop le temps. Demain après-midi ?]

Ce n'était qu'un tout petit mensonge. Un tout petit mensonge. J'étais bien disponible mais lui ne s'en doutait pas. J'avais besoin de sentir qu'il était aussi empressé que moi.

Aucune réponse. Il n'était pas bête. Il avait tout compris. J'avais décidé de rattraper le coup en tentant le tout pour le tout. Un gros coup de bluff.

[Écoute, tout ça me gave franchement. Au début, on arrivait à se caler sans avoir trois semaines entre-deux pour se revoir. Au moins on communique, au moins on se voit, au plus la lassitude

s'installe. Donc tu prends ton tel et tu m'appelles. Je devrais être
dispo à partir de quinze heures. Sinon tant pis, on en reste là.
Tout ça est une perte de temps pour moi.]

J'avais regretté mon message à l'instant même où j'avais cliqué sur le bouton envoyer. Après une petite heure, la peur et l'angoisse qu'il ne le prenne mal m'avaient submergée. Pour ma part, les ultimatums provoquaient tout l'effet inverse. Je détestais être forcée à faire un choix. Je détestais être défiée. Je faisais tout l'opposé, exprès.

En serait-il de même pour lui ?

[Voilà ce que tu rates... la communication est la base. On passe notre temps à jouer au chat et à la souris. Arrêtons et profitons. Ton corps me manque... ta bouche... ton odeur...] avais-je rebondi avec une jolie photo sexy en guise de visuel.

Je me sentais minable. J'avais joué… j'avais perdu. Les heures suivantes avaient été intenables, bien plus que les deux semaines précédentes. Elles signaient l'arrêt ou non de notre liaison.

[Hum... quel joli corps, ça me manque aussi, on va devoir se voir rapidement, je suis d'accord. On voit ça pour la semaine pro ? Je t'appelle dans moins de vingt minutes si tu veux]

Comme promis, son prénom s'était affiché moins d'une demi-heure après sur mon écran de téléphone. J'étais aux anges. Je sautillais de joie. Le timbre particulier de sa voix m'avait manqué. Je l'avais senti pressé, heureux de me parler. Nous avions convenu de nous voir le lundi suivant, le 3 juin et je m'étais arrangée pour m'adapter à ses horaires.

En me réveillant ce matin-là, j'étais anxieuse. Un mois déjà était passé. Même si les règles posées n'avaient pas été respectées, je m'en fichais. Je ne pensais plus qu'à le retrouver.

[Hâte de te voir, j'ai l'impression que cela fait trop longtemps qu'on ne s'est pas vus.] m'envoya-t-il au saut du lit.

Le début d'après-midi se faisait désirer. Au moment où je m'apprêtai à décoller, je reçus une nouvelle notification de sa part, qui m'acheva littéralement.

[Désolé... mais on va devoir reporter notre rendez-vous à demain, mon pote a besoin de mon aide. Avec sa copine, ça craint et elle est partie. Désolé mais je peux pas le laisser seul comme ça, il a besoin de moi. Et en plus ma copine est aussi au courant, elle a donc posé son après-midi. J'ai largement plus envié d'être avec toi mais voilà... les priorités. Bref, encore désolé, ça me laisse le temps de réserver un hôtel pour demain]

De peur que je ne reçoive pas son message, il me le fit parvenir aussi par SMS.

[Salut, je sais pas si tu as vu mon message mais si tu l'as pas lu, tu vas me détester...]

J'étais dégoûtée. Mais je comprenais. Mais j'étais dégoûtée.

[Oui, j'ai vu ton message à temps, j'allais partir.]

Ma réponse était froide, mais elle témoignait de mon immense déception. Ce n'était que partie remise. Au lendemain. Je n'étais plus à un jour près.

Chapitre 40

13 décembre 2018 — Huit mois plus tôt
Dix ans de mariage.

Trois années de bonheur et de légèreté puis sept de montagnes escarpées à gravir avec la force et la volonté de chaque membre de la famille.

Parfois, c'était la surprise de s'attaquer à une zone bien plus abrupte pendant la montée ou au contraire, à une étape plus accessible et aisée.

Parfois, c'était glisser à cause d'une contrariété et se rattraper aux branches et pierres que l'on pouvait avoir sous la main.

C'était se ressaisir en se donnant du courage, s'entraider et ne jamais laisser l'un des siens en difficulté pour finalement reprendre l'ascension de ce haut relief représentant notre vie ensemble.

La vue de là-haut était imprenable. Nous l'avions entraperçue au début, mais la dure réalité nous en avait éloignés. Le bonheur, l'amour et la paix y coexistaient en toute quiétude, loin des soucis et des tourments. Autant dire un lieu quasiment impossible à préserver sur le long terme.

Le jour de notre anniversaire, je devais travailler et Valentin aussi, ce qui n'était en soi pas très étonnant. Il était tôt. Je dormais paisiblement. Mon sommeil se faisait un peu plus léger. Les doux rayons du soleil, s'infiltrant entre les lattes des volets roulants de notre chambre, me caressaient le visage.

Tournée vers le mur, je sentais mon mari quitter doucement le lit conjugal en remuant le moins possible. Je ne bougeais pas. J'espérais qu'il me réveille en me murmurant les seuls mots que je rêvais d'entendre.

Joyeux anniversaire de mariage ma chérie !

Mais il ne me le souhaita pas. Il se prépara comme à son habitude le plus silencieusement possible et partit très tôt pour le bureau. La tête posée sur l'oreiller, les paupières fermées, je retins difficilement un sanglot.

Comment avait-il pu oublier ce jour si particulier, si important pour moi ?

La journée commençait mal, très mal.

Ce fut Clémence qui se leva la première, solaire, comme à son habitude. Un sourire des plus radieux et auquel j'enviais le naturel. Noah était égal à lui-même, nonchalant et bien trop réfléchi pour son âge. Je tentais de leur cacher mon désarroi, mon chagrin. Je souffrais en silence, une faculté que je maîtrisais, à ce stade de ma vie, à la perfection. Une fois tous les trois prêts, j'emmenais les enfants à l'école comme si de rien n'était. Un bisou, un « Je vous aime, à ce soir, travaillez bien ! » et ils n'y avaient vu que du feu.

Malheureusement ou heureusement, ce ne fut pas du tout le cas de Madame Richard.

— Oh, vous, ce n'est pas un bon jour... je me trompe ? me souffla la vieille dame de sa voix rauque.

— Vous lisez dans mes pensées Madame Richard...

— Non, juste votre expression fermée. Je suis bien loin d'avoir le don de télépathie ma chère. Voulez-vous en discuter ?

Je n'en avais pas vraiment envie, mais me plaindre auprès d'elle était une sorte d'antidouleur. Telle une superhéroïne d'une bande dessinée, elle avait un pouvoir d'empathie extraordinaire et réussissait à s'emparer de toute la noirceur et la tristesse des gens qu'elle côtoyait.

— Il a oublié. Il a oublié notre anniversaire de mariage.

— Oh ! Le con ! lâcha-t-elle sans retenue.

— Je ne vous le fais pas dire… répondis-je à la fois d'un ton blasé et amusé par tant d'impolitesse.

— Les hommes n'ont pas de cervelle !

— Hélas, je ne saurais vous contredire.

— S'il a oublié de vous le souhaiter ce matin, il y a de grandes chances qu'il ne s'en rappelle pas plus le reste de la journée… de lui-même en tout cas…

— Mouais… je m'étais fait des films, vous savez. J'ai mis la barre bien trop haut. J'aurais dû m'en douter. Cette belle soirée romantique pour nos dix ans de mariage me semble compromise.

— Dix ans de mariage ? Non mais désolée… mais là c'est trop. Mais quel gros con ! Il ne vous mérite pas ! Mon Joseph n'avait pas intérêt à oublier nos anniversaires de mariage, sinon il savait qu'il aurait passé un sale quart d'heure ! scanda-t-elle en enfilant sa tenue de féministe aguerrie.

Devant Madame Richard, je me laissais aller à fondre en larmes car elle avait raison.

— Oh, ne vous mettez pas dans un tel état pour lui. Il ne sait pas quelle chance il a de vous avoir, tenta-t-elle de me réconforter. Vous ne le changerez malheureusement pas. Allez-vous lui dire ce soir ?

— À quoi bon ? Il me trouvera je ne sais quelle excuse. Le travail, pas de tête, la fatigue… j'ai bien trop peu d'énergie pour me disputer une fois de plus avec lui.

— Dans ce cas, écrivez-lui. Cela aura bien plus d'impact, je peux vous l'assurer. Écrivez-lui vos émotions, ce que vous ressentez, votre chagrin, votre colère.

— Vous croyez ? reniflai-je en m'essuyant les yeux et le nez avec un kleenex.

— Oui. Écoutez-moi, je vous assure qu'il n'en prendra conscience qu'en le mettant face aux faits. Faites-le en toute bienveillance. Transcrivez vos sentiments à l'aide d'un crayon. Laissez-vous guider par votre plume. Et même s'il ne réagit pas comme vous le souhaitez, malgré cela, pour vous, ce sera une excellente thérapie, une libération.

La vieille dame était devenue une amie à laquelle je me confiais. La maman que je n'avais jamais eue. De gros différends nous avaient éloignés, mes parents et moi. Ils étaient bien trop bornés, incapables de se remettre en question. Ils n'étaient pas fans de l'homme avec lequel je voulais passer le reste de ma vie mais je me fichais de leur avis. Nous nous étions mariés le plus rapidement possible sans leur aval, en catimini. Lorsqu'ils l'avaient su, ils m'en avaient voulu. Ils m'en avaient voulu de l'avoir choisi lui au lieu d'eux.

— Tu fais une énorme erreur ! m'avait crié ma mère d'un ton dédaigneux.

— Si tu te maries avec lui, compte plus sur nous ! avait ajouté mon père, méprisant.

Et j'avais décidé de les confronter et de le choisir, lui, Valentin. Depuis ce jour, ils avaient tout simplement oublié qu'ils avaient une fille. Ils n'avaient pas émis l'envie de connaître leurs petits-enfants. Et sincèrement, ils ne me manquaient pas. J'avais ma famille à présent. Seuls, Valentin, Clémence et Noah comptaient à mes yeux. Ils m'étaient indispensables. Parfois, je me demandais au vu de ce que je vivais avec lui s'ils n'avaient pas raison, s'ils ne voulaient juste pas me protéger.

— Merci Madame Richard. Merci pour vos précieux conseils, merci pour votre écoute. Qu'est-ce que je ferais sans vous ?

— Je vous en prie... et dites à votre mari que s'il ne se remet pas en question, je viendrai m'occuper de son cas... et ce sera pas beau à voir ! ironisa-t-elle. Je vais lui faire voir de quel bois je me chauffe moi !

Plus tard, dans la soirée, après une journée de travail compliquée, assise dans mon lit, je suivais les suggestions perspicaces de ma patiente, j'écrivais. Je résumais en quelques lignes comment j'avais vécu nos dix ans de mariage.

[Aujourd'hui, j'ai pleuré.

Ce matin, tu as considéré ce jour comme un jour comme tous les autres.

Tu t'es levé, sans un baiser, sans m'adresser un bonjour.

Je t'ai entendu te préparer dans le plus grand silence.

Tu es parti, sans même me dire au revoir, ni à moi, ni aux enfants.

Et puis quelques heures plus tard, à l'hôpital, je n'étais pas concentrée.

J'étais à deux doigts de faire une erreur qui aurait pu être fatale.

Je t'en voulais.

Je t'en voulais de nous avoir oubliés.

À midi, j'ai pleuré.

Lorsque je me suis rendu compte que la seule personne qui avait pensé à nous était en fait ma meilleure amie.

J'avais reçu un SMS de Laure « Bon anniversaire à vous deux, passez une bonne journée »

Toute la journée, j'ai attendu.
J'ai attendu un signe, un message de ta part.
J'espérais secrètement que tu te souviennes de ce jour particulier.
Malheureusement, c'était peine perdue.
Tout espoir était vain.

Ce soir, j'ai fait face.
J'ai agi comme d'habitude.
Je suis restée calme.
Tu n'as rien remarqué.
Je me suis occupée des jumeaux.
Je t'ai préparé ton repas, tu étais heureux.

Et puis, plus tard, je me suis effondrée.
Seule, dans notre lit, dans le noir.
Tu ne t'es même pas posé de questions.
Pourquoi allais-je me coucher quasiment en même temps que les enfants ?
La fatigue. Sûrement la fatigue. Elle avait bon dos la fatigue.

J'ai pleuré... de nouveau en t'écrivant mes pensées les plus profondes.
Madame Richard, une grande femme... m'a écoutée et conseillée.
Je ne méritais pas cela. Aucune épouse ne mérite que sa moitié oublie une date aussi importante.

Nos dix ans de mariage.
Dix années passées à la trappe.

Tu te trouveras probablement une excuse minable pour justifier cet oubli.
Mais tout ce que moi, j'aimerais entendre, c'est « Désolée chérie, j'ai merdé, pardonne-moi »
Des erreurs, on en fait tous, après il faut savoir les assumer. En seras-tu capable ?
Ces derniers temps, tu en as fait beaucoup et j'arrive à saturation.
Prends donc tes responsabilités car cela ne pourra clairement plus durer.

Non, je ne méritais absolument pas que tu me délaisses ainsi. Que tu nous oublies.
Si tu as encore un minimum de respect pour moi, tu resteras dormir sur le canapé et me laisseras seule cette nuit.

Alors oui, aujourd'hui, j'ai pleuré. Mais tu étais à mille lieues de t'en inquiéter.
Il est trop tard pour te rattraper car il sera bientôt minuit
Je te souhaite quand même une bonne nuit et un joyeux anniversaire de mariage.]

La journée était vite passée. J'avais écrit, non à l'aide d'un crayon et d'un bout de papier, mais seulement à l'aide de mes pouces et de mon téléphone portable. Je lui envoyai le message par SMS et je m'endormis, épuisée par cette journée terriblement éprouvante. Il était 23 h 59.

Chapitre 41

6 juin 2019 — Trois mois plus tôt
Plus de sons, plus d'images. Nous étions censés nous voir avant-hier. J'avais tenté de le lui rappeler par message, resté sans retour. Je commençais à en avoir plus qu'assez de son comportement de déserteur. Tel un esprit fantomatique, il disparaissait du jour au lendemain, sans aucune explication plausible.

Je refusais de croire qu'il puisse me faire le coup une fois de plus.

Il devait avoir eu un empêchement avec son pote, sa copine... mais dans ce cas, pourquoi ne pas me prévenir ? Pourquoi me laisser dans l'ignorance la plus totale et me poser un lapin ?

Madame Richard m'avait recommandé l'année précédente de poser les mots. En effet, lorsque pour la première fois, j'avais réussi à faire passer mon mal-être à mon époux, l'écrit avait eu bien plus d'impact que les paroles. Valentin avait pleuré. Il n'avait pas pris conscience de l'ampleur des dégâts qu'il avait pu occasionner en nous oubliant tous les deux. Il n'avait pas fermé l'œil de la nuit et avait cogité, lisant et relisant chacun de mes mots, tous plus marquants, les uns que les autres. Même si sur le coup, mon message l'avait touché en plein cœur, les jours suivants m'avaient finalement révélé sa réelle inefficacité.

Valentin s'était justifié comme je m'y étais attendue. Il ne s'était pas excusé même si je lui avais tendu la perche expressément. Il m'avait préparé un long monologue, bien ficelé et j'avais abandonné l'idée de me battre. Il n'avait pas compris le fond du problème, il l'avait juste effleuré en surface.

Mais peut-être qu'avec mon amant, les choses seraient différentes. J'avais d'ores et déjà pu constater sa capacité de remise en question la dernière fois. Je pouvais comprendre qu'il puisse être perdu dans sa tête, dans sa vie, dans ses sentiments.

Sa copine se doutait-elle de quelque chose ?

Je n'en savais rien, nous évitions au maximum le sujet de nos vies respectives car nous voulions garder cette apesanteur dans laquelle nous flottions, intacte.

J'avais donc décidé de lui adresser un long message dans lequel je me livrais à lui. Je lui expliquais que je comprenais la raison de l'annulation du premier rendez-vous, que j'aurais fait exactement la même chose à sa place, mais que j'avais été déçue.

Logique, non ?

Et puis, je lui signifiais mon ras-le-bol évident de ses silences radio complètement incompréhensibles. La communication n'avait en soi rien de compliqué, c'était tout ce que je lui demandais. Je lui rappelais que si j'avais voulu mettre des règles, c'était pour éviter ce genre de situations. Je détestais me poser mille et une interrogations et ne pas en trouver la solution. Par la suite, je le menaçais d'aller voir ailleurs si cela ne lui convenait pas. La virulence de mes propos pour mon amant était en complète opposition avec celle que j'avais avec mon mari. Avec ce dernier, je souffrais en silence, fatiguée de me battre contre moi-même. Avec mon amant, j'étais celle que j'avais envie d'être, une femme forte, qui savait ce qu'elle voulait et qui se fichait de l'issue, qu'elle soit positive ou non.

Je ne serais sûrement pas celle à sa disposition quand il avait envie d'assouvir ses envies. Cette perte de temps m'était insupportable et le but de notre liaison était de profiter, de passer du bon temps. Une telle alchimie était rare, impossible à ignorer. Il fallait en profiter tant que cela était encore possible. Je lui avouais encore que j'avais des sentiments à son égard, et que je les acceptais tels qu'ils étaient. Je n'en avais pas peur, je n'en avais plus peur.

Oui, notre relation allait forcément avoir une fin. Nous n'avions aucun avenir tous les deux, il fallait se rendre à l'évidence. La vie allait continuer. Je finissais mon message en insistant de nouveau sur mes attentes, lui expliquant que je voulais vivre l'instant présent.

Allait-on poursuivre ou stopper ?

Peu importait sa réponse, tant qu'il prenait le taureau par les cornes et me faisait face, je ne lui en voudrais absolument pas. Chacun était libre de ses choix. S'il souhaitait arrêter, je le respecterais. Et puis pour finir, et étant donné que l'attente était pour moi une horrible épreuve à traverser, je lui lançais un ultimatum. Je lui offrais une semaine, pas plus, pour me faire un retour, sans cela, je lui ordonnais de ne plus me recontacter. Jamais. Il pourrait me considérer comme faisant partie de son passé.

J'avais la boule au ventre. La peur horrible qu'il ne me recontacte plus. Cette crainte avait pris possession de mon être tout entier à la seconde même où j'avais cliqué sur « envoyer le message », et à tel point que cela en devenait physiquement douloureux.

L'angoisse de faire front à son destin, de l'avoir remis entre les mains de l'autre, de l'être de nos pensées, de l'être aimé et de ne plus pouvoir rien y faire, à part attendre et accepter les conséquences qui en découleraient.

Il l'avait lu. Il avait lu mon long message. Il se moquait souvent de la longueur de ceux-ci et aimait habituellement à les qualifier de « romans ». Mais cette fois-là, il avait été servi. Il avait eu, je pense, besoin d'un peu de temps pour le lire et l'assimiler. Je lui avais fait parvenir hier après-midi et il en avait pris connaissance très tard dans la nuit attendant probablement d'être au calme et posé. Je l'imaginais assis en tailleur sur son canapé, le téléphone entre les doigts, le visage crispé, les sourcils froncés. Il ne s'attendait sûrement pas à recevoir un tel récit de ma part. Je ne m'étais pas énervée, loin de là... mais lui avais demandé avec fermeté quelle serait la suite à donner pour notre relation.

Comment en étions-nous arrivés à ce stade ?

On ne devait pas avoir un tel feeling... c'étaient ses mots.

Notre histoire était imprévue. Nous devions juste nous amuser, passer du bon temps. Et puis, la réalité nous avait rattrapés. Ce jeu était dangereux. Les sentiments étaient entrés sans frapper et s'étaient installés alors qu'ils n'avaient pas été invités. Ils s'étaient incrustés et malgré avoir tenté de toutes nos forces et convictions et à plusieurs reprises de jeter ces intrus dehors, de les mettre à la porte, ils restaient solidement ancrés.

Il était trop tard. Nous nous étions laissés emportés par une houle incontrôlable de sentiments et il était impossible de redescendre sur la terre ferme.

Et en avions-nous vraiment l'envie ?

Pour ma part, il était certain que non.

J'étais dans l'œil du cyclone, le calme avant la tempête. Je devais me préparer aux rafales de vent qui suivraient et me sépareraient définitivement de celui qui occupait toutes mes pensées sans répit, et ce, depuis plusieurs mois.

Je ne faisais que stresser. Il refusait de quitter ma tête. J'espérais égoïstement qu'il vive la même chose, que je le hantais autant qu'il me hantait.

Lorsque la petite bulle qui attestait de la lecture du message s'était affichée en bas de page, j'avais été soulagée. Ma première crainte était qu'il ne le lise jamais. Et c'était fait.

Mon anxiété actuelle résidait dans l'expectative. Attendre qu'il revienne vers moi et qu'il m'annonce son choix final. Je lui avais ouvert mon cœur et offert sur un plateau d'argent. Il pouvait en faire ce que bon lui semblait. Le serrer contre lui ou le jeter et le briser en mille morceaux. Il était à sa merci totale.

Les minutes étaient longues, les heures interminables.

— Sur une échelle de un à dix, à combien estimeriez-vous votre niveau de stress ? me demanda mon hypnothérapeute.

— Disons... au max. Et je ne sais pas comment faire retomber la pression. J'en ai des palpitations. Mon cœur bat à une vitesse encore jamais atteinte.

— Il faut vous changer les idées, vous trouver une occupation pour moins y penser, ou a fortiori, ne plus y penser du tout, même si cela semble aujourd'hui impossible. Vous pensez à quelque chose en particulier ?

— Lire ? J'aime beaucoup lire. C'est la seule activité qui me fait oublier tout autour, je suis concentrée et me plonge au cœur de l'histoire.

— Excellent. On pourra parler du livre que vous aurez sélectionné à la prochaine séance si vous le souhaitez ? Qu'allez-vous choisir ?

— Un roman d'amour improbable pour me sortir de la banalité qu'est devenue ma vie. Je vais aller à la librairie en sortant d'ici et acheter le premier qui se présente. On verra bien.

Chapitre 42

31 décembre 2018 — Huit mois plus tôt

En ce dernier jour de l'année, je me repassais le film de ces derniers mois. Comment mon mariage avait pris l'eau. Comment il était resté péniblement à la surface même s'il était attiré en même temps par les profondeurs abyssales de la mauvaise volonté et de l'incompréhension. Ma réaction le jour où j'avais appris que l'innocence de mon petit garçon avait été bafouée. Il avait dû grandir bien trop vite. Et comment j'y avais fait face, avec douceur et intelligence. Aucune rancœur, juste l'acceptation. Peut-être un peu de lâcheté mais surtout beaucoup de résignation.

Valentin avait fait amende honorable, suite à l'oubli de notre anniversaire de mariage. Nous avions passé d'excellentes fêtes de Noël. Mais le naturel revenait toujours au galop. Cette période de repentance n'avait malheureusement pas duré bien longtemps, pour finalement disparaître et laisser revenir l'ancien Valentin, terriblement égocentrique et qui ne manquait à personne.

Mais ce soir... nous étions à l'aube d'une nouvelle année qui, je le savais, serait différente. Je pouvais le sentir depuis la racine de mes cheveux jusqu'au bout de mes orteils. Cette nouvelle année verrait naître une autre moi, une moi qui s'assumerait... enfin c'était mon souhait le plus cher. Il ne tenait qu'à moi de le réaliser.

Alors que j'amenai les coupes de champagne en direction de notre salon, Lucy me proposa son aide et ramena les petits toasts au foie gras et au saumon, quelques crudités accompagnées de sauce tartare et autres cacahuètes et chips.

Valentin m'avait suppliée d'inviter ses collègues pour fêter le 31 décembre comme il se devait, ces derniers ayant une annonce à nous faire. Les hommes étaient dans la véranda, spécialement décorée pour l'occasion. Les enfants étaient chez leurs grands-parents paternels pour cette semaine de vacances, et nous permettre de lâcher du lest.

Je regrettais que Laure n'ait pu se libérer de son côté. Contraintes familiales obligent, elle avait gentiment décliné mon invitation. Elle présentait Vincent pour la première fois à ses parents et stressait énormément de la réaction de son père qu'elle idolâtrait. S'il n'approuvait pas son prétendant, il était évident que leur avenir tous les deux serait remis en question. Je lui souhaitais tout le bonheur du monde.

Nous étions donc tous les quatre pour célébrer 2019.

— À nous quatre ? s'exclama Valentin en tendant sa coupe pour trinquer.

— À nous cinq ? corrigea Florent un immense sourire aux lèvres.

Il dévorait Lucy des yeux. Cette dernière se tourna vers moi et me rendit sa coupe pleine.

— Je crois qu'un verre de jus de fruits sera bien plus adéquat... sourit-elle.

Avec Valentin, nous avions mis quelques secondes pour saisir qu'ils venaient de nous annoncer qu'ils allaient devenir d'heureux parents.

— Oh mon Dieu ! Mais félicitations ! criai-je. Depuis quand ?

J'embrassais Lucy et Florent à tour de rôle et Valentin en fit de même.

— Quatre mois et demi ! s'écria le futur papa fièrement.

— Tu étais au courant Val ? demandai-je.

— Pas officiellement... je pressentais un peu la chose, commença-t-il. Flo, t'es vraiment pas discret parfois ! L'historique de navigation internet, ça s'efface ! Gros naze !

— Qu'est-ce que tu foutais sur mon ordi de toute façon, espèce de fouineur ?! plaisanta le grand métis en buvant son verre d'une traite. Allez ressers-moi, va, c'est une nouvelle à fêter !

Valentin tentait de donner son avis sur ce qu'était la réalité de la paternité. Quelle vaste blague. J'avais envie de l'étrangler sur place. Il ne connaissait même pas ses propres enfants ! Mais comme d'habitude, je préférais afficher mon éternel sourire hypocrite et soutenir mon mari dans ses propos devant nos convives.

— Non mais quatre mois et demi, je n'en reviens pas ! On ne voit quasi rien ! dis-je en scrutant Lucy sous toutes les coutures.

— J'ai aussi choisi un truc large exprès, tu sais ! rit-elle. Et bon, ce n'est pas fini…

Lucy adressa un clin d'œil à Florent en toute complicité, attendant sûrement son aval pour parler, ce qu'elle obtint sans grande difficulté, accompagné d'un immense sourire de son conjoint.

— Eh bien, Flo m'a demandée en mariage ! Je vais devenir Madame Florent Rouault ! se vanta-t-elle en exhibant sa magnifique bague de fiançailles que je n'avais même pas remarquée tant mes pensées étaient préoccupées.

Florent se retourna vers Valentin et lui proposa de devenir son témoin, ce que ce dernier accepta aussitôt sans rechigner. Concernant Lucy, sa sœur avait eu l'honneur d'obtenir le job si convoité.

— Eh bien, eh bien, que de fabuleuses nouvelles en perspective ! Une année riche en émotions pour vous deux ! ajouta mon mari. Encore félicitations !

Il était déjà passé vingt-deux heures et il était grand temps de passer à table. Le dîner se déroula dans la joie et la bonne humeur. Entre deux bouchées de magret de canard, je décidais de questionner les futurs parents sur la façon dont cet enfant avait été conçu.

— Alors, alors... ce bébé... si tu es déjà enceinte de quatre mois et demi, cela signifie qu'il a été conçu pendant les vacances au Brésil ?

— Oh oui ! s'exclama Florent. On a essayé tous les jours !

Lucy était un peu gênée par la tournure que prenait la conversation et ne disait rien. Son futur époux, cependant, après avoir sifflé quelques verres de vin, avait la langue plutôt bien pendue.

— Oh ben oui, et puis les petites brésiliennes là, elles étaient tellement chaudes que j'avais la queue en feu !

Oh là là, je sentais que la suite de la discussion allait être désagréable.

— Tu te rappelles Valou ? Elles avaient de sacrés petits culs... C'est pour ça qu'on en avait pris certaines en photo pour les comparer. On a bien rigolé au téléphone hein...

Valentin se renfrogna. Il n'avait visiblement pas très envie que son collègue continue dans cette voie et tentait par tous les moyens de changer de sujet... sans succès.

— Oui, oui, je m'en souviens Flo. Et quand est prévu l'accouchement Lucy ?

Avant que cette dernière ne puisse répondre, Florent la coupa et prolongea son récit d'homme saoul auquel absolument personne ne s'intéressait.

— Oh allez Valou ! Tu les kiffais ces petites Brésiliennes… je suis sûr que tu t'es astiqué en pensant à leurs gros nibards… parce que tu te rappelles, tu me disais que ta femme était bien loin d'en avoir d'aussi gros. Tu te souviens ? Au tel, on rigolait, on comparait nos femmes aux mannequins du Brésil… tu disais que ta femme…

— C'est bon, Flo, on a compris… tu as un peu trop bu et… essaya-t-il de le stopper.

— Oh non, vas-y Flo, ne t'arrête pas… cela devient intéressant ! poursuivis-je soucieuse.

— Bah tu sais quoi, tes fesses sont pas aussi rebondies que les leurs ! Val dit que t'as la peau un peu flasque… Faut raffermir tout ça hein ! Faut faire du sport !

Un éclair de logique me traversa tout entière. Noah était en colère contre son père… pas forcément pour ce qu'il avait raconté au sujet des Brésiliennes… mais pour ce qu'il avait raconté à mon sujet. Il avait omis de me dire toute la vérité. Il avait omis intentionnellement cette partie de l'histoire. Je savais que quelque chose clochait. Mais si je m'attendais à ce que mon mari me dénigre avec autant de cruauté…

— T'as vieilli un peu, faut dire ce qui est… et puis deux gosses en même temps… les vergetures… enfin t'as compris quoi. Val avait pensé à te payer un peu de chirurgie esthétique.

Cette dernière phrase m'acheva. Je restai stoïque. Assimiler ces dernières remarques était mission impossible. J'avais du mal à y croire. Il enfonçait le clou encore un peu plus profond. La douleur était bizarrement à la fois immense mais tout aussi anesthésiante. J'étais dans un état cathartique, littéralement sous le choc.

— Stop, Flo, intervint Lucy. C'est bon, on a compris ! C'est plus drôle du tout.

Ah parce qu'à un moment, cela l'avait été ? La bonne blague !

Si mes rétines avaient été capables de lancer des éclairs, ils auraient déjà tous été foudroyés sur place.

— Chérie, c'est pas ce que tu crois, on rigolait… on rigolait juste. Tu sais bien comment on est entre nous ! se justifia Valentin en me regardant droit dans les yeux.

Je ravalai péniblement ma salive. J'avais la nausée. Je ne savais quoi dire. Florent s'enfila un autre verre de vin tandis que Lucy, visiblement terriblement embarrassée, jouait avec sa nourriture à l'aide de sa fourchette.

Tout à coup et pour dissiper le malaise qui s'était immiscé à table, Valentin se leva et commença le décompte avant la nouvelle année… car oui, il était déjà minuit.

Dix…

Florent et Lucy se levèrent également et s'unirent à Valentin. Je restai assise, incapable de me joindre à leur enthousiasme et euphorie. Ils m'avaient mise à terre. J'avais du mal à me relever et personne pour m'aider. Valentin m'avait lâchée pendant l'ascension de notre paroi d'escalade. Il avait continué seul.

Quelle bande de faux-culs.

Mon mari m'avait brisée. Mais cette fois-ci, avec l'aide de ses amis. Il m'avait humiliée. Il m'avait rabaissée.

Mais que lui avais-je fait pour mériter cela ?

Neuf, huit, sept, six, cinq, quatre, trois, deux, un…

— Bonne année ! crièrent-ils tous ensemble.

Ouais… c'est ça… bonne année.

Je me levai en laissant crisser les pieds de ma chaise sur le carrelage et quittai brusquement la salle à manger sans même me retourner, sans avoir la certitude qu'ils ne remarquent quoi que ce soit. Mais je m'en fichais. J'avais décidé de vivre autrement cette année. C'était à présent plus que nécessaire pour l'équilibre de ma santé mentale.

Pourquoi continuer à faire semblant ?

Je devais penser à moi. J'avais pris une décision. Valentin ne serait plus une priorité. Il pouvait bien aller au diable. Je le maudissais intérieurement. Mme Richard avait raison… Quel con !

Chapitre 43

4 juillet 2019 — Deux mois plus tôt

Silence radio depuis un mois et notre dernier tête-à-tête remontait à deux. Chaque instant passé sans lui était une véritable torture physique et mentale. J'étais en période de sevrage. J'étais en manque de mon amant, enfin, mon ex-amant aujourd'hui. Il m'avait rayée de sa vie sans avoir eu le courage de me prévenir au préalable. Il avait juste... disparu. Volatilisé dans la nature.

Je pensais à lui, tout le temps, sans cesse. La douleur, intense au début, s'estompait heureusement de plus en plus au fil des jours. Je commençais à guérir, à guérir de lui. Son absence était devenue normale. Je m'étais résignée. Plus jamais je n'entendrais de nouveau parler de lui.

Comment avait-il pu ?

Et pourquoi ?

Avait-il eu peur de mes sentiments ? Des siens ?

Jouait-il à un jeu cruel ?

En avait-il eu assez de moi ?

En avait-il trouvé une autre ?

Autant de questions qui, je croyais, resteraient sans réponse.

Pourtant, en me réveillant le 3 juillet, mon portable avait affiché un appel manqué. Un appel manqué... de lui. Il m'avait téléphoné à trois heures du matin. Un seul appel, aucun message. C'était étrange. Terriblement étrange.

Pourquoi me contacter à cette heure-là de la nuit ?

Pourquoi ? Et surtout après un mois ?

Il savait pertinemment que je ne répondrais pas, que je dormirais.

Était-ce une erreur ? Une fausse manipulation ? Ou pire encore... sa copine ?

— Non, c'était pas une erreur... pas à trois heures du mat, se résigna Laure. Même si je préférerais sincèrement que ce soit le contraire. Il est trop lâche pour te laisser un message mais te signifie qu'il est prêt à rediscuter avec toi. Il te montre qu'il ne t'a pas oubliée. Tu vas pas lui répondre quand même ?

Je n'osais croiser le regard empli d'incompréhension de mon amie. Nous nous étions retrouvées *Chez Louis* pour déjeuner comme tous les jeudis depuis un mois. Elle me consolait comme elle le pouvait. Sa technique était imparable. Le critiquer et le traiter de tous les noms. Une sorte de thérapie post-rupture. Nous avions nos habitudes, la première table à gauche de la grande terrasse, mi-ensoleillée.

— Sérieusement ? Tu y réfléchis ? s'énerva-t-elle. Non mais… ce mec t'a lâchée comme une merde et tu envisages de le recontacter ? C'est pas lui qui était là quand tu étais au plus mal ! Il s'en tapait !

Je frottais mon visage d'une main, embarrassée.

— Laure… je sais pas comment t'expliquer…

— T'as pas besoin de m'expliquer. Je sais… mais ça m'énerve tellement ! Je comprends bien plus que tu ne le crois et je sais que tu pourras pas t'en empêcher. T'es dingue de lui.

Je ne mouftais pas.

— Putain ! jura-t-elle. Il pouvait pas continuer sa vie de son côté ?! Et oublier ton existence ? S'occuper de sa meuf et voilà ?!

Je m'emparai de mon téléphone tout en faisant défiler les derniers appels récents jusqu'à tomber sur son nom.

Je me levai et m'éloignai de mon amie. Le téléphone vissé sur l'oreille, les tonalités étaient stressantes. Si c'était bel et bien une erreur, il ne décrocherait pas et me bloquerait aussitôt. Après deux sonneries, sa voix gênée prit l'appel.

— Salut toi... je pensais pas que tu me rappellerais, commença-t-il hésitant.

Laure, toujours à table, me surveillait de loin. Son visage contrarié attestait de son mécontentement. Je l'ignorais en détournant les yeux, pas très fière de la décision que je venais de prendre.

— Salut... lui répondis-je.

— Écoute... je suis...

— On se voit quand ? Tu es dispo cette aprèm ? l'interrompis-je brutalement.

Le temps des explications et des excuses n'était pas encore venu. Je n'étais pas prête à engager cette conversation houleuse. Pas comme ça, pas au téléphone.

— Quatorze heures ?

— Même endroit que d'habitude ?

— Oui.

— OK alors, à tout à l'heure.

Je retournai m'asseoir face à Laure qui me regardait de son air éberlué.

— Bon, je t'ai vue parler. J'imagine qu'il a décroché...

— On se voit à quatorze heures.

Ma meilleure amie ne pipa mot. Elle savait que tout effort pour me faire changer d'avis était inutile. Le reste de notre déjeuner se déroula dans un silence pesant.

Comment nos retrouvailles allaient-elles se passer ?

Autant l'heure du déjeuner passa avec une telle lenteur que je rêvais secrètement de pouvoir sauter dans le temps, autant les minutes debout devant la porte d'entrée du bâtiment de l'appartement de son pote étaient insupportablement longues et angoissantes.

Lorsque j'entendis la clé tourner dans la serrure, ma respiration se coupa. J'allais le revoir après deux mois. Deux longs mois. Plus que deux secondes. Deux toutes petites secondes.

Avait-il changé ? Était-il le même ?

Il était là. Face à moi. Il m'observait un petit sourire aux lèvres. Je restais figée, incapable de m'avancer vers lui, incapable de savoir si j'étais heureuse de le revoir ou non. Mon cerveau ne fonctionnait plus, il était sur off.

Sans un mot, il se décala légèrement pour me laisser entrer dans le hall, puis il referma la porte derrière nous. Le dos plaqué contre le mur, je peinais à respirer convenablement. L'espace était bien plus réduit que dans mes souvenirs. Je me sentais de plus en plus oppressée à mesure qu'il s'avançait vers moi.

Une pléiade de sentiments divergents se bousculaient en moi. De la colère, de l'incompréhension, du désir, du dégoût, de l'envie... et toujours cette attirance inévitable.

Une seconde, je l'embrassais subitement. Un baiser fougueux auquel il répondait avec ferveur.

La seconde d'après, je le rejetais sous son expression interloquée.

Et puis sans prévenir, la colère que je ressentais à son égard s'empara de ma main qui s'apprêtait à rencontrer sa joue.

Il avait anticipé mon geste et me bloqua le poignet en le saisissant d'un geste ferme et précis.

— Je te hais, lui lançai-je d'un ton vindicatif. JE TE HAIS.

Ma voix lui criait ma haine alors que mon cœur lui hurlait silencieusement de m'embrasser encore et encore.

La foudre nous avait frappés tous les deux. Un courant électrique nous traversait de part et d'autre, comme deux aimants de la même polarité qui s'attiraient autant qu'ils se repoussaient.

Il me scrutait, attendant un seul signe de ma part. Signe que je n'étais pas prête à lui offrir. Il ne le méritait pas.

Il approcha ses lèvres des miennes tout en relâchant lentement la pression exercée sur mon poignet. Son odeur m'enivrait autant qu'elle m'agaçait.

Je le haïssais. Je le haïssais pour ce qu'il faisait de moi. Une femme faible.

Mais je l'aimais. Je l'aimais, parce qu'avec lui, j'étais moi-même et il l'acceptait. Avec lui, j'arrivais à me montrer telle que j'étais, avec les bons et les mauvais côtés. Il faisait ressortir certaines choses en moi qui jusque-là étaient enfouies.

Je ne bougeais plus. Je fixais ses yeux verts hypnotiques.

Ses lèvres rejoignirent les miennes. Je fermai les yeux et lâchai prise, comme à chaque fois.

Il m'emporta de nouveau dans un océan de passion et de volupté pour l'espace de quelques heures. J'oubliais tout ce qui m'entourait, jusqu'à mon propre prénom.

— Pourquoi ? finis-je par lui demander allongée sur le lit à ses côtés, le regard fuyant.

— Pourquoi quoi ? Pourquoi j'ai disparu ? Pourquoi je suis revenu ? m'interrogea-t-il.

Il inspira puis expira bruyamment. J'attendais. Je voulais qu'il réponde par lui-même.

Pourquoi lui faciliter les choses ?

Il était évident qu'il n'y couperait pas.

Il se leva, mit son boxer puis me proposa de passer dans le salon. Je m'emparai de son tee-shirt et l'enfila ainsi que ma culotte. Il m'admirait d'un air satisfait dans son vêtement un peu trop grand pour moi.

— Je sais pas. J'ai eu peur sans doute.

— Peur de moi ? répondis-je en m'installant sur le canapé.

Il s'assit à mes côtés en fixant un point droit devant lui.

— Peur de moi. Peur de nous. Peur que ma copine ne découvre la vérité. Elle était étrange ces derniers temps.

Il se tut un instant.

— J'ai tenté de me tenir loin de toi, poursuivit-il. Mais c'est plus fort que moi. J'ai hésité longtemps avant de te rappeler. Et puis, je sais pas... la tentation était devenue soudain bien trop forte. Je me suis dit que tu étais passée à autre chose, que tu m'avais oublié.

— C'est impossible et tu le sais. Toi et moi, on n'est pas si différents l'un de l'autre au final. Entre nous, c'est passionnel, c'est... intense.

— Ouais... c'est aussi... compliqué... sans l'être.

Il avait mis des mots sur ce que moi aussi j'éprouvais. Oui, notre relation était d'une extrême complexité mais à l'opposé, d'une surprenante simplicité. De la légèreté, du bien-être mais aussi des questionnements... et pour finir… cette fichue réalité.

— Tu m'as manqué. J'ai besoin de toi, ajouta-t-il. Je me sens incomplet sans ta présence. J'arrive pas à t'oublier.

— Moi non plus. On fait quoi alors ? On recommence ? Comme avant ?

— Tu en as envie ?

— Évidemment, quelle question... par contre, je te préviens... plus jamais tu me refais ça. Plus jamais, tu t'évapores. Deux fois, pas trois. Si on veut arrêter, on se le dit et on respecte le choix de l'autre, même si c'est difficile. Promis ?

Il pivota enfin vers moi et je pouvais observer son visage détendu. Il essayait de deviner mes pensées. Il était beau, sexy, irrésistible.

Il hochait la tête pour me donner son accord.

— J'aurais pas dû. Je suis désolé.

— Je sais. Je sais que c'est pas simple. Ni pour toi, ni pour moi. Chacun a sa manière de réagir. Moi je m'énerve, toi tu fuis...

Il m'encercla de ses bras réconfortants. Je posai ma tête dans le creux de son cou fixant le mur face à moi. Encore cet étrange poster de cet homme mangeant une banane. Il me mettait un peu mal à l'aise.

— C'est quoi le délire avec ce mec qui mange une banane ? demandai-je pour zapper ce moment qui devenait un peu trop solennel. Tu m'avais dit que c'était un pari mais là… ça fait bien six mois que je te connais… Ton pote aurait pas de drôles de tendances ?

— Ouais, il fait une fixette avec les bananes… je vais lui dire que le gage est largement complété. Il pourra le retirer !

— Ouais… chacun ses goûts !

Je caressai doucement ses pectoraux.

— Je te hais moi aussi, dit-il subitement avec sérieux. Tu n'as pas idée à quel point je te hais.

Un petit rictus se forma au coin de mes lèvres. J'étais contente.

Il me haïssait... oui, il me haïssait…

Chapitre 44

5 janvier 2019 — Huit mois plus tôt

Bon… il était inconcevable que je me réinscrive sur ce site de pervers et d'obsédés. Mais cette fois-là, j'étais décidée. Parmi les dizaines de pages répertoriées, je trouverais bien chaussure à mon pied.

Laure, était avec moi en haut-parleur. Le téléphone posé sur mon bureau, je lui parlais en même temps que je naviguais sur internet pour trouver le site de rencontres idéal qui remplirait toutes mes conditions.

Les visites de Laure à la maison se faisaient de plus en plus rares. Elle ne débarquait seulement que si elle avait l'assurance de ne pas tomber sur Valentin, ce qui aurait sûrement déclenché une bombe nucléaire. Elle comparait mon mari à un dictateur, entouré de ses sujets accourant dès qu'il claquait des doigts. Elle l'avait dans le collimateur et refusait formellement de le croiser car elle ne pourrait résister à la tentation de le lyncher. Nos appels téléphoniques quotidiens nous permettaient de garder le lien indéfectible de notre amitié. Nos discussions étaient un rituel, passer en revue nos vies respectives, indispensable. Laure connaissait absolument presque tout de moi et réciproquement.

Nous étions samedi et un gros dossier la forçait à s'investir davantage en assumant quelques heures supplémentaires. Vincent était en rendez-vous clientèle, Laure était donc seule au cabinet.

— Alors… verdict ? Le beau Vincent a passé le test de tes parents ?

— Haut la main ! J'ai eu peur au début. Mon père… tu le connais ! Il lui a fait son regard de tueur, il ne souriait pas, il ne parlait pas, il l'observait. Il voulait le déstabiliser. J'avais prévenu Vincent avant de passer la porte de toute manière. Il a géré ! Les deux se sont trouvé une passion commune pour le rugby. Tous les deux fans de l'équipe d'Angleterre… Alors, imagine la soirée !

— Je suis tellement contente pour toi, tu sais ! Tu mérites vraiment d'être heureuse !

— Tu le mérites aussi… même si je sais que Valentin… enfin bref. Je vais éviter de parler de lui, il me hérisse le poil.

De mon côté, pendant que mon mari indifférent suait à la salle de sport avec Florent et que les enfants en pyjama étaient absorbés par un film à la télévision, j'étais assise derrière mon bureau. Mes yeux parcouraient en long, en large et en travers plusieurs pages du web. Laure m'entendait taper sur mon clavier.

— Tu vas pas te réinscrire sur un site quand même ? T'as bien vu ce que ça a donné la dernière fois ! BigCock23… je suis pas prête de l'oublier celui-là !

— Moi non plus, elle mesurait combien déjà ? la taquinai-je.

— Comme son pseudo l'indiquait… vingt-trois… mais au repos ! Imagine la mitraillette en action ! rit-elle.

— N'importe quoi… tu devais pas travailler toi ?

— J'ai bien le droit de prendre une pause non ?!

— T'as commencé y'a une demi-heure ! N'exagère pas !

— En tant qu'amie, je suis censée te dire que ce que tu fais ne résoudra rien… dit-elle d'un ton cérémonieux.

Je soupçonnais une vile manœuvre de sa part pour changer de sujet, manœuvre que j'autorisais malgré moi, résignée d'avance.

— Je suis censée t'aider à emprunter le bon chemin… continua-t-elle.

— Quel chemin ? Y'a pas de bon ou de mauvais chemin, Laure. Juste des choix, des décisions qui ne reviennent qu'à moi.

— Tromper ton mari ne va pas t'aider à aller mieux, tu sais…

— C'est pas mon intention. Je vais là-dessus car j'ai besoin de parler. T'as bien vu avec Adam… Il ne s'est rien passé, me défendis-je.

— Non en effet, mais ça aurait pu. Adam… c'était trop dangereux. Le père d'une copine à Clem en plus… ça sentait les emmerdes à plein nez. T'as toujours rien dit à Valentin sur le fait qu'il t'ait blessée le soir du Nouvel An ?

— Non, je n'ai rien dit… lui préfère ignorer le tout. Si on ignore suffisamment fort, on peut prétendre que cela n'a pas existé, non ?

— C'est vraiment pas la solution… mais bon, je suis pas toi. Je comprends pas pourquoi tu restes avec lui.

— Manque de courage… peur de l'inconnu… les enfants… je suis pieds et poings liés, soufflai-je lasse.

— Non, ça, c'est ce que tu crois. Si tu veux de l'aide, tu viens au cabinet, Vincent peut te renseigner… et tu sais que je suis là.

— Oui je sais mais ce n'est pas une option envisageable… en tout cas, pas pour l'instant. Merci Laure.

Je n'étais pas moi-même convaincue de ma réponse alors comment aurais-je pu convaincre ma meilleure amie ?

Elle n'insista pas. Mon ton catégorique était un appel à la fermeture de la discussion.

Je pianotais, cliquais, tombais sur de drôles de sites qui prônaient les bienfaits de l'échangisme. Mais cela n'était définitivement pas pour moi. Mes recherches se concentraient sur des rencontres infidèles, oui, mais discrètes et plus ou moins sérieuses. Je voulais un minimum de galanterie. Pas des rentre-dedans sans pudeur ni tact. Du sexy et de la séduction. Le besoin d'être draguée, charmée, courtisée étaient mes motivations initiales. Je ne voulais que discuter. Rien de plus. Juste discuter et me laisser aller à la découverte d'un autre homme qui me conforterait et dissiperait rapidement mes doutes les plus profonds.

Une question ne cessait de me tourmenter depuis de longs mois...

Plaisais-je encore ?

— Alors ? s'impatienta Laure à l'autre bout de la ligne.

— Eh bien, écoute, y'a un site qui me paraît pas trop mal...

— Ah... et ?

Je laissais mon amie intentionnellement dans le brouillard. Elle ne pouvait entendre que les cliquetis que mes doigts faisaient sur les touches de mon ordinateur et sur celui de ma souris.

— Y'a un site...

Mon attention s'était arrêtée sur infidele.com. Un site moderne et glamour, entièrement axé sur les désirs de la femme avant tout. Il était classifié « Site préféré des femmes mariées ». Aventure, adultère en toute discrétion et sécurité.

— Ils garantissent l'anonymat des utilisateurs.

— Vaut mieux ouais… ajouta-t-elle avec une pointe de sarcasme.

— Je vais m'inscrire. Je vais tenter. On verra bien. Si je suis harcelée comme l'autre fois, je me désinscrirai aussitôt et puis voilà.

Quelques minutes plus tard, mon compte était créé. J'utilisais le même pseudo que lors de ma dernière inscription, Lili1597. Je faisais défiler les profils des habitués, certains avaient payé pour avoir le leur sur la page principale. Certains avaient des photos floutées, d'autres non.

— Visiblement, certains n'ont pas peur d'afficher leur tronche directement sur ces sites… J'imagine la tête de leurs femmes si elles venaient à découvrir ce qu'ils font de leur temps libre… ironisai-je.

— Ouais, crois pas que tous sont en couple là-dessus. Beaucoup sont célibataires et cherchent juste des plans culs.

— Pas faux…

— Alors tu es déjà harcelée ?

— Bah ça a l'air d'aller… j'ai quelques personnes qui viennent consulter mon profil mais je n'y ai rien mis. Aucune photo, aucun descriptif. J'ai juste envie de regarder pour le moment.

— OK… bon, écoute, je vais te laisser… c'est pas tout, mais y'en a qui bossent ! Tu me tiens au courant ?

— Bien entendu… Bisous !

Alors que je raccrochai, une nouvelle notification apparut sur mon écran d'ordinateur.

[Vous avez reçu un nouveau message de la part de Mister10]
Ah ! Premier contact…

Mister10 n'avait pas de photo de profil en clair. Je cliquai sur sa page et lus avec attention les détails de sa description.

— Un mètre quatre-vingts pour soixante-quatorze kilos... brun, barbu, allure sportive et athlétique. Hum, pas mal, pas mal... À voir en photo après...

Mes yeux se stoppèrent à la vue de son âge. Il était jeune. Il était plus jeune de quelques années. Vingt-neuf ans... et j'en avais trente-quatre. Je tiquais. Cinq ans de moins... c'était énorme. Surtout quand on savait qu'à âge égal, les femmes étaient beaucoup plus matures que les hommes. Un petit jeune ne me conviendrait pas. Mais de toute façon, j'étais là pour engager la discussion et il était pour l'instant le seul à m'avoir adressé un petit message. Cela n'engageait à rien.

[Salut toi, enchanté... Moi c'est Mister10, j'ai vingt-neuf ans... je préfère être direct, je cherche à m'amuser, ça te dit de discuter?]

Je décidais de lui répondre.

[Salut... moi c'est Lili. Mariée, deux enfants. Pourquoi pas discuter, oui...]

[Parfait... je vis en concubinage aussi]

[Tu es ici depuis longtemps?] lui demandai-je.

[Un mois environ]

[Tu as déjà trompé ta copine auparavant?]

[Une fois oui mais pas sur ce site et c'était une seule soirée]

[Moi je n'ai jamais franchi ce pas... je ne sais pas si c'est ce que je veux en fait]

[Qu'est-ce que tu recherches?]

[Savoir si je plais ?]

[Envoie-moi une photo et je te dirai...]

[Je sais pas...]

Les premiers échanges étaient embarrassants. Je n'avais un peu de mal à m'ouvrir à un inconnu que je ne connaissais ni d'Ève ni d'Adam. Je ne prenais pas cette discussion au sérieux dans tous les cas. Il ne m'attirait pas plus que cela et pourtant, il avait ce petit truc impossible à expliquer qui me forçait à répondre.

[Je t'envoie la mienne. J'espère que les bruns barbus te plaisent ?]

Il me donna accès à sa photo portrait en privé. Et que dire à part que je ne m'attendais pas à tomber sur un profil aussi plaisant. Son visage était légèrement de côté, son regard sombre était surplombé par d'épais sourcils, sa lèvre inférieure pulpeuse. Son air sérieux et modeste était étrangement attirant. Il était bien loin des hommes prétentieux qui se prenaient en selfie sous toutes les coutures, en mettant leurs atouts les plus virils en avant. Non, lui avait réussi à m'intriguer. Ses cheveux bruns mal coiffés et sa barbe bien étoffée lui garantissaient une apparence un peu plus âgée. Il ne faisait pas gamin, c'était un bel homme.

[Alors ? Verdict ? On dirait que je passe sous l'œil critique d'un jury ! T'as pas idée à quel point c'est stressant !]

En plus d'être intrigant, il était drôle et naturel.

[Disons que je suis assez difficile...]

[Ah... je te plais pas...] douta-t-il.

[Bah en fait, c'est tout le contraire. J'aurais jamais cru cela possible. Tu es plutôt pas mal du tout à vrai dire... c'est perturbant]

[Ah ouf ! C'est une bonne nouvelle !]

[Je pensais pas tomber sur ce type de profil en m'inscrivant en fait...]

[Je t'ai envoyé la mienne... tu peux m'en dire plus sur toi ? Je ne sais pas grand-chose de toi...]

[D'après toi ? À quoi est-ce que je ressemble ?]

Technique personnelle sournoise pour savoir si je pouvais éventuellement lui plaire avant même de penser à lui envoyer une photo de moi.

[Je te vois mesurer un mètre soixante-dix pour soixante-cinq kilos... blonde... sportive]

[Alors pour la taille, tu as trouvé la bonne réponse, cependant pour le poids, tu peux rajouter cinq kilos... et je ne suis pas blonde mais brune avec des mèches plus claires]

Bon OK... j'avais menti sur le poids. Je n'avais pas cinq kilos de plus mais sept.

Quelle importance ?

Il ne me verrait jamais dans la réalité. Une relation virtuelle, rien de plus.

[Hum... tu m'intrigues. Tu m'envoies une photo ?]

Il était toujours intéressé. Il n'avait pas fui à la suite de ma description. J'hésitais cependant à accéder à sa requête. J'avais peur. Peur de ne pas lui plaire. Peur de réaliser que Valentin avait raison. La sentence pouvait être encore plus lourde de conséquences sur mon moral déjà en berne.

[Je viens de te la télécharger en floutée. Je te donne l'accès.]

J'attendais avec impatience son jugement qui ne tarda pas à tomber.

[Je suis très agréablement surpris. Tu es plutôt pas mal. J'aime beaucoup.]

J'avais du mal à y croire. Je lui plaisais. Oui, je lui plaisais.

Chapitre 45

2 août 2019 — Un mois plus tôt
L'état de Madame Richard s'était subitement dégradé mi-juillet. Les médecins avaient donc pris la décision en accord avec la famille de stopper le traitement et de recourir aux soins palliatifs. Leur rôle étant de rendre ses dernières heures aussi supportables que possible en tentant de soulager la douleur via d'autres médicaments et en apportant un soutien psychologique. Elle avait donc été transférée de service en début d'été mais je continuais de lui rendre visite dès que l'occasion se présentait. Elle n'était pas si loin, juste un étage en dessous de la cancérologie.

Sa chambre était vide. Ses expressions vulgaires, son tempérament un brin autoritaire, son caractère bien trempé avaient déserté les lieux. Pourtant son aura, elle, était toujours bien présente. Je pouvais encore la voir, là, allongée sur son lit, critiquant son mari dès qu'elle en avait l'occasion. Joseph ceci… Joseph cela… Les larmes aux yeux, je souris. Je ne pouvais y croire quand le matin même, en me présentant au bureau des infirmières pour la transmission des dossiers et le partage des informations importantes, l'infirmière de nuit du service palliatif m'avait annoncé le décès brutal de Madame Richard. Elle était encore si radieuse le jour précédent… Elle s'était une fois de plus énervée contre son époux et ce dernier était blasé par tant d'ingratitude. Il estimait qu'il faisait tout pour elle et qu'elle ne lui était pas suffisamment reconnaissante. Mais malgré leurs désaccords de vieux couple, ils s'aimaient.

Je repensais à chaque jour passé en sa compagnie, à chaque fou rire, à chaque histoire qu'elle me contait sur sa vie trépidante avant que la maladie ne l'emporte. J'étais attentive. Je la considérais bien plus que comme une patiente ordinaire. Elle était mon pilier... un peu mon mentor, mon coach de vie.

Cette petite bonne femme était une véritable confidente, une amie, une mère. Je pleurais. L'émotion m'avait gagnée. La perte d'un patient était toujours une douloureuse épreuve à surmonter pour les familles mais également pour les soignants. Tous savaient à quel point Madame Richard comptait pour moi. L'attachement et la profonde affection que je lui portais dépassaient l'entendement. Cela allait être d'autant plus difficile à accepter.

Assise sur son lit vide, je contemplais un cadre photo encore posé sur sa table de chevet la représentant entourée de son mari et de ses quatre enfants. Elle me manquait déjà terriblement, pourtant nous nous étions vues la veille. Perdue dans mes songes, une présence se fit ressentir dans mon dos.

— Rentre chez toi... t'es pas en état de bosser aujourd'hui, m'intima Virginie.

Ma collègue savait où me trouver. Sans me retourner, de peur qu'elle ne voie mes yeux rougis par le chagrin, je reniflai et séchai rapidement mes larmes.

— Non t'inquiète... ça va aller, les autres patients ont besoin de moi.

— Oh oui, c'est certain. Mais ils ont surtout besoin de toi en forme et concentrée. J'ai déjà vu avec Pascale, elle préfère aussi que tu te reposes et que tu enchaînes directement sur tes congés. Madame Richard... elle était bien plus pour toi qu'elle ne l'était pour nous tous. Tu as le droit de prendre un peu de temps pour te remettre.

— J'ai même pas pu lui dire au revoir… sanglotai-je. J'ai même pas pu…

— Je sais à quel point c'est difficile. Dis-toi que tu ne te rappelleras que des bons souvenirs. Elle va tous nous manquer. Mais c'est la vie. Ça va aller pour rentrer ?

Je hochai la tête sans un mot. Je sortis mon téléphone de ma poche et envoyai un message à Valentin.

[Je rentre à la maison, Madame Richard est décédée]

Je me levai et passai devant ma collègue sans oser la regarder. Je me dirigeai tel un zombie vers notre vestiaire pour me changer avec une telle lenteur qu'on aurait pu croire que l'ensemble tournait réellement au ralenti. Aucune nouvelle de mon mari. Mais ce n'était pas surprenant… après tout, il ne pensait qu'à lui. Mon amant ne s'était pas matérialisé dans ma vie sans aucune raison valable.

Sur la route du retour, toutes mes pensées se dirigeaient vers elle. Je ne la reverrais plus jamais. Elle m'avait été brusquement arrachée, et ce, même si chacun d'entre nous s'y attendait. Sa mort était prévue, elle pouvait survenir à n'importe quel moment. Nous le savions. Malgré cela, ce fut soudain et inattendu. Ces derniers jours, ses questions sur ma vie amoureuse étaient devenues systématiques. Elle connaissait tout de mon aventure, de mon amant. Je lui avais raconté comment il était réapparu après un mois sans aucune nouvelle, comment notre relation avait pris un tournant imprévu et passionné. Une liaison sulfureuse, érotique, entraînante. Nous nous étions revus encore plus désireux l'un de l'autre. Et Madame Richard était aux premières loges pour écouter chaque nouvel épisode de mon histoire enflammée. Un rencard au cinéma, un déjeuner en forêt, une balade main dans la main dans une ville pour laquelle nous étions de parfaits inconnus ou encore quelques détails sur la façon dont nous nous regardions amoureusement.

— Il est amoureux de vous ma chère... m'avait-elle dit quelques jours auparavant en souriant.

— Je ne sais pas... il semble plus investi, c'est certain mais de là à parler d'amour...

— Je pense qu'il a disparu car il était certes, perdu, mais il est fort probable qu'il était dans l'incapacité de vous dire « oui on continue » car sa raison lui intimait de stopper tant qu'il était temps. Mais, il ne voulait pas non plus vous dire non, car cela aurait signifié de vous laisser partir... ce qu'il se refuse à faire. Il a le cul entre deux chaises comme on dit !

— Peut-être oui... j'ai du mal à le cerner de toute façon.

— Sa copine... votre mari. Cette situation est compliquée. Encore plus pour lui.

— Comment ça ?

— Enfin ! Mettez-vous cinq minutes à sa place ! Vous... vous êtes mariée avec deux enfants ! Lui peut plus facilement quitter sa conjointe et tout remettre en question... mais vous ? Tomber amoureux n'était pas prévu dans son programme ! Vous êtes arrivée comme une météorite dans sa vie et l'avez sûrement complètement chamboulée... le pauvre... il ne sait plus où il en est.

— Vous pensez ? avais-je douté.

— C'est clair comme de l'eau de roche ! Ce p'tit con est dingue de vous ! s'était-elle esclaffée. Il vous a dans la peau. Il ne sera jamais celui qui mettra un terme à votre aventure.

Vous devrez en être l'initiatrice. Vous vous souviendrez de mes mots en temps voulu et vous penserez à moi.

« *Vous penserez à moi...* »

Comment pourrais-je oublier cette vieille dame malpolie qui était mon rayon de soleil journalier ?

« *J'emporterai votre secret dans ma tombe...* », m'avait-elle promis une fois.

À ces mots, les larmes coulèrent de nouveau. Je me garai dans notre allée et me traînais difficilement à l'intérieur de chez moi. Allongée sur le canapé, je serrai contre moi un des coussins pour trouver un tant soit peu de réconfort. À force de pleurer, une migraine s'était doucement installée. Les paupières lourdes, mes yeux finirent par se fermer et je m'endormis, bercée par le silence qui régnait dans la maison.

— Salut chérie… tiens, je t'ai préparé une tisane… ça va te faire du bien.

Valentin était assis à mon chevet et me regardait avec attention. Son expression compatissante me décontenançait. Je me redressai un peu, la tête en vrac, les sourcils froncés, le corps dépourvu de toute énergie.

— Merci… lui répondis-je en me saisissant de la tasse. Il est quelle heure ? Je ne suis pas encore allée chercher les enfants… faut que je me dépêche.

— Non, laisse, il n'est que treize heures.

— Treize heures ? Qu'est-ce que tu fais là ? Tu n'es pas au travail ?

— J'ai vu ton message ce matin, j'ai annulé mon planning de cet après-midi et je suis rentré. Je me suis douté que tu étais vraiment mal. Tu ne rentres jamais à la maison alors que tu es en service. Tu ne t'es jamais mise en arrêt maladie une seule fois de toute ta carrière, hormis pour les enfants. Et je sais à quel point Madame Richard était importante à tes yeux. Je ne me rappelle pas forcément tous les prénoms de tes collègues... mais Madame Richard, j'en ai suffisamment entendu parler pour comprendre qu'elle était un moteur pour toi.

Il me glissa un plaid sur les genoux.

— Si tu veux parler, je suis là. Je sais que ce n'est pas facile. Je vais chercher les enfants au centre aéré aujourd'hui. Je vais ensuite les emmener chez mes parents jusqu'à demain. De toute façon, on part en vacances dimanche. Tu seras au calme pendant deux jours comme ça.

— Valentin... je....

— Je sais que je suis pas le mari idéal, crois pas que je suis aveugle. C'est juste que... parfois, je suis con et je sais pas comment rattraper les choses.

Il se leva, s'avançant vers moi et posa un délicat baiser sur mon front.

— Repose-toi, me souffla-t-il. Aujourd'hui, je gère.

— Merci... murmurai-je. Qu'est-ce qui...

— M'arrive ? me coupa-t-il.

J'acquiesçai d'un léger signe de tête.

— La dernière fois que tu as eu ce genre de comportement envers moi, envers nous, tu avais quelque chose à te faire pardonner... donc là je me dis que c'est étrange.

— Disons que j'ai senti que tu étais différente depuis quelque temps. C'est pas parce que je dis rien que je ne vois rien. Plus de sexe depuis plusieurs mois... au début, je me disais que tu étais fatiguée, surmenée et puis au fur et à mesure, tu trouvais toujours des excuses... y'a un mois tu étais à prendre avec des pincettes mais depuis quelques semaines, tu as retrouvé ta bonne humeur. Tu sembles plus heureuse avec les enfants mais cela n'a pas l'air de changer quoi que ce soit me concernant. Tu ne me regardes plus comme avant. Je sais pas ce qu'il se passe mais j'ai peur. J'ai peur que tu ne m'aimes plus. J'ai peur que tu me quittes et je veux pas te perdre. Je t'aime, toi et les jumeaux.

Valentin me scrutait d'un air inhabituel. C'était bien la première fois que je le voyais ainsi. Je lisais de l'inquiétude dans son regard. Depuis un mois, depuis que ma liaison avait repris, j'étais sur mon nuage. Je me fichais de mon époux. Je l'ignorais. En effet, mon attitude quelque peu indifférente avait dû l'alerter. Il n'avait pas l'air de se douter de quoi que ce soit mais sa déclaration fortuite me signifiait qu'il pressentait une chose anormale me concernant. Je le regardais en silence, la tasse entre les mains.

Je ne savais plus quoi lui répondre.

Étais-je censée lui dire que je l'aimais aussi ?

Qu'espérait-il ?

Je ne savais plus, je ne pouvais plus, je n'en avais sur le coup… plus envie et la vérité serait bien trop cruelle. Je ne pouvais me résigner à lui avouer ma faute, mon adultère.

— Je vais te préparer un petit truc à manger, ajouta-t-il avant de faire demi-tour en direction de notre cuisine.

Mon comportement distant de ces dernières semaines avait dû être un déclic. Un déclic que j'attendais depuis longtemps. Un déclic qui arrivait sûrement… trop tard. Un autre homme s'était emparé de mon cœur. Inconsciemment ou non, j'avais changé… et bien que je ne pensais pas cela possible, il s'avérait que mon mari l'avait remarqué.

Chapitre 46

23 janvier 2019 — Huit mois plus tôt
Cela faisait un peu plus de quinze jours que nous discutions. La première semaine, je n'étais pas vraiment très réactive. Je lui répondais tous les trois - quatre jours, ne le prenant pas au sérieux. Pourtant, au fil du temps, une addiction s'était doucement immiscée. Nous faisions doucement connaissance. Lui était professeur d'escalade, vivant en concubinage depuis plusieurs années, moi, mère de famille et infirmière en milieu hospitalier.

Au plus nous bavardions, au plus il me plaisait. Le naturel de nos échanges et cette curieuse impression de déjà nous connaître m'avaient mise assez rapidement en confiance. Son franc-parler et son humour décalé m'amusaient. Nous parlions de sujets divers et variés, de nos parcours, de nos emplois respectifs pour finir par basculer vers des sujets plus personnels… plus sexuels. À la moindre petite remarque ou blague lancée, les conversations devenaient bien plus exotiques et nous emportaient pour un aller simple vers la découverte de nos fantasmes les plus fous.

Avec ma permission, il m'avait envoyé quelques photos très sexy de lui. J'en bavais littéralement d'envie. Son corps allait au-delà de la perfection. Pas une once de graisse superflue. À la vue de son anatomie idéale, je stressais de lui faire parvenir l'une des miennes. Mon estime de moi n'était pas vraiment au beau fixe depuis cette histoire au Nouvel An. Même si je savais pertinemment que je pouvais plaire, Adam m'ayant prouvé que c'était le cas, le doute subsistait et la peur d'être déçue de la réaction de ce bel apollon me submergeait.

À force d'insister, il me persuada de lui faire parvenir une photo en pied de moi. Photo qui l'enchanta bien plus que je n'aurais pu imaginer. J'étais flattée et ravie de ses compliments. Il s'était produit un match entre nous. Chaque jour, un petit message de sa part m'attendait. Chaque jour, je souriais à la lecture de celui-ci. Et chaque jour me rendait encore plus accro à nos échanges. Très vite, je le convainquis de continuer à discuter sur une messagerie instantanée en dehors du site pour plus de fluidité. Il avait aussitôt accepté, plutôt ravi de la suite donnée.

Une fois son adresse email communiquée et enregistrée automatiquement à ma liste, je lui avais sitôt envoyé une invitation à tchatter. Son vrai nom de famille apparaissait. J'en étais la première surprise. Il ne se cachait pas.

Au fur et à mesure, il devenait un peu plus pressant et cela ne m'enchantait pas vraiment.

[Si on ne se voit pas rapidement, on va finir par se lasser, non ?]

Il en avait assez de discuter virtuellement, il en voulait plus. Il voulait me rencontrer. J'étais bien loin d'être dupe, il était clair qu'il n'avait envie que d'une chose, un mot assez vulgaire en six lettres.

[J'ai envie de te voir... Tu sais que sur cette messagerie, y'a une cam, n'est-ce pas ?] m'avait-il relancée.

[Tu sais aussi qu'il est deux heures du matin et que je suis couchée aux côtés de mon mari qui dort ?]

[S'il te plaît ? On restera silencieux ? Je veux juste te voir...]

[*Tu sais qu'à cette heure-ci, je suis pas forcément très fraîche...
je serai pas sous mon meilleur jour... Mais OK... donne-moi cinq
minutes, je descends*]

J'avais quitté la chambre sans le moindre bruit. Les escaliers grinçaient sous mes pas. Je stressais de le découvrir pour la toute première fois. Un passage éclair devant le miroir, un léger coup de brosse et une lumière un peu tamisée, tout était fin prêt. J'avais cliqué, tremblante, sur le bouton tactile « Appel vidéo ». Trois sonneries avaient retenti avant que la caméra ne s'active de son côté. J'étais dans la pénombre, lui en pleine lumière, un mur blanc en fond.

Wow... il était wow.

Je m'étais pincée la lèvre machinalement en souriant. Nous nous observions bêtement sans savoir quoi se dire avec une expression plus que réjouie.

— Salut toi... enchanté... m'avait-il chuchoté.

— T'es trop canon en fait... avais-je lâché sans détour.

Il m'attirait bien plus que je ne l'aurais imaginé. Il était à demi nu pour mon plus grand plaisir. Son torse impeccablement dessiné était un vrai régal pour les yeux.

— Pourquoi tu portes un bonnet à l'intérieur ? lui avais-je demandé.

— Mes cheveux... c'est un peu n'importe quoi, tu sais...

— Enlève-le... s'il te plaît... l'avais-je supplié.

Il s'était exécuté. Sa crinière de jais partait dans tous les sens. J'adorais. Je fantasmais. J'imaginais mes doigts la parcourant, la caressant.

— Et moi... je te plais ? l'avais-je questionné. Pas déçu ?

— Je sais pas... m'avait-il taquinée. Montre-m'en un peu plus ?

J'étais en sous-vêtements. Son sourire ravageur m'ensorcelait. Tel un pantin guidé par son marionnettiste, j'avais consenti à le laisser m'admirer en décalant la caméra quelques minutes.

— J'ai un peu de formes, tu sais…

— Je sais, et ça ne me dérange pas le moins du monde. Tu es parfaite, s'était-il extasié.

Ses yeux riaient. Nous étions en phase.

Quelle était la probabilité pour que dès mon inscription, je tombe sur un profil avec lequel la magie opère aussitôt ? Quasi nulle… et pourtant…

— Bon…

— Bon… avais-je répété complètement envoûtée par son côté charmeur.

— Tu es dispo le 24 ?

Effrayée par l'idée de me lancer dans cette aventure, j'avais hésité quelques instants, mais la curiosité et la tentation étaient bien trop fortes.

— Je pense que ça peut s'arranger…

Il affichait un sourire à s'en décrocher la mâchoire.

— Tu sais… je voulais te prévenir… je suis pas du genre à dissocier sentiments et sexe. Si tu me plais, y'a de grandes chances que je m'attache. Tu n'en as pas peur ?

— On verra bien ? Tout ce que je sais là, c'est que je veux te voir… et vite.

Je hochai la tête, heureuse.

— Je pense qu'il va falloir qu'on aille dormir… ça fait déjà quarante minutes qu'on discute, tu sais… poursuivis-je.

Complètement sous le charme l'un de l'autre, il avait été difficile de couper la caméra. Un véritable coup de foudre qui n'en était pas un. Pas réellement. Pour ma part, ce n'était encore que du « virtuel ». Nous n'avions rien concrétisé.

La veille de notre premier rendez-vous, je n'arrivais pas à trouver le sommeil, bien trop angoissée à l'idée de rencontrer cet inconnu. Jusqu'à présent, je ne trompais pas vraiment mon mari.

On ne pouvait tromper quelqu'un uniquement en discutant virtuellement, si ?

En tout cas, le lendemain... serait une tout autre histoire.

J'étais couchée de mon côté, dos à Valentin. Ce dernier entreprit une vaine tentative de rapprochement mais je prétextai une journée difficile et fatigante. Il se retourna non sans râler.

Quel était son problème ?

Il m'avait clairement fait comprendre avec une évidente diplomatie que je n'étais plus à son goût.

Pourquoi aurais-je dû faire un effort ?

J'étais « flasque ». Un petit coup de bistouri aurait réglé la situation d'après ses dires. Il avait réussi à me dégoûter de moi-même. Il m'avait tuée intérieurement, n'avait jamais reparlé de cette soirée catastrophique et ne s'était jamais excusé. Demander pardon ne faisait pas partie de son vocabulaire. Il n'en connaissait visiblement pas la définition.

Avait-il seulement remarqué qu'il m'avait blessée ?

Je n'en savais rien. Mais j'avais abandonné tout espoir qu'il change. M'être inscrite sur ce site était une manière de me venger, de lui retourner l'ascenseur, même si je ne désirais pas qu'il soit un jour au courant. Mine de rien, je n'étais pas fière de ce qui se profilait. J'étais en proie à une véritable bataille intérieure. D'un côté, la raison et de l'autre, la tentation. L'éternel combat entre le bien et le mal, les deux se livraient une guerre sans merci et se déchiraient la victoire.

— J'en ai marre, y'a toujours quelque chose… marmonna-t-il.

J'étais soufflée par sa remarque déplacée. Il ne se remettait même pas en question. Je ne comprenais pas et je n'avais plus envie de comprendre. L'ignorance était la meilleure des armes. Je restais donc muette et laissais le mal triompher. J'étais réellement décidée, j'allais me pointer là-bas, ma décision était prise, ferme et irrévocable.

Chapitre 47

28 août 2019 — Quatre jours plus tôt
La cadence de nos entrevues s'était accélérée. Nous nous rencontrions au rythme de deux fois par semaine, autrement dit un contraste énorme si l'on revenait quelques mois plus tôt. Une complicité était née, une idylle digne des plus grandes romances d'amants maudits. Nous avions basculé vers l'interdit. Physiquement puis mentalement.

Chaque individu avait sa propre vision de l'adultère. Pour certains, la base même de la tromperie survenait lorsque les pensées se tournaient vers une autre personne que son ou sa conjointe.

Pour ma part, la vraie infidélité commençait dès l'instant où il y avait contact physique, a minima un baiser. Les échanges sur internet ne comptaient pas, dans la mesure où ils n'étaient que « fictifs ». Pour mon amant, la véritable trahison débutait au moment où les sentiments s'en mêlaient. Le sexe n'étant pour lui, pas un motif suffisant pour le culpabiliser. Je comprenais son point de vue, bien que différent du mien. Nous avions débattu et argumenté des heures durant sur cette notion sans jamais trouver de consensus. Il avait fui lâchement notre liaison par deux fois car la culpabilité avait sûrement fini par toquer à sa porte. La peur s'était emparée de lui et se sauver était la seule option. Mais il était parfaitement conscient que cette culpabilité ne changerait pas le passé et n'aiderait en rien le futur. C'était juste du temps de perdu. Il fallait vivre l'instant présent en y faisant abstraction.

J'avais donc trahi mon mari depuis ce jour où j'en avais embrassé un autre que lui, soit huit mois plus tôt.

Mais de son côté, mon amant considérait-il qu'il avait trahi sa copine ?

J'imaginais que oui, bien qu'il ne m'avait encore jamais avoué les vrais sentiments qu'il éprouvait à mon égard. Cependant, certains gestes, certains regards ne trompaient pas. Il avait franchi ses limites. Nous étions lancés, et il était difficile d'arrêter une machine qui tournait à plein régime. Nous vivions ce mensonge passionnément et égoïstement, et ce, sans nous soucier du reste.

Les moments que nous passions ensemble étaient légers... parfaits, tandis que les au revoir déchirants. Mon cœur se tordait de douleur dès que nous devions nous séparer. Je n'attendais jamais plus de quelques minutes pour qu'il m'envoie un petit message pour me dire qu'il avait hâte de me retrouver quelques jours plus tard. Notre liaison s'était intensifiée. Elle était plus sulfureuse, plus érotique, mais en même temps, plus tendre, plus intime.

Nous avions redouté nos vacances respectives. J'étais partie du 4 au 18 août avec ma famille et lui du 17 au 27 avec sa copine. Le calcul était vite fait... Presque un mois complet sans se voir. Cela avait été une étape difficile, comme si on avait retiré sa tétine à un bébé avec brutalité, sans qu'il n'ait le temps de s'y habituer, sans période de sevrage.

La première semaine, il travaillait encore et n'avait cessé de m'envoyer message sur message. Le manque se faisait ressentir, de part et d'autre. Il gérait un peu moins bien la distance. J'étais occupée avec Valentin et les enfants. En vacances sur la Côte d'Azur, nos journées étaient remplies de balades le long de la plage, de constructions de châteaux de sable et de visites en tout genre. Valentin était différent, plus proche, plus à l'écoute mais surtout plus compréhensif. Les enfants étaient heureux. Noah s'était rapproché de son père à mon grand soulagement. Chaque matin, les deux partaient une petite heure, pêcher au port un peu plus loin et cela m'avait donné l'opportunité de passer plus de temps avec Clémence. Des vacances sereines en somme, ce dont nous avions besoin.

J'en avais également profité pour commencer à lire un bouquin à l'eau de rose sur les conseils de mon hypnothérapeute. Une romance irréelle mais qui m'apportait un bien fou. Je m'évadais. Je ne pensais à rien d'autre. Je m'étais laissée embarquée dans une formidable aventure. Je lisais quelques pages chaque jour. Ce livre m'aidait dans ma thérapie. J'arrivais à déconnecter.

[*Tu n'imagines pas à quel point tu me manques*] m'envoyait-il régulièrement.

Je culpabilisais d'avoir un peu moins de temps à lui consacrer. Il semblait m'en vouloir un peu mais s'était abstenu de faire quelconque commentaire. Rapidement, les rôles s'étaient inversés. Nos vacances étaient terminées alors que les siennes commençaient. La réalité du quotidien m'était revenue en pleine face et je m'étais rendu compte à quel point il était dur de vivre cette attente. Il avait espacé les contacts, visiblement en colère. Il me rendait plus ou moins la monnaie de ma pièce et je ne lui en voulais pas, bien au contraire.

Mes sentiments pour lui étaient forts, inexplicables.

Comment avais-je pu tomber amoureuse d'un homme sur un site de rencontres adultères ? D'un homme qui avait déjà trompé sa copine ? Qui s'était inscrit pour s'amuser ?

Qui recherchait une sorte d'adrénaline supplémentaire à sa vie sexuelle ennuyeuse ?

Mon amant n'était pas l'homme idéal... Valentin ne l'était pas non plus.

Mais existait-il ?

Tout était relatif. Tout comme l'infidélité, la définition de l'idéal était propre à tout un chacun.

L'homme de mes rêves ?

Un homme à l'écoute, attentionné, tendre, profondément amoureux, un excellent père pour ses enfants.

Un homme fidèle.

Comment pouvais-je oser exiger un homme fidèle alors que je ne l'étais pas moi-même ?

Huit mois plus tôt, à cette question, j'aurais pu répondre que la fidélité était une valeur indispensable à toute relation saine. Je pensais différemment. Je m'étais enlisée dans un bourbier dont je n'arrivais plus à m'extirper. L'amour ne se commandait pas. Il vous tombait dessus lorsqu'on s'y attendait le moins. Il se vivait. Je m'étais éloignée de Valentin car il ne répondait pas à tous les critères de mon idéal masculin. D'ailleurs, je n'étais pas certaine qu'il en possédait un seul de la liste.

Peut-être celui pour lequel j'avais péché ? Qui sait ?

Mon amant était arrivé à un moment où j'en avais besoin. Et je ne le regrettais pas. Je mourrais d'envie de le revoir. Il était rentré la veille et m'avait promis de m'appeler en vidéo dès qu'il serait seul. Je faisais les cent pas dans la maison. Les enfants étaient au centre aéré et Valentin travaillait. Lorsque mon téléphone vibra, je m'empressai de décrocher.

— Oh la vache, qu'est-ce que tu m'as manqué... ça fait plaisir de te voir... me lança-t-il dès qu'il posa les yeux sur moi.

Son teint était plus hâlé, plus doré et cela lui allait à la perfection. Son visage toujours aussi radieux et enjoué. La barbe mal rasée, les cheveux en bataille comme à son habitude.

— Tu es où ? Dehors ? l'interrogeai-je. Tu m'as manqué aussi... terriblement.

— Parti faire quelques courses. Petit prétexte pour pouvoir t'appeler. On se voit cette semaine ? me demanda-t-il.

— Vendredi ? Je finis en début d'après-midi.

— Je suis encore en vacances toute cette semaine, je reprends lundi prochain. Ma copine, elle, reprend le boulot demain. Donc je suis libre jeudi et vendredi, m'annonça-t-il un immense sourire aux lèvres.

— Bon, je te propose autre chose. Je pose ma journée de vendredi et on la passe ensemble. Qu'en dis-tu ?

— OK pour vendredi... j'ai hâte... de sentir ton odeur, de t'embrasser... de retrouver toutes ces sensations quand on est tous les deux.

— Moi aussi... je stresse de te revoir.

— Tu devrais pas. Toi et moi, c'est... super intense. Et j'attends qu'une seule chose... te prendre dans mes bras.

Nous étions restés plus d'une heure en caméra à échanger, puis ne rien dire, à nous observer pour finir par rigoler. Je lisais en lui comme il lisait en moi. Nous étions complémentaires. Deux êtres destinés l'un à l'autre.

— Je te prévois une surprise. On va marquer le coup pour nos retrouvailles...

— Oh tu m'en as trop dit ! Dis-moi, dis-moi ! le suppliai-je.

— Non ! Allez, faut que je te laisse, ma copine essaie de m'appeler depuis cinq minutes. À mon avis, elle veut rajouter des trucs sur la liste de courses. Elle doit se demander ce que j'fous.

— OK, OK… À vendredi alors… je te hais…

— Et moi donc ? rit-il. Je te hais plus l'infini ! J'ai gagné !

— Non mais j'hallucine ! Quel gamin ! ricanai-je. Moi je te hais plus plus…

Trop tard, il avait déjà raccroché.

Je ne pensais qu'à une seule chose, le retrouver en fin de semaine. Un mois s'était écoulé depuis notre dernier rencard, je n'étais plus à deux jours près.

Chapitre 48

30 août 2019 — La veille

Ça fait plaisir de te retrouver... tu n'imagines pas à quel point tu m'as manqué.

Cette phrase… il avait dû me la souffler au moins une dizaine de fois depuis notre session cam et elle me rendait fébrile.

J'observais les ballets incessants des voitures depuis la fenêtre de la chambre de l'hôtel qu'il avait réservée. Le luxe dans toute sa splendeur : un lit King size habillé de draps blancs soyeux et immaculés baignés par les rayons du soleil, une spacieuse salle de bains avec baignoire balnéo pour deux ainsi qu'une douche à l'italienne, une décoration épurée, tout cela dans une ambiance des plus raffinées.

Le côté principalement sexuel de nos rencontres habituelles était cette fois-ci accompagné d'une touche de romantisme indéniable. Je tentais tant bien que mal de maîtriser mon rythme cardiaque qui s'emballait à une vitesse faramineuse. Je m'interrogeais sur ce revirement si inattendu.

Dans quoi est-ce que je m'étais embarquée ?

Notre relation avait un tout autre sens. Il n'était plus question de s'amuser. Nous avions franchi un cap. L'amour… ces petits papillons dans le ventre, cette lueur dans les yeux, ce désir de passer le plus de temps possible avec l'autre, de fusionner avec lui, ce sentiment de bien-être. Il était cette partie de moi que j'avais égarée. Il était… mon essentiel.

Les klaxons du trafic urbain me ramenèrent soudain à la réalité.

— Oui merci. Dans deux heures. Parfait.

Il raccrocha le combiné. Le bruit des draps froissés m'indiqua qu'il s'était levé du lit. J'inspirais et expirais profondément pour tenter de réduire les battements de mon cœur. Le son de ses pas étouffés par la moquette beige se rapprochant de plus en plus ne m'y aidait absolument pas. Il était là, derrière moi. Nous ne nous étions pas encore embrassés et avions gardé nos distances dans l'unique but d'augmenter notre désir. Se résister était notre jeu favori.

— Room service réservé, me murmura-t-il.

Ses doigts relevèrent doucement mon débardeur et la paume de sa main vint rencontrer le bas de mon dos. Je fermai les paupières et entrouvris légèrement la bouche dans un soupir de contentement. Tout mon être se contracta instinctivement et tressaillit à sa présence et son contact. Telle une douce brise d'été ou encore une petite oasis dans un désert brûlant, je pouvais sentir son souffle tiède contre ma peau bouillante. Mon corps se cambra automatiquement lorsque son index chatouilla le creux de mes reins. Il le remonta avec douceur pour atteindre mon épaule dénudée et fit tomber la bretelle de mon maillot. Mes paupières refusaient de s'ouvrir. Le but étant de profiter au maximum de chaque sensation que mon amant pouvait me procurer. Comme s'il avait lu dans mes pensées, il choisit de faire monter les enchères en me bandant les yeux.

— Laisse-toi aller…

Sa voix me soufflait les instructions à suivre. Je lui obéissais comme une vulgaire poupée de chiffon. Mon corps lui appartenait.

Je penchai la tête pour l'encourager dans ses avances. Lorsqu'il déposa enfin ses lèvres sur la base de mon cou, mon corps fut parcouru d'un puissant courant électrique. J'étais dans le jardin d'Eden et il était ma tentation, mon fruit défendu. Cet homme avait déclenché un brasier en moi et chacun de ses baisers m'enflammait davantage. J'avais du mal à réfléchir, comme s'il avait annihilé toutes mes fonctions cérébrales.

Il m'ordonna silencieusement de me retourner pour être face à lui. Il me guidait dans chacun de mes gestes. Il me tardait que sa bouche s'unisse à la mienne. Sa main droite s'empara de mon visage pour l'attirer vers le sien. Alors qu'il me taquinait pour me faire abdiquer, de mon côté, je luttais contre l'attraction irrépressible entre nos enveloppes charnelles.

— T'as pas envie de retrouver l'effet que ça fait ?

Aucune négociation n'était possible. Il ne m'en laissa pas l'occasion.

Un baiser délicat. Un deuxième plus intense. Puis un troisième d'une fougue incontrôlée. Sa langue franchit la barrière de mes lèvres et s'empressa de retrouver la mienne. Mes bras se dirigèrent à tâtons vers son dos et caressèrent ses muscles dorsaux. Intérieurement, je trépignais. Nous ne nous étions pas vus depuis près d'un mois et je ne pouvais le contempler. Je rageais.

Pourquoi lui en aurait-il le droit ?

J'optais pour la désobéissance. Tant pis si, pour cela, je devais être punie sévèrement. Le bandeau vola à travers la pièce. Il était là. Immobile. Beau à outrance. Un regard ténébreux, énigmatique.

— Oh mais qui t'a autorisé ? Tu me défies ?

Je retirais subitement mon haut pour le laisser admirer ma poitrine vêtue d'un soutien-gorge en dentelle noire avec un nœud sur le devant. Je le défiais également mais d'une manière plus silencieuse, plus sournoise. Et comme je m'y attendais, il laissa traîner son regard assuré et désireux quelques instants dans la direction que je lui indiquais.

— Tu veux jouer à ça ? ironisa-t-il comme s'il était certain de remporter la victoire. On va jouer...

Il fit tomber sa chemise en premier. Je restais subjuguée par la façon qu'il avait de retirer avec l'aide de deux doigts seulement chacun des boutons de son vêtement. Il me dévoilait un peu plus de sa peau hâlée à mesure qu'il se déshabillait et j'étais complètement en extase devant sa plastique de rêve. Je m'approchai doucement de lui et ne pus m'empêcher de laisser parcourir mes doigts sur ses abdominaux d'une impressionnante fermeté. À demi nu devant moi, je n'avais envie que d'une chose, que ce mâle irrésistiblement redoutable me prenne sans plus attendre. Mes mains trouvèrent toutes seules, le chemin de ses hanches et commencèrent à défaire sa boucle de ceinture avec une certaine dextérité.

— Je joue et je gagne, me vantai-je.

Mes doigts se saisirent du haut de son pantalon et de son caleçon puis les firent glisser à ses pieds. Il écrasa de nouveau ses lèvres sur mon cou pendant que je me plaisais à respirer avec ardeur les odeurs épicées que sa peau ensorcelante dégageait. La fermeture éclair de ma jupe ne résista pas bien longtemps et le tout s'échoua mollement sur le sol, dévoilant une culotte en accord avec le haut.

— Hum... intéressant cet ensemble. J'aime beaucoup, sourit-il.

Il défit le premier puis le second nœud pour terminer par le soutien-gorge. J'étais à présent nue devant lui. Ses mains me guidèrent vers l'immense lit et elles me poussèrent sur ce doux nuage moelleux.

Nous passions rapidement aux choses sérieuses en faisant l'amour, avec lenteur, puis brutalité, avec passion, puis désir... avec un amour plus qu'évident. J'étais raide dingue de lui.

Au bout de deux heures de sport intense, de légers coups à la porte retentirent. Le room service. Mon beau brun avait commandé le repas en chambre. Il enfila son boxer et alla récupérer le chariot rempli de victuailles. Il avait même prévu une bouteille de champagne pour fêter l'occasion.

— Dis donc... en quel honneur ai-je droit à tout ça ?

— J'avais envie de te faire plaisir, c'est tout.

Il voulait me faire plaisir... Que demander de plus ?

J'étais allongée sur le lit, en tenue d'Ève, le soleil éclairant mon visage, je fronçais légèrement les sourcils. Je lui souriais, il me fixait. Sans un mot. Il semblait tenter de m'analyser sans vraiment y parvenir.

— Qu'est-ce qui se passe ? lui demandai-je curieuse.

Ressentait-il la même chose que moi ?

Il hésita un instant.

— Je sais pas... toi. Tu es magnifique comme ça. Le soleil, ton visage, tes yeux, ta bouche. Je photographie cette image dans ma tête. Tu es superbe.

Il était sous le charme et incapable de le cacher à cet instant. Étrangement, on aurait pu croire qu'il n'en avait pas vraiment le désir. Comme s'il souhaitait me laisser accéder à ses pensées les plus profondes. Comme s'il avait gardé la porte entrouverte pour que je puisse me faufiler et réussir à le décrypter. Puis soudain, il se détourna pour nous servir deux coupes de fines bulles dont il m'en tendit une galamment.

— À nous, trinqua-t-il.

— À nous, répétai-je.

Nous étions bien. Nous étions heureux.

Le reste de l'après-midi passa à une vitesse vertigineuse. L'univers semblait se faire un malin plaisir à accélérer le temps intentionnellement à notre plus grand désarroi.

Nous avions mangé. Nous avions ri. Nous avions de nouveau fait l'amour. Nous étions restés l'un contre l'autre de longues minutes durant et nous avions beaucoup discuté, discuté de l'avenir de notre relation et pris une décision, ensemble.

Continuer ainsi à mener cette double vie devenait compliqué à gérer pour lui comme pour moi. Surtout pour moi en fait. Je n'arrivais plus à me regarder dans la glace. Il me fallait faire un choix. Mon mari, mon amant, ou aucun des deux. L'amour nous était tombé dessus sans crier gare. Notre jeu avait fini par se retourner contre nous. Il fallait assumer.

ÉPILOGUE

31 août 2019 — Aujourd'hui
Plongée dans mon livre, je ne réalise pas tout de suite qu'il se tient face à moi et qu'il me sourit.

— Alors ? Comment ça se termine ? Une fin triste ? me lance-t-il d'un ton ironique.

Je me lève aussitôt et me presse contre lui. Il pose instinctivement sa main en bas de mon dos et tout mon corps frissonne à son contact. Il dépose ses lèvres sur les miennes en glissant ses doigts derrière ma nuque pour intensifier notre baiser. Ce dernier est tendre et romantique mais plutôt bref. Il me sourit et m'observe attentivement. Son regard a changé. Il est différent, triste, sans cette lueur qui l'anime habituellement. Je ravale ma salive avec difficulté. Je le sens à la fois distant et proche, à la fois triste et heureux. Le stress m'envahit un peu mais je me reprends aussitôt. Je dois absolument dissiper ce petit malaise entre nous.

— Eh bien... écoute, il se prend une balle pour elle à la fin ! lui expliqué-je alors que nous nous installons tranquillement l'un à côté de l'autre.

Il entrelace ses doigts autour des miens et me regarde amoureusement.

— Compte pas sur moi pour que je fasse pareil hein ! ricane-t-il sarcastiquement.

— Tu n'es pas un voleur de toute façon et tu es bien loin d'être sur la liste des gens les plus recherchés par le FBI et la mafia ! Redescends sur terre ! m'amusé-je.

— Peut-être bien oui, mais je tiens à ma vie !

— Qui te dit qu'il est mort ? Il est juste blessé à l'épaule ! continué-je avec conviction. Il l'aime et il...

— Tu m'as manqué, me coupe-t-il subitement.

— On s'est vus hier... et c'était très, très torride si je me souviens bien, lui rétorqué-je d'un air coquin.

— C'était... poursuit-il.

— Intense... disons-nous à l'unisson en riant.

Nous nous regardons avec désir et envie. Je me mords machinalement la lèvre inférieure au simple souvenir de son corps blotti contre le mien la veille encore, au simple souvenir de ses doigts qui parcouraient ma peau brûlante, au simple souvenir de nos bouches collées l'une contre l'autre plusieurs heures durant. La chaleur qui régnait nous rendait moites. Il transpirait comme jamais, des gouttes de sueur perlaient sur son front. Sa peau brillait. De mes doigts, je lui caressais lentement le visage pendant qu'il m'observait de la même manière que d'habitude mais avec encore plus d'intensité. Les minutes avec lui étaient plutôt des secondes et les heures des minutes. Le temps avait défilé à une vitesse inimaginable. Nous avions passé la journée ensemble mais ce n'était pas assez.

— On n'aurait pas dû avoir un tel feeling... m'avait-il dit en me regardant droit dans les yeux.

— Non. On ne devait pas. Ce n'était pas ce qui était prévu au départ, lui avais-je murmuré.

Puis nous étions restés enlacés, à profiter de cet instant léger.

Alors que nous venons de nous retrouver *Chez Louis*, je ne peux ignorer sa mine inquiète. Il baisse doucement la tête regardant dans le vide. Je sens qu'il se contracte, il est tendu. Sa main se resserre autour de la mienne.

— Tu veux quelque chose à boire ? lui demandé-je pour tenter de le détendre.

— Non, non, j'ai pas très soif. On va se balader ? Trouver un endroit un peu plus calme ? Même si je sais que tu aimes particulièrement ce café car tu y as passé la majorité de l'été…

J'acquiesce d'un hochement de tête. Je n'ai pas trop envie de le contrarier, je vois déjà qu'il n'est pas dans son assiette. Je dois dire que je ne le suis pas plus que lui.

— J'ai déjà payé ma consommation, on peut y aller si tu veux.

Nous nous levons et main dans la main, nous dirigeons vers le parc juste à côté. Le soleil brille, les enfants courent, les oiseaux chantent. Je suis inquiète. Malgré cette ambiance estivale et légère, celle entre nous est bien loin de l'être. L'atmosphère est à la fois chaude et glaciale. Une tension est palpable. Au premier banc que nous apercevons sur la droite, il me tire vers celui-ci et m'intime de m'y asseoir à ses côtés.

— Tu vas bien ? l'interrogé-je avec une légère pointe d'appréhension.

Alors qu'il s'installe à ma droite, je pose ma tête sur son épaule et il passe son bras derrière ma taille dans un geste réconfortant.

— Je… je pensais pas que ce serait aussi difficile. J'ai pas envie...

— Je n'en ai pas envie plus que toi, tu le sais bien mais on s'y prépare depuis longtemps… on le savait tous les deux.

Et ce, même si, je… je suis folle de toi depuis le premier jour… lui avoué-je enfin.

Des larmes commencent à glisser le long de mes joues. En cette fin d'été, j'ai le cœur serré. D'ordinaire, cette saison est ma favorite. Cette année, elle ne l'est clairement plus. Elle signe la fin de notre histoire à tous les deux, la fin d'une histoire magique, passionnée, la fin d'un rêve aussi court que fabuleux.

J'aurais largement préféré que notre rendez-vous de la veille ne finisse jamais, que le temps se fige à cet instant, lorsque nous nous étions amusés à nous chatouiller et que nous ne pouvions nous arrêter de rire. Une réelle complicité était née entre nous. Une complicité que je regrette déjà. J'aimerais tellement pouvoir revivre chaque seconde en sa compagnie car ces derniers mois sont passés bien trop vite.

Il décale alors son épaule et pince mon menton entre son index et son pouce. Alors qu'il plonge ses yeux dans les miens, je ne peux plus retenir toute cette tristesse qui m'envahit. Ne tenant plus, mes lèvres retrouvent instinctivement le chemin qui me conduit vers les siennes. Notre baiser est fiévreux, un baiser humide et amoureux, à notre image à tous les deux. Mes larmes continuent de couler et finissent par se frayer un chemin sur son visage. Le contact de sa peau, son odeur, sa douceur… Chaque parcelle de lui est gravée, tatouée en moi à jamais.

Cet homme posé, calme, difficile à cerner, m'a laissée l'approcher au plus près sans même s'en rendre compte. Tel le soleil qui éclaire ma vie, je me suis brûlé plusieurs fois les ailes car je me suis aventurée sur un terrain glissant et très risqué. Je suis tombée de haut comme Icare et ses plumes de cire qui ont fondu à cause de la chaleur que procure cet astre unique. J'ai même entamé une chute vertigineuse qui se profilait depuis un long moment et me suis écrasée dans cet immense océan qu'est la tristesse, le désarroi et la souffrance. Contrairement au fils de Dédale et le fait que tout le monde connaisse le destin sombre et funeste qui l'attendait, je me suis relevée. Je ne me suis pas laissée emportée et noyée par les abysses chaotiques du chagrin et de la mélancolie. Mon amie Laure a patienté à mes côtés jour après jour, jusqu'à ce que je sois enfin prête à attraper la main qu'elle me tendait pour m'extirper du spleen qui m'avait pratiquement engloutie. Elle était là pour me guider dans mes choix. Et ce dernier choix était une évidence.

Nos chemins se séparent donc aujourd'hui.

Cette dernière chute est le coup de grâce mais nous allons y survivre, la vie continue. Cette année, j'ai abandonné ma fierté, ma rancœur, mes croyances, sur la route sinueuse qui me conduisait inexorablement vers cet homme complexe. Nous ne nous attendions pas à vivre cette passion imprévisible. Ce fut un chemin difficile, semé d'embûches, une aventure pleine de rebondissements, avec, à la clé, un amour démesuré, à la hauteur de certains couples légendaires dont la plupart connaissent une fin tragique. Mon amour pour lui est impossible à anéantir, il est inébranlable, indestructible, mais j'ai choisi de le laisser cacher sous cette épaisse couche de sentiments que sera mon passé. Nous avons pris cette décision ensemble. C'était le mieux pour nos conjoints et vies respectives. Je me devais d'accorder un second souffle à mon mariage, à ma famille. Je n'étais pas prête à y renoncer et il le savait. Valentin avait eu un déclic, il avait pris conscience de ses erreurs. Il avait été là suite au décès de Mme Richard et m'avait soutenue à mon plus grand étonnement. J'avais décidé d'opter pour la facilité, lui octroyer une deuxième chance.

La raison l'a finalement emporté dans sa bataille acharnée contre le cœur. Un amour impossible auquel il fallait renoncer.

Alors que nous sommes debout, prêts à nous quitter, nous enlaçant avec amertume, je lui soupire un « au revoir » dans le creux de son oreille. Il me serre plus fort contre lui. Je ressens sa chaleur, son corps, sa tendresse pour la toute dernière fois. Je profite de ces dernières minutes pour m'imprégner encore de son odeur ensorcelante et l'emprisonner en moi pour toujours.

Nous nous séparons avec difficulté les yeux larmoyants mais avec cependant un léger sourire aux lèvres. Nous nous aimons, c'est certain mais nous n'osons pas nous l'avouer à haute voix. Cependant, nos comportements ne peuvent l'exprimer plus explicitement. J'imprime son visage dans ma mémoire. Je photographie chaque partie de son corps, je ne l'oublierai jamais. Il fait partie de moi. Pour l'éternité.

Je lui lâche la main avec douceur et me retourne pleurant de tout mon être. J'avance de quelques mètres pour finalement faire volte-face. Lui aussi partait de son côté. C'était là, ma dernière chance de lui dire ce que je ressentais, je ne pouvais la laisser passer. Je crie son prénom et il se retourne instantanément.

Nous nous scrutons sans bouger pendant de longues secondes. Et puis avec mes mains, je lui mime les sentiments que j'ai à son égard. L'index pointé vers ma poitrine, puis mes doigts rassemblés en forme de cœur et pour finir mon autre index pointé en sa direction.

Ses yeux brillent et je vois le début d'une larme au coin de son œil qui peine à apparaître. Il se contient encore… comme il l'a toujours fait. Puis il me mime de ses lèvres « Moi aussi » et finalement ses mains imitent mes gestes à l'identique.

Il me jette un dernier regard empli de tristesse puis part sans plus se retourner. Je l'aime, à en perdre la raison. Je l'aime, à en mourir. Un amour passionnel, auquel on ne peut pas échapper, qui vous frappe de plein fouet. Un amour sans pareil, incompréhensible, sans aucune explication plausible. Un amour né d'un désir charnel, d'une proximité intense et physique, telle est la description de ce qui m'unit à cet homme. Il a envahi mon âme, mon esprit, mon corps, mon cœur, alors que nous ne devions pas avoir un tel feeling. Non, ce n'était pas ce qui était prévu à la base. Les règles étaient pourtant simples… ne pas s'attacher, ne pas développer de sentiments… mais c'est arrivé. Cette alchimie instantanée entre nous deux en a décidé autrement. Il a croisé ma route et jamais je ne le regretterai.

Il s'appelait… Tristan.

*

28 août 2021 — Deux ans plus tard
Ce café typique du coin est devenu mon refuge à moi. J'y suis quasiment tous les midis si la météo est suffisamment clémente et me permet de profiter de la ville animée, des passants, de me sentir à la fois seule dans ma petite bulle et entourée comme dans une fourmilière. Un rendez-vous journalier que je ne manquerais pour rien au monde. Une

pause bien-être indispensable pour déconnecter de mon quotidien oppressant à l'hôpital.

— Alors ça avance ? me lance Sébastien, mon serveur habituel.

Ce dernier m'adresse un large sourire des plus agréables. Il a été le témoin numéro un de mes sautes d'humeur, de joie, de colère, de mes expressions fermées ou énervées en fonction du passage du nouveau roman que j'étais en train de lire. Je lui racontais chaque jour en détail les chapitres qui me plaisaient et il avait vraiment l'air de s'y intéresser.

— Je suis à mi-chemin. C'est plutôt captivant ! Un bon thriller comme je les aime où on ne comprend tout qu'à la fin !

— Vous avez laissé tomber les romances ? me questionne-t-il.

— Non, non pas du tout... c'est juste que, parfois, cela me semble tellement irréel... alors je préfère me réfugier dans un bon policier ! Harlan Coben est mon auteur de prédilection ! Quand on commence, on ne s'arrête plus !

— Eh bien, je ne vous dérange pas plus, je sais que votre temps est précieux... tout comme le mien ! J'entends mon patron m'appeler. Si vous souhaitez autre chose, n'hésitez pas, ajoute-t-il en posant le verre de limonade que j'avais commandé face à moi.

— Merci... lui réponds-je un petit sourire aux lèvres.

Alors que ce dernier retourne à l'intérieur de la minuscule bâtisse, mon téléphone se met à sonner. Je m'en saisis aussitôt et prends l'appel.

— Salut, Laure, ça va ?

— Oui et toi ? Dis-moi, je suis quasi sûre que tu es au café... je peux te rejoindre rapidement ? me demande ma meilleure amie.

— Oui bien sûr, je suis à la même table que d'habitude. Qu'est-ce qui se passe ?

— Je suis dans le coin et je viens de récupérer les documents que tu attendais... je peux te les ramener si tu veux ?

— Ah... tu les as ? m'inquiété-je subitement, ne m'y attendant pas.

— Oui, Vincent me les a enfin transmis. Il manquait toujours des pièces... mais là, tout est bon.

— OK, tu peux me les ramener alors.

— À tout de suite, je devrais être là dans dix minutes à tout casser.

— OK... à toute.

Tout en raccrochant, perdue dans mes pensées, ma famille envahit mon esprit, les visages de mes petits anges, celui de Valentin, de nos bons moments comme des mauvais. Hier encore, j'étais déterminée. Aujourd'hui, alors que tout est sur le point de se concrétiser, le doute s'installe.

Est-ce le bon choix ? Vais-je le regretter ?

Une fois que la machine sera lancée, revenir en arrière sera impossible. Je ne pourrai que m'en prendre à moi-même et devrai assumer les conséquences de mes actes. Il faut en arriver parfois à des extrémités douloureuses pour pouvoir envisager de voir enfin la lumière au bout du tunnel et repartir de zéro. Encore et toujours ce panel de portes à franchir face à soi. On peut choisir de rester statique, d'hésiter un long moment, mais il n'empêche qu'il faut avoir le courage de sortir du cercle vicieux dans lequel on s'est enfermé pendant de longues années, sortir de sa zone de confort, oser l'aventure, défier l'inconnu.

C'est effrayant. C'est certain.

Aux antipodes de ma nature profonde. Aucune anticipation possible, pas de cadre, aucune visibilité. Le vide. L'obscurité subite. Marcher à l'aveugle sans connaître la destination finale sûrement semée d'obstacles.

Mais comment pourrais-je le savoir si je ne saute pas dans le vide ?

Je souffle un bon coup. J'ai encore un peu de temps devant moi. Je me replonge donc dans mon roman en attendant Laure.

L'un des personnages a disparu et son mari est désespérément à sa recherche. Ce livre est haletant. Littéralement. Malgré ma concentration maximale, une étrange sensation me parcourt doucement l'échine, le genre de frisson que je n'ai pas ressenti depuis des lustres.

Une voix m'extirpe hors de mon imaginaire.

Une voix pas si masculine que ça... cette voix douce avec une pointe de féminité... je la reconnaîtrais parmi un millier. Je ferme les yeux et écoute avec attention étant pratiquement certaine de rêver.

— On peut s'asseoir là-bas si tu veux, la chaise a l'air plus confortable.

— J'en peux plus, j'ai super mal au dos, se plaint une jeune femme. Prends une table et installe-toi, je reviens, je vais aux toilettes.

— OK pas de souci.

Cette voix... cela ne peut-être que la sienne. Celle de...

— Tristan ! Prends plutôt celle d'à côté s'il te plaît mon cœur, je ne veux pas être trop exposée au soleil.

Tristan... ce n'est pas possible. Cachée derrière mes lunettes de soleil XXL, je scrute les tables avoisinantes à l'affût de la silhouette de mon ex-amant. Rapidement, mes yeux se focalisent sur celui qui transcenda ma vie deux années plus tôt. Il est juste là, droit devant moi. Je le reconnais immédiatement, lui et son style capillaire unique, sa barbe et sa moustache bien taillées, son allure athlétique, ce dos musculeux… et ce sourire ravageur… Pour pouvoir le contempler plus facilement, j'ôte mes solaires et les pose sur le haut de ma tête. Il n'a pas changé d'un pouce. Toujours aussi séduisant avec ce look à la Wolverine qui lui sied si bien. Mon rythme cardiaque s'emballe, ma respiration s'accélère et je suis prise de frissons alors que la température extérieure avoisine la trentaine de degrés. Les mains moites, les palpitations, le stress, le désir. Voilà l'effet qu'il me fait. Toujours le même. Toujours cette alchimie. Mon corps connecté au sien.

Il l'a sentie aussi. Il l'a sentie aussi car il s'est retourné vers moi au même moment. On dit que certaines blessures ne guérissent jamais. Certaines passions non plus. La flamme en moi s'est ravivée à l'instant où son regard vert transperçant a de nouveau croisé le mien.

Il semble étonné. Plus que surpris de me trouver là, quasiment deux ans plus tard jour pour jour.

Est-ce le destin qui se joue de nous ?

Un sourire finit par fendre son visage angélique. Je lui réponds bêtement de la même façon. Non sans me demander ce qu'il pense de moi.

Me trouve-t-il changée ? Ressent-il toujours cette attraction entre nous ? Tout comme moi ?

Et puis… il est avec elle. Il ne peut pas venir me parler. Ses iris hypnotisant ne décrochent pas des miens. Je tente tant bien que mal de me replonger dans mon livre tout en me dissimulant derrière mes lunettes. Malgré cela, je sens toujours son regard posé sur moi. Je suis mal à l'aise et réfléchis sérieusement à partir. Mais je remarque la voiture de Laure passer à proximité, cherchant probablement une place pour se stationner. Je ravale ma salive et fais mine de continuer de lire en ne lui prêtant plus aucune attention.

Mon téléphone vibre et sonne en même temps, pour me signifier l'arrivée d'un message. Laure, c'est certain.

Alors que je regarde l'écran, je suis surprise que le texto ne vienne de mon amie mais plutôt de l'homme qui me trouble tant. Eh oui, ce dernier est toujours dans mes contacts.

[*Intéressant ton livre? Rassure-moi, le mec ne prend pas encore une balle pour sa copine?*]

Je relève le nez en sa direction et le vois, portable en main, un large sourire aux lèvres. Le mien sonne de nouveau.

[*Et... je suis ravi que tu n'aies pas changé de numéro*]

Je souris intérieurement tout en me dandinant sur mon siège. Tristan n'a jamais effacé mon numéro non plus. Je ne sais pas si cela me fait réellement plaisir ou non. Ce qui est sûr, c'est que mon ego a grimpé en flèche d'un seul coup. Ce que nous avons vécu... était fort et il ne l'a pas oublié. Il s'est rappelé la fin de mon bouquin le jour de notre rupture. Il s'en est souvenu.

Wow...

A-t-il pensé à moi durant tout ce temps?

A-t-il voulu me contacter comme moi j'en ai eu envie à plusieurs reprises?

Mes pouces gigotent et effectuent des petits cercles au-dessus du clavier tactile. Ils se retiennent tant bien que mal de taper une réponse.

Mais est-ce raisonnable?

La raison l'avait emporté sur le cœur deux ans plus tôt. Et nos adieux avaient été déchirants. Je mentirais si je disais que les semaines qui avaient suivi n'avaient pas été difficiles. J'ai pleuré. Je ne dormais plus. Je ne mangeais presque plus. Il me manquait. Je l'avais laissé partir alors que je savais qu'il m'aimait. J'avais fait une croix sur une possible histoire d'amour magnifique et avais choisi la stabilité, ma famille avant tout.

Aujourd'hui, alors qu'il est là, devant moi, je me rends compte que mon cœur s'était arrêté de battre en ce jour du 31 août 2019. Je le sais car il vient juste de redémarrer au moment même où Tristan est entré dans mon champ de vision. Comme si un médecin sauveteur venait de me balancer une décharge avec un défibrillateur pour me ramener à la vie. Les papillons dans le ventre ont aussitôt ressurgi, comme si notre relation ne s'était jamais éteinte, comme si elle était juste en stand-by depuis les vingt-quatre derniers mois. Je ne l'ai jamais oublié, une part de lui est en moi. Et aujourd'hui, il est dorénavant gravé réellement jusque dans ma peau, contre mon cœur.

C'est ce moment que Laure a choisi pour faire son apparition et me sauver la vie. Je n'ai jamais été aussi heureuse de la voir.

— Hey salut ma poule, tu vas bien ?

— Oui et toi ? lui réponds-je tout en l'embrassant sur la joue pour la saluer.

— T'es sûre ? T'as l'air d'avoir vu un fantôme ! ajoute-t-elle d'un air sarcastique.

Je l'observe et m'amuse de la situation. Un « fantôme » … c'est le cas de le dire en effet !

— Tiens ! me dit-elle en me tendant une enveloppe kraft. Les voici. Tu les étudies tranquillement de ton côté et si besoin tu peux appeler Vincent, il t'aiguillera. Et puis je suis là, tu le sais bien. On prend un verre ?

— Tu veux bien qu'on aille ailleurs ? J'ai pas encore mangé et…

— On peut manger ici si tu veux, c'est aussi un estaminet.

— Non, ça va… et j'ai envie de changer, insisté-je un peu gênée.

— T'es sûre que ça va ? Tu es bizarre… Tu sais, si tu sais plus où tu en es, je peux…

— Non ça va, t'inquiète, allons-y.

Je m'empare de mon sac, y glisse mon livre et l'enveloppe à l'intérieur. J'agrippe mon amie par le bras et l'entraîne à ma suite tout en passant devant la table où est installé Tristan qui me fixe toujours sans sourciller. Il sait qu'il m'a troublée. Il a déjà compris ce qu'il est toujours capable de provoquer en moi. Il en joue. Il adore ça. Et je n'y suis pas indifférente, loin de là.

— Je te connais depuis le temps…

— Non, je t'assure, tu n'as pas à t'en faire, Laure. C'est juste que… je crois que les prochaines semaines risquent d'être… intenses.

Intenses… oui c'est le mot.

THE END

Vous avez aimé votre lecture ?
Découvrez les autres romans des éditions So Romance
disponibles en format papier et numérique.

L'envol du papillon

Élisa d'Albret est dévastée : ses parents l'envoient vivre une année complète chez sa tante, la comtesse de Bressac, qu'elle n'a plus vue depuis dix-sept ans. La jeune femme devra quitter la Guadeloupe pour apprendre les us et coutumes de la haute noblesse française du milieu du XIXᵉ siècle. Alexandre de Noyal, jeune comte plus fasciné par les aventures que par les les mariages, est chargé d'escorter la jeune femme du port au château de Bressac. Dès le premier regard, les jeunes gens sentent une attraction indéniable... mais qu'ils devront refréner : Alexandre est le promis de la cousine d'Élisa...

L'Interne
Tome 1 : Première Année

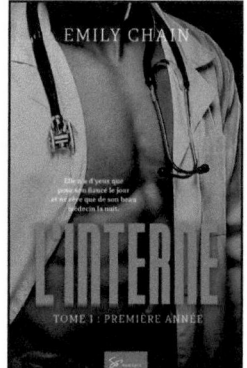

Devoir déménager pour accompagner son fiancé, jeune avocat à l'avenir prometteur ? Pas facile. Mais que dire quand, en plus, on apprend que l'on est stérile ? Le cauchemar pour Julia, qui avait déjà imaginé sa vie de famille... Elle décide donc de reprendre ses études et de se lancer à corps perdu dans son internat dans l'un des plus grands hôpitaux de Los Angeles. Le petit bémol ? Ce beau médecin, Dean, rencontré par hasard quelques jours avant, qui hante ses rêves les plus chauds... Tant que ce ne sont que des rêves, ça va... non ?

Hate me! That's the game!
Tome 1 : Coup de foudre

Aileen n'en revient tout simplement pas : après avoir répondu à une annonce sous l'emprise d'une bière bon marché, elle va enfin réaliser son rêve… Rencontrer Evan, chanteur de Black Devils ! En bonne fan, elle est folle amoureuse de lui. Toutefois, arrivera-t-elle à charmer le jeune homme qui, en plus d'être beau, sexy et ténébreux, s'avère être fiancé ? Bien que les chances soient minces, Aileen est prête à tout ! Son secret : une bonne dose de provocation, un soupçon de folie, le tout saupoudré de rock'n roll !

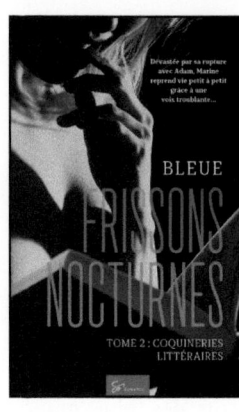

Frissons Nocturnes
Tome 2 : Coquineries littéraires

Marine est dévastée. Après deux ans de relation, de partages intimes et de découvertes mutuelles, Adam lui a annoncé qu'il désirait tout arrêter. La jeune amoureuse des mots tombe des nues et sombre dans une profonde dépression. Quelques mois plus tard, une occasion inespérée se présente à elle : on lui propose de prêter sa voix pour des livres audio érotiques ! Lors d'une séance de lecture, elle partage le micro avec un acteur professionnel, qui la trouble profondément… Qui est-il ?

Pour en savoir plus
www.soromance.com

© Éditions So Romance, 2020 pour la présente édition

Éditions So Romance
159 avenue de la Couronne
1050, Bruxelles
www.soromance.com

D/2020/14.771/11
ISBN : 9782390451167

Maquette de couverture : Philippe Dieu
Photo : © Roman Samborskyi / Shutterstock